OLAF NÄGELE

Goettle und die Blutreiter

BLUTRITT IN GEFAHR! Der Countdown läuft: In neun Tagen soll der Blutritt, Europas größte Reiterprozession, in Weingarten stattfinden. Was niemand weiß: Die Heilig-Blut-Reliquie, um die sich beim Blutritt alles dreht, wurde gestohlen. Pfarrer Sebastian Seegmüller zieht in seiner Not den Biberacher Gemeindepfarrer Andreas Goettle zurate, der schon manchen kniffligen Fall gelöst hat. Goettle findet heraus, dass es etliche Menschen gibt, die den Blutritt gern verhindern würden. Zum Beispiel die »Grünen Minnen«, Biberachs radikale Feministinnen, die einfordern, dass Frauen mitreiten dürfen. Ferner macht eine Studentengruppe aus Tierschutzgründen gegen die Veranstaltung mobil. In den Fokus gerät auch Zacharias Stuber, Chef eines Sicherheitsunternehmens, der den Auftrag verloren hat, den Blutritt zu sichern. Als bei dessen Hauptwidersacher Christian Wollschläger, Vorsitzender des Festkomitees, eine Erpressermail eingeht, scheint die Sache klar zu sein. Doch dann wird Stuber ermordet aufgefunden. Die Zeit wird knapp, denn ohne Reliquie kann es keinen Blutritt geben …

© Sabuas Lichtraum

Olaf Nägele, 1963 in Esslingen geboren, hat nach langen Aufenthalten in München, Stuttgart und Hamburg den Weg in seine Heimatstadt zurückgefunden. Dort feilt der Kommunikationswirt (KAH) an PR- und Werbetexten, verfasst als Journalist Artikel für diverse Zeitungen und arbeitet als Redakteur bei der Landeshauptstadt Stuttgart. Der Spaß, Geschichten zu erzählen, hat ihm Beiträge in Anthologien eingebracht, Hörspiele für den SWR, Kurzgeschichtenbände, Romane und Radio-Kolumnen für Neckaralb Live Reutlingen folgten. Für die Kurzgeschichte »Die Sache mit Gege« erhielt er einen Ehrenpreis der Akademie Ländlicher Raum in Baden-Württemberg und seine Radiokolumne »Ingo lernt schwäbisch« wurde 2020 für den Medienpreis der Landesakademie für Kommunikation nominiert.

OLAF NÄGELE

Goettle und die Blutreiter

Kriminalroman

GMEINER

Immer informiert

Spannung pur – mit unserem Newsletter informieren wir Sie
regelmäßig über Wissenswertes aus unserer Bücherwelt.

Gefällt mir!

Facebook: @Gmeiner.Verlag
Instagram: @gmeinerverlag
Twitter: @GmeinerVerlag

MIX
Papier aus verantwortungsvollen Quellen
FSC www.fsc.org
FSC® C083411

Besuchen Sie uns im Internet:
www.gmeiner-verlag.de

Im Ehnried 5, 88605 Meßkirch
Telefon 07575/2095-0
info@gmeiner-verlag.de

1. Auflage 2021

Lektorat: Daniel Abt
Herstellung: Mirjam Hecht
Umschlaggestaltung: U.O.R.G. Lutz Eberle, Stuttgart
unter Verwendung eines Fotos von: © Mirjam Claus / stock.adobe.com
und https://commons.wikimedia.org/wiki/File:Blutritt_2011_Gruppe_Hasenweiler_1.jpg
Druck: CPI books GmbH, Leck
Printed in Germany
ISBN 978-3-8392-2827-2

Personen und Handlung sind frei erfunden.
Ähnlichkeiten mit lebenden oder toten Personen
sind rein zufällig und nicht beabsichtigt.

NEUN TAGE BIS ZUM BLUTFREITAG

Rituale.

Sebastian Seegmüller liebte diese gleichförmige Abfolge von wiederkehrenden Handlungen, sie erfüllte ihn mit Freude und innerer Ruhe. Er ließ kurz den Blick zur Decke der Basilika wandern. Im spärlichen goldenen Abendlicht, das durch das Gloriloch oberhalb des Hochaltars fiel, sah er Schemen der Bilder und Fresken des Malers Cosmas Damian Asam. Der Stadtpfarrer Weingartens lächelte, allein das Wissen um die Anwesenheit der Figuren machte ihn glücklich. Dieser Moment des Tages gehörte nur ihm und den Himmelswesen. Feierlichen Schrittes näherte er sich dem Heilig-Blut-Altar, strich mit den Fingerkuppen über die polierte Fläche, genoss die Kälte, die der Stein ausstrahlte. Er deaktivierte die Alarmanlage, atmete tief ein und aus, um den für ihn so wertvollen Augenblick weiter hinauszuzögern. Gleich würde er die Heilig-Blut-Reliquie aus dem Glaskasten im Altar nehmen, um sie wie jede Nacht im Tresor zu deponieren. Sein Herz schlug schneller, als wolle es dieser Zeremonie Tribut zollen.

Wenige Tage trennten Seegmüller und die Teilnehmer vom Blutfreitag, an dem der Blutritt zelebriert wurde. Wie in jedem Jahr hatten sich mehr als 2.000 Reiter und Zigtausende Gläubige angekündigt, um am Tag nach

Christi Himmelfahrt an Europas größter Reiterprozession teilzunehmen. Ganz Weingarten bereitete sich darauf vor. Unzählige Helferinnen und Helfer waren eifrig dabei, das Städtchen liebevoll herzurichten, an allen Ecken wurde geschmückt, gebohrt und gehämmert, Tierpensionen eingerichtet, Hindernisse entfernt, Tribünen erstellt, Rabatten bepflanzt und Schaufenster umdekoriert. Schließlich wurden namhafte Gäste erwartet, darunter der Ministerpräsident des Landes, der Erzbischof Anton Timmermann und eine Abordnung aus Weingartens italienischer Partnerstadt Mantua. Dort war vor fast 1.000 Jahren die Reliquie wiedergefunden worden, von dort aus war ein Teil nach Weingarten gelangt und die beiden Städte verband seither die Verehrung des Heiligen Blutes.

Seegmüller hob das goldene Kreuz aus seiner Tagesbehausung, in das die Ampulle mit Erde eingearbeitet war, die Jesu Christi Blut getränkt hatte. Vorsichtig, ehrfürchtig und in dem Bewusstsein dieses ganz besonderen Aktes.

Rituale.

Mit ihnen geht eine zerbrechliche Sicherheit einher. Es kann ja nichts passieren, so wie die Tage, Wochen, Monate zuvor nichts passiert war. Doch die Gleichförmigkeit der Handlungen geht zulasten der Achtsamkeit, die Monotonie narkotisiert die Sinne. Wäre Sebastian Seegmüller weniger beseelt an seine allabendliche Aufgabe herangegangen, hätte er vielleicht den Schatten bemerkt, der sich durch das linke Seitenschiff lautlos auf ihn zuschob. Und womöglich wäre er vorsichtiger gewesen, als er durch einen langen Zischlaut und das Poltern, das klang, als sei eine Dose zu Boden gegangen, aus seinen Gedanken gerissen wurde.

Stimmen, er hörte Stimmen, leise, es schien, als kämen sie von draußen. Heisere, kurz gebellte Befehle, Lachen.

»Diese Schmierfinken, das werden sie nicht wagen«, fauchte der aufgebrachte Pfarrer und starrte in die Richtung, aus der die Töne an seine Ohren gedrungen waren.

In den letzten Tagen war es immer wieder vorgekommen, dass Gegner des Blutritts ihre Parolen an den Aufgang zur Basilika gesprüht hatten. Sogenannte Tierschützer, die nicht davor zurückschreckten, fremdes Eigentum zu beschädigen, nein, die sich in gottloser Weise an einer Kirche zu schaffen machten, um ihre törichten Sprüche zu verbreiten.

Seegmüller legte die Reliquie vorsichtig zurück in den Glaskasten und stürmte zum Ausgang. Es dauerte einen Moment, bis er den Schlüssel zum Tor der Basilika fand. Mit fahrigen Fingern nestelte er ihn hervor, steckte ihn ins Schloss. Draußen hörte er Schritte, die sich eilig entfernten, unterdrücktes Gekicher. Er riss die Tür auf, konnte jedoch nur die Umrisse zweier Gestalten erkennen, die im Schutze der Dämmerung verschwanden.

»Stehen bleiben!«, keifte er, rannte den Flüchtenden ein Stück weit hinterher, trat auf einen Gegenstand, der unter seiner Sohle wegrollte und ihn zu Fall brachte. Er gab ein quiekendes Geräusch von sich, schlug hart mit dem Hinterkopf auf einer Stufe der Kirchentreppe auf und verlor das Bewusstsein.

Der Gottesmann bekam also nicht mit, wie der Schatten die Basilika eilig verließ und von der hereinbrechenden Nacht verschluckt wurde.

Als Sebastian Seegmüller Minuten später wieder erwachte, sich aufrappelte, seinen Hinterkopf betastete und ungläubig die klebrige Flüssigkeit auf seinen Fingern betrachtete, durchfuhr ein Gedankenblitz das Gewölk des Schmerzes. Benommen, hinkend und ächzend eilte er in die Kirche, hin zum Altar. Er erstarrte: Der gläserne Schrein, der normalerweise das Kostbarste beherbergte, was Weingarten besaß, war leer. Die Reliquie des Heiligen Blutes war verschwunden.

»Also, wenn ihr mi nemme brauchet, gang i jetzt.«

Polizeiobermeister Ernst Fritz legte zwei Finger an eine imaginäre Mütze, nickte seinen Kolleginnen zu, nahm seine Aktentasche vom Schreibtisch und schritt zur Tür.

»Eine gute Zeit und viel Spaß beim Blutritt. Ein bisschen neidisch bin ich, das muss ich zugeben«, erwiderte Kommissarin Laura Behrmann. Sie lächelte ihren Kollegen an, der bedauernd die Schultern hob.

»I dät mi freia, wenn Sie dabei wäret, Laura. Aber Sie wisset jo, Fraua dürfet net mitreita.«

»Wieso eigentlich nicht? Ich muss gestehen, diese ganze Blutrittgeschichte ist mir völlig fremd«, mischte sich Hauptkommissarin Greta Gerber in das Gespräch ein. Sie tippte den letzten Satz ihres Protokolls, sah vom Bildschirm auf und musterte den Kollegen. Er strahlte eine gewisse Vorfreude aus, seine sonst eher knorrige Art war einer lebhafteren gewichen. Seit Tagen sprach er mit zunehmender Begeisterung von dem Ereignis, ließ sie an seiner Freude teilhaben. Die Hauptkommissarin konnte dies nicht nachvollziehen. Obwohl sie schon mehrere Jahre in Biberach lebte, hatte sie nie genug Zeit gefunden, um sich mit diesem oberschwäbischen Brauch auseinanderzusetzen.

»So will's die Tradition«, nuschelte POM Fritz, dem anzusehen war, wie unangenehm er das Thema fand. »Wega mir könntet Fraua mitreita, aber die katholische Kirche isch da ja a bissle oiga und vielleicht au a bissle rückständig.«

»Das kann man wohl sagen. Deswegen bekommt die katholische Kirche mächtig Druck von Institutionen wie Maria 2.0«, fiel ihm Laura Behrmann ins Wort.

»Maria 2.0? Klingt nach einem Computerspiel mit christlicher Mission. Wer die meisten Kinder unbefleckt empfängt, hat gewonnen«, spöttelte Hauptkommissarin Gerber und wandte sich dem Papierstapel zu, den sie neben ihrem Laptop angehäuft hatte. »Protokolle, nichts als Protokolle. Und ausgerechnet jetzt nehmen Sie Urlaub, Herr Fritz«, seufzte sie und öffnete eine Akte.

»Von wegen Computerspiel«, ereiferte sich Laura Behrmann und strich sich energisch eine Haarsträhne hinter das Ohr. »Das sind gläubige Damen aller Altersklassen, die sich für die Rechte der Frauen in der katholischen Kirche einsetzen. Im Mai 2019 haben die sogar zum Streik aufgerufen. Die besuchten keinen Gottesdienst mehr, verweigerten Gemeindeaufgaben und haben mit Informationsständen vor den Kirchen auf ihre Anliegen aufmerksam gemacht.«

»Jaja, schon gut.« Greta Gerber winkte ab. Sie war nicht sonderlich gläubig und setzte sich wenig mit Religion auseinander. Ihr einziger Berührungspunkt mit klerikalen Belangen bestand darin, dass sich Biberachs Gemeindepfarrer Andreas Goettle ungefragt in polizeiliche Ermittlungen einmischte und immer wieder auf dem Polizeirevier auftauchte, um Missstände anzuprangern. Und auch wenn sie dem rührigen Gesellen einen gewissen Erfolg als detektivische Spürnase zusprechen musste, wäre es der Hauptkommissarin lieber, wenn er sich aus ihrer Arbeit heraushalten würde.

»Bemühen Sie sich nicht, Laura. Ich kapiere diese Diskussionen eh nicht und halte sie nicht für zeitgemäß. Und irgendwie habe ich den Eindruck, dass dem Blutritt etwas Mittelalterliches anhaftet. Klingt ein bisschen nach Kreuzzug.«

Polizeiobermeister Fritz lief rot an, die Spitzen seines Schnurrbarts zitterten vor Erregung. »Ha, so bled … So darf mr net davon schwätza. Der Blutritt isch a Prozession. Des genaue Gegateil von em Kreuzzug. Schließlich gilt die Reliquie für alle Katholika als vereinendes Symbol. Des isch an ganz großer Moment, wenn man den Sega vom Blutreiter kriagt. Des isch a Glaubensbekenntnis und macht oin au ehrfürchtig.«

»Schließlich enthält die Reliquie den mit Jesu Blut getränkten Boden von Golgatha«, ergänzte Laura Behrmann. Ihre Wangen waren gerötet, wie immer, wenn sie sich für ein Thema engagierte.

Greta Gerber sah ihre Kollegin fragend an.

»Sagen Sie bloß, Sie kennen die Geschichte nicht, die hinter dem Blutritt steckt. Also das ist eine ziemlich große Wissenslücke, wenn man hier in der Region wohnt.«

Der vorwurfsvolle Ton ihrer Kollegin ließ Greta aufhorchen.

»I erklär's Ihne. Also 's war ja so. Als der Jesus am Kreuz g'hanga isch ...«, begann Polizeiobermeister Fritz mit seiner Erklärung, wurde jedoch von seiner Chefin schroff unterbrochen: »Bitte die Kurzfassung, Herr Fritz, ich habe zu tun.«

»Des kosch net kurz verzähla. Des isch a jahrhundertealte G'schicht«, maulte der Gemaßregelte beleidigt.

»Ich versuch es, so kurz es geht«, sprang Laura Behrmann ein. »Nachdem Jesus gekreuzigt worden war, stieß ihm ein römischer Legionär eine Lanze in die Seite, um sicherzugehen, dass er tot war ...«

»Longinus hot der g'hoißa. So viel Zeit muas sei«, murrte Fritz, verstummte jedoch, als er von einer Büroklammer getroffen wurde, die Greta Gerber auf ihn abgefeuert hatte.

»Einige Blutstropfen liefen Longinus über das Gesicht und erleuchteten ihn. Er wurde gläubig. Daraufhin vermischte er einige Blutstropfen mit der Erde von Golgatha und füllte sie in ein Kästchen. Er wurde von den Aposteln getauft und reiste nach Mantua …«

»Des liegt in Italien.«

Greta Gerber sandte POM Fritz einen genervten Blick.

»Genau, er fuhr nach Mantua in Italien. Um dort die Lehre Christi zu verkünden. Das gefiel einigen Leuten nicht und so wurde er, wie viele Christen damals, verfolgt. Vor seinem Tod versteckte er das Kästchen und irgendwann entdeckte man einen Teil der Reliquie und Knochen von diesem Longinus …«

»1048 war des. Jetzt hot der Papst Leo g'sagt, des Heilige Blut g'hört nach Rom, aber die Leut in Mantua waret dagega …«

»Leute, echt«, ächzte die Hauptkommissarin. »Ich wollte die Kurzfassung. Also bitte, Laura. Wenn es möglich ist, fassen Sie die nächsten tausend Jahre in drei Sätzen zusammen.«

»Also gut: Ein Teil der Reliquie blieb in Mantua, der andere ging nach Rom. Dann kam Heinrich III. und erhielt einen weiteren Teil, vermachte ihn Balduin von Flandern, der schenkte ihn einer Verwandten, die übergab die Reliquie einem Abt des Klosters Weingarten.«

»Am Tag nach Christi Himmelfahrt war des, dem Blutfreitag. Deshalb wird an dem Tag die Prozession g'feiert.« Der sonst so zurückhaltende und förmliche Polizeiobermeister Fritz strahlte.

»Okay, verstehe. An diesem Tag kommen Tausende von Reitern und Zuschauern, um diesen Event mitzuerleben. Und unser Herr Fritz reitet mit. Na, da wünsche ich viel Spaß.« Greta Gerber lächelte ihren Mitarbeiter an, der jedoch keine Anstalten machte zu gehen.

»Letztendlich hot mr die Basilika zu Weingarten gebaut, um der Bedeutung des Heiligen Bluts gerecht zum werda. Die isch genau halb so groß wie der Petersdom in Rom. Und an der großa Orgel wurde ein Werkstück vom Teufel eingefügt, um se wie a menschliche Stimme klinga zum lassa. Der Orgelbauer Joseph Gabler hot dafür sei Seele verkauft und wäre fast zum Tode verurteilt worda.«

»Die Vox humana«, flüsterte Laura Behrmann ehrfürchtig.

»Eine Orgel, die wie eine menschliche Stimme klingt. Habe ich leider nie gehört, aber ich habe mir fest vorgenommen, das nachzuholen. Das muss gigantisch sein.«

»Des lohnt sich wirklich. 6.666 Pfeifa, do woisch, was Sache isch. Die blost dir des Hirn von älla bösa Gedanka frei.«

Greta Gerber lachte: »Ihr beide solltet euch in Weingarten anstellen lassen, um Touristenführungen anzubieten. Was ihr alles wisst. Seid mir nicht böse, auf mich warten andere Geschichten. Die von unseren Kunden, und die sind alle sehr gegenwärtig. Aber erst hole ich mir eine Tasse Kaffee.«

Sie verließ das Büro, zurückblieben der verdutzte Fritz und Laura Behrmann, die den Kopf schüttelte.

»Wie kann man an Landesgeschichte so uninteressiert sein. Das hätte ich von der Gerber nicht erwartet.«

»Da kannsch nix macha. Bloß weil du em Hennastall wohnsch, kasch no lang koine Oier lega.« POM Fritz zuckte die Schultern.

»Was soll denn das heißen?«, hakte seine Kollegin nach.

»Ha ja, sie wohnt zwar scho a paar Johr hier, kennt sich vielleicht au a bissle aus, aber am End merksch halt, dass se aus Freiburg kommt. Sie isch und bleibt a Badenerin.«

Störgeräusche.

Schrill, unverhofft und keinesfalls erwünscht überfallen sie unbescholtene Zeitgenossen und rauben ihnen die Konzentration auf das Wesentliche. Und wenn Pfarrer Andreas Goettle eines nicht leiden konnte, war es, von dem Telefon aus der inneren Einkehr gerissen zu werden. Er schreckte auf aus seiner transzendenten Meditation, die ein Unwissender Schlaf genannt hätte, und sah sich benommen um. Er saß in seinem Lieblingssessel im Wohnzimmer, das Buch von Don Camillo und Peppone, der Roman von dem knitzen Pfarrer, der stets Konflikte mit dem etwas einfältigen Bürgermeister austrug, war ihm entglitten und lag mit den Seiten nach unten neben ihm. In der spärlichen Beleuchtung seiner Stehlampe erkannte er, dass die Standuhr gegenüber 22 Uhr anzeigte. Das Telefon klingelte unermüdlich.

»Wer ruft denn so spät no a?«, murmelte er und ließ ein ruppiges »Herrschaftszeita, Frau Münzenmaier, ganget Se an Ihr Telefon. Des isch ja net zum Aushalta« folgen.

Die Küchentür flog geräuschvoll auf, gefolgt von den schlurfenden Schritten seiner Haushälterin, die brabbelnd an ihm vorüberzog. »Hockt in sei'm Sessel wie der Graf Rotz ond schickt mi en der Gegend rom. Sie könntet ja au ans Telefon ganga. Des isch ja net emmer für mi.«

»Awa, mir g'hört der Apparat bloß, wenn i die Rechnung zahla darf. I woiß gar net, wie des Deng fonktioniert«, grantelte Goettle.

»Stellet Se sich no recht bled a«, maulte Renate Münzenmaier und nahm mit einem unwirschen Gruß ab. Der Pfarrer beugte sich ein wenig nach vorn, um besser hören zu können, mit wem sie sprach. Neugierde war ihm ja eigentlich fremd, aber es war nie verkehrt, Augen und Ohren offen zu halten. Der gewohnte Wortschwall seiner Haushälterin blieb aus. Ganz gegen ihre Gewohnheit verharrte sie zunächst stumm und gab dann Schreckenslaute von sich.

»Isch ebbes passiert?«, rief Andreas Goettle. Er bekam keine Antwort. Mühsam erhob er sich aus seinem Sessel und ging hinaus in den Flur. Renate Münzenmaier stand mit offenem Mund und totenblass da, presste den Hörer ans Ohr und lauschte. Als sie den Pfarrer sah, winkte sie ihn zu sich her.

»Des isch jo unfassbar. Da fehlet mir die Worte. An kloina Moment. I geb Ihnen den Herrn Pfarrer.«

Sie reichte den Hörer an ihren Dienstherrn weiter, schlug sich die Hand vor den Mund und beobachtete, wie Andreas Goettle das Gespräch übernahm.

»Hallo, wer isch denn do? Ah, der Herr Blutreiter persönlich. Gibt's a Problem? Sen Ihne die Gäul durchganga?«, witzelte er. Frau Münzenmaier sah, wie das Lächeln in seinem Gesicht erfror und immer mehr in sich zusammenfiel, um schließlich dem Entsetzen Platz zu machen.

»Des isch jetzt net Ihr Ernschd«, keuchte Biberachs Gemeindepfarrer. »Des isch ja a Katastrophe von ungeheuerlichem Ausmaß. Da muas mr sofort die Polizei informiera …«

»Nein, keine Polizei«, tönte es schrill aus dem Hörer. Den Rest konnte Renate Münzenmaier nicht verstehen.

Andreas Goettle lauschte seinem Gesprächspartner, nickte und beendete das Gespräch wortlos. Das Gehörte schien ihn zu bedrücken, ließ ihn schrumpfen, als wäre die Nachricht tonnenschwer auf seinen Schultern abgeladen worden. Mit sorgenvollem Blick wandte er sich an seine Haushälterin.

»Sie hen's g'hört. Der Seegmüller isch in große Schwierigkeita. Packet Se mir a paar Sacha z'samme. I fahr für a paar Tag nach Weingarta. Ond schwätzet Se bloß mit koi'm über die Sach. Des darf niemand erfahra.«

»Wenn's sei muss, schweig i wie a Grab. Aber Sie könnet net oifach nach Weingarta fahra. Sie hen nächschde Woch die Anhörung. Wega Ihrer Amtsenthebung«, insistierte Renate Münzenmaier. Sie wusste, dass dieser Einwand Andreas Goettle nicht von seinem Entschluss abbringen konnte, dennoch war es ein gefährliches Spiel, wenn er diesen Termin bei Erzbischof Timmermann ungenutzt verstreichen ließ. Biberachs Gemeindepfarrer war beim Vorstand der Diözese Rothenburg in Ungnade gefallen, weil er nach dessen Ansicht durch seine zunehmenden detektivischen Ermittlungen seine Gemeindearbeit vernachlässigte. Außerdem war Goettle einer, der keine Gelegenheit ausließ, seinen Dienstherrn zu kritisieren und Reformen für die katholische Kirche zu fordern. Das stieß dem konservativen Fundamentalisten Timmermann sauer auf, und wenn es nach ihm gegangen wäre, hätte er Andreas Goettle am liebsten exkommuniziert.

»Des isch mir wurscht. Der Herr Erzbischof macht eh, was er will. Es gibt jetzt Wichtigeres, als über ebbes zum diskutiera, was scho längschd entschieda isch.«

Renate Münzenmaier seufzte. Sie würde den alten Querkopf vermissen, wenn es wirklich zum Äußersten kommen sollte. Und davon musste man ausgehen, wenn er diesen wichtigen Termin verstreichen ließ. Es war Goettles letzte Chance, sich zu rehabilitieren. Aber dafür hätte er sich zu mehr Linientreue verpflichten müssen und das kam für den umtriebigen Geist keinesfalls infrage. Er ließ sich nicht verbiegen, selbst durch eine drohende Arbeitslosigkeit nicht. Ihm war bisher immer etwas eingefallen, wie er sich zum Wohl der Menschen in Biberach engagieren konnte. Derzeit kümmerte er sich um den Lebensmittelnachschub des Tafelladens. Die Einzelhändler der Stadt unterstützten ihn durch Spenden, und wenn es knapp wurde, tauchte der Geistliche in die Abfalltonnen der Supermärkte, um Lebensmittel herauszufischen, die optisch kleine Mängel aufwiesen, ansonsten jedoch »pfennigguad« waren.

Schweren Herzens stieg Renate Münzenmaier die Treppe hoch, um den Koffer des Pfarrers zu packen.

ACHT TAGE BIS ZUM BLUTRITT

Geheimnisse.

Sie schweißen zusammen oder bewirken das genaue Gegenteil. Geheimnisse gilt es, zu wahren wie Schätze, gerade, wenn sie einem nicht selbst gehören. Die Weitergabe zeugt von tiefem Vertrauen, das Wissen darum und die Exklusivität machen sie so wertvoll. Geheimnisse können ebenso eine Bürde sein. Sie verleiten zum Verrat, wenn dies dem eigenen Vorteil dient.

»Da ist ja unser Schisshase. Ich hab gleich gesagt, dass er keine Eier hat.«

»Natürlich habe ich Eier. Ich kann das beweisen.«

»Ach so, wie denn? Du wolltest doch einen Film drehen, wie du die Nacht in der Kirche verbringst. Hab ich nicht gekriegt. Weil du nicht drin warst.«

»Ich war in der Kirche, wirklich.«

»Mann, laber nicht. Wir brauchen Beweise.«

»Hat er nicht. Der pisst sich ein, wenn seine Mutter das Licht im Zimmer ausmacht. Buuuhhhuu, dann kommen die Geister und die Monster aus ihren Verstecken.«

»Quatsch, ich habe keine Angst im Dunkeln. Meine Schwester hat mir ihr Handy nicht gegeben, deswegen konnte ich keinen Film drehen. Ich kann es trotzdem beweisen, dass ich heute Nacht in der Basilika war.«

»Hör auf zu lügen, du Großmaul. Glaubst du, du kannst uns verarschen, oder was?«

»Aua. Wenn ihr versprecht, mich in Ruhe zu lassen, zeige ich euch etwas, was ihr noch nie gesehen habt.«

»Hau ihm eine rein, der tickt nicht ganz richtig.«

»Lass ihn los! Okay, zeig uns, was du mitgebracht hast. Wenn das irgendein Scheiß ist, hast du ein Problem.«

»Ich verarsch euch nicht. Hier.«

»Was ist das?«

»Dein Ernst? Du weißt nicht, was das ist? Das ist das Heilige Blut.«

»Krass. Ist das echt Gold und so?«

»Klar, ist das echt ... He, Finger weg. Nur gucken.«

»Wer macht hier die Regeln, du kleiner Wichser? Boah, das ist voll schwer das Teil. Was ist das wert? 'ne Million?«

»Das werden wir bald wissen, was das wert ist. Ich kenne ein paar Leute, die sich mit solchen Sachen auskennen.«

»Ey, das ist unbezahlbar. Gib es wieder her. Bitte! Es ist nur ... geliehen.«

»Scheiß drauf, geliehen. Es gehört jetzt uns. Und ich verspreche dir, dass wir dich erst mal in Ruhe lassen, okay? Das nenne ich einen fairen Deal. Was meinst du, Bruder?«

»Mehr als fair, Mann.«

»Das geht nicht. Das ist das Heilige Blut. Wir müssen es zurückgeben, sonst wird Gott uns strafen. Ich habe es mitgenommen, weil ich wusste, dass ihr mir nicht glaubt, dass ich heute Nacht in der Basilika war.«

»Machst du Witze? Es gibt keinen Gott. Also gibt es keine Strafe. Wenn hier einer straft, bin ich das. Ist dir das klar?«

»Au … Ich muss es zurückbringen … Gib her … Bitte!«

»Jetzt pass auf, mein Freund. Ich sage es nur einmal. Das Teil gehört jetzt mir! Verpiss dich. Und noch etwas: Wenn du mit irgendjemand darüber redest, bist du ein toter Mann. Das meine ich ernst, ist das klar?«

»Mach keinen Scheiß. Die stecken uns ins Gefängnis.«

»Heul nicht rum und halt's Maul. Niemand geht ins Gefängnis, solange du die Fresse hältst. Und das würde ich dir echt raten, wenn dir dein Leben lieb ist. Zieh Leine.«

»Ich geh nicht ohne das Heilige Blut. Gib es her!«

»Er scheint es nicht zu begreifen. Okay, Bruder, halt das Teil. Ich muss deutlicher werden …«

Tumult.

Immer wenn sich Stimmen erheben, um den Choral des Widerstands anzustimmen, gibt es Abweichler, die sich nicht der Aufbruchsmelodie beugen wollen. Zu hart, zu zart, zu ideell, zu kommerziell, zu chaotisch, zu geordnet, zu primitiv, zu intellektuell, zu gemäßigt, zu radikal. Es gibt viele Möglichkeiten, seine Ablehnung kundzutun, die primäre Frage ist, ob man gehört wird.

Luis kannte das zu gut. Die letzten Versammlungen der Blutritt-Gegner im »Alibi« hatten immer in einem heillosen Durcheinander geendet, da keine Einigung darüber zu erzielen war, ob und wie die Prozession nachhaltig gestört oder gar verhindert werden konnte. Es gab eine sehr radikale Fraktion, die bereit war, sich durch gewaltsame Aktionen Gehör zu verschaffen. Viktor Zwercher war einer der Wortführer dieses Flügels, und er war es, der mit seinen Sprayaktionen in der Stadt bewies, dass er es ernst meinte.

Für die sanfte Riege um Anong Praves, zu der Luis' Freundin Charlotte gehörte, standen solche Aktionen nicht zur Debatte. Sie setzte auf Aufklärung, verteilte Flugblätter, errichtete Informationsstände in der Stadt, um mit den Menschen ins Gespräch zu kommen. »Überzeugen statt überfallen«, war ihr Motto. Jeden Samstag waren die jungen Frauen im Einsatz, doch nicht viele der Passanten ließen sich durch die Argumentation überzeugen, dass es sich bei dem Blutritt um ein touristisch aufgeblähtes Spektakel handele, bei dem die katholische Kirche versuche, Macht zu demonstrieren, die sie nicht mehr besaß. Der Blutritt-Tourismus gehörte zu Weingarten wie die Pädagogische Hochschule oder die Basilika, die Einwohner hatten sich an den Trubel gewöhnt und sahen in den Besuchern keine Gefährder der Ruhe, sondern eine wichtige Geldquelle der Stadt.

Luis stand ideologisch eher auf Zwerchers Seite, aber er wollte Anong und ihre Anhänger bei Laune halten. Allein Charlotte zuliebe konnte er nicht parteiisch sein, daher blieb er neutral und appellierte stets an den Zusammenhalt der Gruppe. Ungewollt war er in die Rolle des Vermittlers geraten und stand nicht selten zwischen den Fronten.

Anong hielt gerade ein flammendes Plädoyer für ihre Arbeit, sie hatte einen Journalisten überzeugen können, einen Bericht über die Bedenken der Blutritt-Gegner zu schreiben. Sie wurde immer wieder von Zwerchers Leuten unterbrochen.

»Der Schreiberling will dir an die Wäsche. Der sieht dich, dein glänzendes schwarzes Haar und deine dunklen Mandelaugen, stellt sich vor, wie es wäre, mit einer Asiatin ins Bett zu gehen, und wird geil!«, rief Carsten, ein etwas ungepflegt wirkender Hüne, der mit seinem ausgewaschenen Kapuzenpullover, seiner Camouflagehose und den schweren Doc Martens aussah wie ein aus der Zeit gefallener Hausbesetzer.

Anong zischte ihm ein »Fuck you« zu. Sie hatte Luis erklärt, dass sie oft genug mit Problemen wegen ihres asiatischen Aussehens zu kämpfen hatte, dabei war sie geborene Ravensburgerin. Ihre Eltern lebten seit mehr als 25 Jahren in Deutschland, sie selbst hatte deren Heimat Thailand nur auf Urlaubsreisen kennengelernt und konnte mit vielen Gebräuchen nicht viel anfangen. Sie fühlte sich durch und durch als Oberschwäbin und reagierte auf Vorurteile äußerst allergisch. Luis konnte das verstehen.

»Da spricht der blanke Neid aus dir«, sprang Charlotte ihrer Freundin bei. »Keine Haare, keine Mandelaugen, kein Verstand. Klar, dass der Journalist nicht mit dir sprechen will.« Sie strich sich eine Haarsträhne hinter das Ohr und funkelte Carsten zornig an.

»Oh, die Frau Gestütsbesitzerin wird böse«, ätzte ihr Gegenüber und verzog verächtlich den Mund. »Dabei sind es Typen wie dein Vater, die diesen Blutritt-Quatsch möglich machen. Er profitiert sogar davon. Je mehr Teilnehmer kommen, desto mehr Pferde kann er in Pension nehmen. Also halt besser dein vorlautes Maul.«

Charlotte sah ihn wütend an. Luis wusste, dass es viele nicht gern sahen, dass sie bei den Versammlungen der Gegner dabei war. Dabei versuchte sie regelmäßig, ihren Vater, den Pferdehofbesitzer Ortwin Riedle, zu überzeugen, dass es für die Tiere purer Stress war, am Blutritt teilzunehmen. Sie beschwor ihn, den Hof umzugestalten in eine Pension mit Gnadenhof. Allerdings interessierte sich ihr Erzeuger nicht für das »Öko-Gewäsch« seiner Tochter und wusste nicht, dass sie sich im »Alibi« mit seinen Gegnern traf. Er hätte es ihr mit Sicherheit verboten.

»He, jetzt beruhigt euch«, mischte sich Luis ein. »Es ist gut, wenn sich die Medien mit unseren Argumenten auseinandersetzen. Auf diese Weise erreichen wir mehr Leute. Ich finde es toll, dass Anong Kontakt mit dem Journalisten aufgenommen hat.«

Er lächelte sie an und sie erwiderte es, während um sie herum eine vielstimmige Diskussion einsetzte. Luis sah zu Viktor hinüber, der lässig auf seinem Stuhl fläzte und auf das Display seines Smartphones blickte, fast so, als ginge ihn diese Versammlung nichts an. Luis wunderte sich. Das war so gar nicht die Art des Sprachrohrs der Radikalinskis. Normalerweise war er der lauteste und ungehobelteste Gegner von Anongs »Weichspülern«. Doch an diesem Tag war nichts von seiner üblichen Aggression zu spüren, er wirkte fast unbeteiligt. Vielleicht war er wieder bekifft. Das kam in letzter Zeit hin und wieder vor, aber das machte Viktor eigentlich nur unsympathischer.

»Ruhe jetzt, verdammt noch mal!«, brüllte Luis.

Das Stimmengewirr verstummte. Luis atmete tief durch.

»Mit gegenseitigem Angezicke kommen wir hier nicht weiter. Wir haben nicht mehr viel Zeit. In acht Tagen startet die Prozession, und wenn wir unseren Protest in irgendeiner Art kundtun wollen, müssen jetzt konkrete Schritte eingeleitet werden. Wer also eine Idee hat, die umsetzbar ist, der kann sie jetzt vortragen. Verschont uns bitte mit theoretischen Konstrukten. Die helfen uns im Moment nicht.«

Er ließ seine Worte auf die rund 20 Versammelten wirken. Einige starrten auf die Tischflächen vor sich, andere veränderten ihre Sitzposition, jedoch meldete sich niemand, um einen Vorschlag zu machen.

»Was ist? Hat es euch die Sprache verschlagen? Ihr seid doch sonst so einfallsreich. Oder verlässt euch so kurz vor dem Blutritt der Mut?«

Luis blickte in die Runde. Anong schob ihr Blatt mit Notizen auf der Tischfläche hin und her, Charlotte schmollte, Carsten drehte sich eine Zigarette und Viktor tippte irgendetwas in sein Smartphone. Seine Ignoranz nervte Luis. Er ging auf ihn zu und riss ihm das Telefon aus der Hand. »Vielleicht kannst du auch etwas zu diesem Treffen beitragen, statt zu chatten.«

Viktor erhob sich und baute sich vor Luis auf. Er überragte ihn um einen halben Kopf, aber Luis war ein drahtiger Kerl und kannte keine Angst.

»Gib mir das Handy zurück«, knurrte Viktor. »Und spiel dich hier nicht so auf. Während ihr hier blöd herumlabert, arbeite ich an einer konkreten Lösung.«

Luis ließ die Hand mit dem Handy sinken. »Wie meinst du das?«

Mit einem gezielten Griff brachte Viktor sein Telefon wieder in seinen Besitz. Er wischte das Display mit einem Zipfel seines Hemdes sauber. »Mir geht dieses ganze Geschwurbel dermaßen auf den Sack. Wenn ihr denkt, ihr könntet durch euer sinnloses Geseier irgendetwas bewirken, täuscht ihr euch gewaltig. Wir brauchen einen Plan und ich habe einen Plan.«

Luis trat einen Schritt zurück und verschränkte die Arme vor der Brust. »Ach ja, du Dummschwätzer? Und wie sieht dieser ominöse Plan aus?«

Viktor grinste und tätschelte Luis die Wange. »Warte es ab. Du erfährst es früh genug.«

Gewissen.

Es pikst, sticht und beißt wie ein Insekt, das sich von Zweifeln nährt. Seltsam genug, dass sich das gute

Gewissen sehr viel seltener spürbar ins Bewusstsein schiebt, fast so, als gehöre es zum Standardrepertoire des Gefühlslebens.

Andreas Goettle ging das Gespräch mit seiner Haushälterin eine Weile nach. Natürlich hatte sie recht. Wenn er nicht zur Anhörung wegen seiner Amtsenthebung erschien, konnte dies als Affront gegen den Erzbischof und Desinteresse an seiner Aufgabe ausgelegt werden. Timmermann war eh nicht gut auf ihn zu sprechen, weil Pfarrer Goettle seinen detektivischen Spürsinn entdeckt und bereits dreimal eingesetzt hatte. Immer wieder war er ermahnt worden, seine Gemeindearbeit nicht zu vernachlässigen, was er seiner Ansicht nach gar nicht getan hatte. Doch unter seinen Schäfchen gab es halt einige, die nicht aufhören wollten zu blöken. Die Beschwerden rissen nicht ab und schließlich fällte der Erzbischof die Entscheidung, Goettle vorerst von seiner Arbeit freizustellen. Selbst als der Kirchenvorstand sich auf Goettles Seite geschlagen und um seine Wiedereinstellung gebeten hatte, zeigte sich Timmermann nicht diskussionsbereit. Immerhin blieb ihm das Wohnrecht im Pfarrhaus erhalten, weil sein Vertreter aus Bad Waldsee nicht bereit war, seine Bleibe aufzugeben.

Andererseits sah Biberachs Ex-Gemeindepfarrer es als seine oberste Pflicht an, dem Kollegen Seegmüller in dieser schweren Stunde beizustehen. Vor allem interessierte ihn, wie es dem Täter gelungen war, die hoch gesicherte Kostbarkeit zu stehlen. Seegmüllers Schilderungen waren wenig aufschlussreich gewesen. In seiner Aufregung hatte er von Schmierfinken, Störenfrieden, Verfolgung und einigem mehr gesprochen und diese Aufzählung ohne kausalen Zusammenhang vorgetragen. Wie konnte es also sein, dass die sonst durch eine Alarmanlage gesicherte Reliquie gestohlen worden war? Hatte die Täterin oder der Täter die Sicherungseinrichtung manipuliert oder gar außer Kraft gesetzt? Wie konnte die Diebin oder der Dieb in die abgeschlossene Kirche gelangen und entkommen? Was wollte die Person mit der Reliquie? Sie verkaufen? Andreas Goettle konnte sich nicht vorstellen, dass dieses Schmuckstück einen Abnehmer finden konnte. Händler, selbst diejenigen, die Marktplätze im Geheimen beherrschten, wären sich der Brisanz des Gegenstands bewusst und würden von dieser heißen Ware die Finger lassen.

»So, da ist sie ja, die Basilika«, riss ihn der Taxifahrer aus den Gedanken. »Zwölf Euro fuffzich. Machen wir fünfzehn.«

Als er den verdutzten Blick seines Fahrgastes sah, konnte der Droschkenlenker ein Grinsen nicht unterdrücken.

»Spaß. Ich habe gedacht, ich hole mir einen Teil der Kirchensteuer wieder.«

»Wenn der Trick öfters fonktioniert, hen Se die bald wieder henna«, erwiderte Andreas Goettle, bezahlte und stieg aus.

Auf dem Münsterplatz herrschte gemächliches Treiben. Einige Passanten schlenderten vorbei, betrachteten die

Auslagen der Geschäfte. Einige studierten die Plakate an der Touristeninformation. Über allen wachte die Basilika in ihrer ganzen barocken Pracht. Andreas Goettle ließ sich einen Moment von dem beeindruckenden Anblick gefangen nehmen. Die imposante Klosterkirche auf dem Martinsberg erinnerte ihn daran, dass er ein winziges Rädchen im Getriebe des Weltenlaufs war, gefangen in einer Zeit, in der die Kirche die Menschen mit ihren Botschaften immer seltener erreichte. Als die Basilika erbaut worden war, hatten die Äbte ihre Macht mit dem repräsentativen Gebäude untermauert und die Bevölkerung damit eingeschüchtert. Es war nicht so, dass er sich diese Zeit zurückwünschte. Goettle war sich bewusst, dass im Namen des Herrn nicht nur gerechte Entscheidungen gefällt worden waren. Aber ein wenig mehr Demut könnte der Gesellschaft nicht schaden, dachte er.

Der Geistliche konnte sich nicht gegen die Ergriffenheit beim Anblick des »Schwäbischen St. Peters« wehren. Langsam ging er auf das Gebäude zu, das mit jedem Schritt mehr gegen den Himmel wuchs.

Ein roter Schriftzug an der Mauer zum Aufgang erhaschte seine Aufmerksamkeit. »Bluttritt ist Tierquälerei«, war dort zu lesen.

»Aha, des isch ja interessant«, murmelte Biberachs Gemeindepfarrer und setzte seinen Weg fort.

Sebastian Seegmüller erwartete seinen Gast in seinem Büro. Er sah mitgenommen aus, die Sorgenfalte auf seiner Stirn hatte an Tiefe gewonnen und Goettle schätzte, dass sein Kollege seit dem Zwischenfall wenig Schlaf gefunden hatte. Dennoch hielt es ihn nicht auf seinem Stuhl. Unruhig umkreiste er seinen Schreibtisch und wiederholte die Worte »unfassbar«, »Katastrophe« und »Gotteslästerung« wie ein Mantra.

Andreas Goettle sah ihm eine Weile zu. »Herr Kollege, dän Sie mir oin G'falla ond setzet Se sich. Sonschd kennet Se sich heut Obend a Paar neue Schuah kaufa. So viel, wie Sie romlaufet.«

Seegmüller blieb einen Moment stehen, blickte ihn mit leeren Augen an, setzte seine Wanderung fort und warf die Arme theatralisch in die Höhe.

»Was sollen wir tun?«, presste er hervor. »Der Blutritt kann ohne die Reliquie nicht stattfinden. Außerdem ist sie Bestandteil des Altars. Die Vitrine kann nicht leer bleiben. Die Besucher werden Fragen stellen. Wir müssen sie finden! Doch wo sollen wir suchen? Was ist, wenn sie außer Landes ist? In den Händen dunkler Mächte? Es ist so furchtbar!« Er schlug die Hände vor das Gesicht und stöhnte.

»Jetzt no net hudla. Seit geschdern fehlt das Heilige Blut und die Prozession findet in acht Tag statt. Des isch net viel Zeit, aber mir könnet die Reliquie finda, wenn mir ganz genau nochdenket. Also, no mol von vorn. Sie waret grad dabei, des Heilige Blut aus dem Altar zum hola, um es in der Tresor zum bringa. Dann hen Se a Geräusch vor der Kirch g'hört …«

»Ja. Als ob jemand eine Spraydose betätigt. In letzter Zeit haben wir öfter Schmierereien im Umfeld der Kirche. Angebliche Tierschützer werfen uns vor, dass die Pferde bei dem Blutritt leiden müssten. An der Lautstärke der Blasmusik, zudem sei das Gehen über das Kopfsteinpflaster nicht gut für die Gelenke der Tiere und, und, und. Verquerer Unfug. Ich habe also das Geräusch gehört, habe die Reliquie zurück in den Altar gelegt und bin nach draußen gerannt …«

»Ond hen vergessa, die Alarmolag wieder eizumschalta«, unterbrach Goettle die Erzählung Seegmüllers.

Der nickte stumm.

»Des war natürlich segglbleed … also net so guad. Was isch danoch passiert?«

»Na ja, es ging alles ganz schnell. Ich bin raus aus der Kirche, sehe diese beiden dunklen Gestalten fliehen, will hinterherrennen, trete auf eine Spraydose, komme zu Fall und dann herrschte Dunkelheit. Als ich wieder aufwachte, sah ich das offene Kirchentor. Mein erster Gedanke war: Ich muss nach dem Heiligen Blut sehen. Aber da war es schon weg.«

Andreas Goettle rieb sich über das Kinn. Die Schilderung des Weingartener Pfarrers ergab nicht sehr viele Anhaltspunkte für eine Ermittlung.

»Hen Se die Gestalta erkannt, die vor Ihne g'floha sen? Könntet des die Tierschützer g'wesa sei? Oder gibt's no meh Leut, die was an die Kirchamauer sprühet?«

Seegmüller schüttelte den Kopf. »Nein, es war zu dunkel, ich habe niemanden erkannt. Ich könnte nicht mal sagen, ob es Männer oder Frauen waren. Sie hatten ja diese Kapuzenpullis an. Und die Tierschützer kenne ich nicht wirklich. Es gibt ein paar Studentinnen und Studenten der Pädagogischen Hochschule, die hin und wieder Flugblätter in der Stadt verteilen. Aber die haben mit den Schmierereien nichts zu tun. Das hat die Polizei herausgefunden. Ich habe ja wegen der Graffitis Anzeige gegen unbekannt erstattet.«

»Irgendwie kann i mir des au net vorstella, dass die so gewieft vorganget. Die oine lenket Sie ab ond die andere verstecket sich in dr Kirch, um die Reliquie zum klaua. Die hen ja net wissa könna, dass Sie die Alarmolag net wieder anstellet, bevor Se nauslaufet. Des passt net z'samma.«

Pfarrer Seegmüller heulte auf. »Ja, streuen Sie ruhig Salz in meine Wunden. Ich weiß, dass ich allein die Schuld an dieser Misere trage. Glauben Sie mir, ich würde alles dafür tun, diesen Fehler wiedergutzumachen.«

»Tja, des schlechte G'wissa müsset Se jetzt aushalta«, erwiderte Pfarrer Goettle und lächelte sanft. »Aber mol im Ernschd: Wer könnte Interesse an der Reliquie han oder könnte es sei, dass oiner den Blutritt verhindera will?«

Seegmüller ging um seinen Schreibtisch herum, zog eine Schublade auf, kramte eine Mappe hervor und warf sie vor Goettle auf die Schreibtischplatte. »Da drin sind alle Artikel, Briefe und E-Mails gesammelt, in denen sich Menschen negativ über die Prozession äußern. Genervte Autofahrer, deren Fahrzeuge in den letzten Jahren abgeschleppt wurden, weil sie sich nicht an das Parkverbot in der Innenstadt gehalten haben. Frauen, die sich darüber beschweren, dass sie nicht teilnehmen dürfen. Anwohner, die sich durch die Prozession in ihrer Ruhe gestört fühlen. Menschen, die keiner Kirche angehören und kein Verständnis für den Blutritt aufbringen können. Menschen, die einem anderen Glauben angehören und sich ausgeschlossen fühlen. Radikale Kirchenhasser, Wutbürger, Verschwörungstheoretiker, die gegen alles sind, und so weiter. Wenn Sie diese Papiere durchlesen, werden Sie denken, dass niemand den Blutritt will.«

Goettle blätterte in dem Papierstapel und zog einen Brief hervor, der aus Zeitungsbuchstaben verschiedener Größe zusammengesetzt war. »Wir bluten für den Blutritt«, stand dort geschrieben. »Aufruf zur Massen-De-Menstruation! Frauen Oberschwabens versammelt euch!«

Biberachs Pfarrer ließ kopfschüttelnd das Blatt sinken. »Des Schreiba könnt von meine ›Grüne Minne‹ sei. Des isch a Frauengruppe in Biberach, mit denne isch net zum spaße. Wenn die sich was in dr Kopf g'setzt hen, kennet die koi Pardon. Außerdem spennet die a bissle. Aber Diebstahl? Des isch eigentlich net die Art von de ›Minne‹.«

»Was machen wir denn jetzt?«, fragte Seegmüller.

»Wenn Se vielleicht doch die Polizei eischaltet?«

Weingartens Stadtpfarrer sprang von seinem Stuhl auf, als hätte ihn jemand unter Strom gesetzt.

»Auf gar keinen Fall!«, polterte er. »Wenn die Polizei ermittelt, erfährt über kurz oder lang die Presse von dem Diebstahl. Und das macht ganz schnell in ganz Weingarten, ach was sage ich, in ganz Oberschwaben die Runde. Keine Reliquie, kein Blutritt. Das wäre eine Katastrophe für die gesamte Region.«

Goettle massierte die Schläfen. Er konnte es sich gut vorstellen, was eine solche Nachricht nach sich ziehen würde: Hotels würden massenhaft Stornierungen erhalten, die Ladengeschäfte würden Umsatzeinbußen hinnehmen müssen und das Image der Kirche würde unter dem Diebstahl immens leiden. Medien würden sich auf die Geschichte stürzen und sie ausschlachten. Den armen Seegmüller würden sie als Bruder Leichtfuß markieren, der nicht imstande war, auf die Kostbarkeit aufzupassen. Und es war damit zu rechnen, dass es für ihn berufliche Konsequenzen haben konnte. Die Diözese würde sich einschalten und Ermittlungen anstellen, der öffentliche Druck auf Seegmüller würde zunehmen und letztlich würde er zurücktreten müssen.

»Ond wie wär's, wenn a Duplikat zom Einsatz käm? Zumindeschd für den Altar. Damit die Besucher koine Froga stellet.«

Seegmüller stutzte und sah sein Gegenüber nachdenklich an. »Für den Altar wäre das eine Notlösung. Den Blutritt können wir jedoch nicht mit einer Fälschung durchführen. Es geht schließlich um Gottes Segen, der den Menschen Trost und Hoffnung schenkt.

Mit einer Replika kann das nicht gelingen, das wäre Betrug an allen Gläubigen.«

Goettle nickte. Er hatte selbst einige Male am Blutfreitag teilgenommen und die Kraft gespürt, die von der Prozession ausgegangen war. Er hatte sich einer Gemeinschaft zugehörig gefühlt, und als das Heilige Blut an ihm vorübergetragen wurde, war es, als würden Herz und Geist gleichzeitig berührt. »Sie hen natürlich recht. Mir machet des so: Fürs Erschde sperret mir den Zugang zum Altar und hänget a Tuch drüber. Mir saget, dass er saniert werda muas, ond dann solltet mir jemand finda, der an Reliquiar macha kann.«

»Nun, da gäbe es eine Lösung. Ich kenne jemanden, der in der Lage wäre, eine Kopie des Reliquiars anzufertigen. Ich fürchte allerdings, der Herr ist nicht besonders gut auf mich zu sprechen. Und ehrlich gesagt möchte ich ihn nicht um einen Gefallen bitten, geschweige denn ihn in diese Geschichte einweihen. Diesen Triumph gönne ich ihm nicht.«

Goettle erhob sich. »I glaub, mir hen im Moment net so viele Möglichkeita, ond persönliche Animositäta solltet mir außa vor lassa. I schwätz mit dem Kerle. Vielleicht duat der mir an G'falla. Ond weil mir koi Zeit zom verliera hen, mach i mi glei uff der Weg.«

Eine halbe Stunde später stand Andreas Goettle im Juweliergeschäft Trautwein in der Ochsengasse und wartete darauf, dass Georg Trautwein Zeit für ihn fand. An den Wänden des altmodisch wirkenden Ladens hingen kunstvoll gefertigte Kreuze, Bilder mit christlichen Motiven, zwischen den Vitrinen mit den Schmuckstücken standen Ikonen und Figuren von Schutzheiligen, die über die kostbaren Exponate wachten.

Der Inhaber des alteingesessenen Betriebs, ein gedrungener, grauhaariger Herr, den Andreas Goettle auf 70 Jahre schätzte, bediente ein junges Paar. Seegmüller hatte den Juwelier gut beschrieben, auch wenn er ihn mit Eigenschaften ausstaffiert hatte, die ihm etwas Diabolisches verleihen sollten. In Wahrheit handelte es sich bei Trautwein um einen gutmütigen, höflichen Gesellen, der zudem mit der Geduld eines Bahnschrankenwärters auf der Schwäbischen Alb ausgestattet war, wie Andreas Goettle während des Verkaufsgesprächs erfahren durfte. Der weibliche Part seines Kundengespanns hatte das Objekt der Begierde offensichtlich bereits für sich entdeckt, während sich beim maskulinen Teil die Freude in Grenzen hielt. Offensichtlich war der Preis des Herzensstücks der jungen Dame jenseits der finanziellen Schmerzgrenze des jungen Mannes.

»Schau doch, wie der Ring funkelt. Wie meine Augen«, versuchte sie, ihn zu überzeugen.

»Deine Augen funkeln nur, wenn du wütend bist«, gab er zur Antwort.

Trautwein lächelte milde und sagte nichts.

»Ach, bitte. Den oder keinen«, schob sie nach.

»Also gut: keinen«, parierte er.

»Ich kann Ihnen das Stück gern reservieren«, bemühte sich Georg Trautwein zu schlichten. »Sie überlegen in

Ruhe und sagen mir Bescheid, wenn Sie sich für oder gegen den Ring entschieden haben.«

Er nahm das Schmuckstück und legte es in die Vitrine zurück. Die junge Frau verließ enttäuscht den Laden, ihr Galan folgte ihr mit einem schelmischen Grinsen im Gesicht.

»Du bist so ein Geizhals«, keifte sie im Hinausgehen. »Dabei hast du gesagt, dass du mir die Welt zu Füßen legst.«

»Hab ich ja gemacht, als ich noch Zeitungen austrug. Jeden Morgen habe ich dir die ›Welt‹ zu Füßen gelegt«, erwiderte er.

Die Tür fiel hinter den beiden ins Schloss. Durch das Schaufenster konnte Andreas Goettle beobachten, dass dieser Streit noch lange nicht beendet war.

»Ja, die Liebe. Sie darf halt nichts kosten. Was kann ich denn für Sie tun?«, wandte sich Georg Trautwein an ihn. Seine roten Backen standen in einem starken Kontrast zu den grauen Haaren, die er nach hinten gekämmt hatte. Im rechten Ohr steckte ein schwarzer Knopf mit einem goldenen Kreuz darauf. Das Schmuckstück wollte nicht recht zur Trachtenjacke und der Leinenhose mit Bügelfalte passen, verriet jedoch, dass der Juwelier ein Individualist war.

Biberachs Gemeindepfarrer musterte sein Gegenüber kurz und kam zu dem Entschluss, dass Trautwein ein Mensch war, dem er ohne Weiteres sein Geheimnis anvertrauen konnte. »I glaub, i hab ein sehr spezielles Anliega«, begann er. »Ond vielleicht wär's besser,

Sie sperret kurz den Lada zua. Die Sach sodd nämlich unter uns bleiba.«

»Das hört sich ja sehr spannend an. Und ich dachte, das eben Erlebte würde mein Highlight des Tages werden.« Der Juwelier zwinkerte Goettle zu.

»Noi, gwies net«, erwiderte er und begann zu erzählen.

Vorfreude.

Sie ist zunächst bar jeglichen Makels. Und dennoch ist sie ein zartes Gebilde, das Neider hervorbringt. Diese Missgünstigen setzen alles daran, dieses kleine, nicht bestätigte Glück anderer zu zerstören. Und freuen sich, wenn ihre Bosheits-Sprengköpfe explodieren und die Euphorie in Stücke reißen.

Zacharias Stuber war in einer solchen vorfreudigen Hochstimmung. Dieses Gefühl gehörte nur ihm, denn niemand ahnte, dass sein kleines Glück bald die Freude anderer vernichten würde. Er grinste breit, hob sein Glas Bier an den Mund, um es mit einem mächtigen Schluck zu leeren. Er winkte Rosalie zu sich, die an diesem Abend im Biergarten des Gasthauses Linde bediente, und bestellte ein weiteres Bier. Die hübsche Brünette, die mit einer kurzen schwarzen Lederhose und einem Tanktop bekleidet war, zwinkerte ihm zu. Zacharias war Stammgast und offensichtlich freute sie sich, dass er nicht mehr so trüb vor sich hin glotzte wie in den letzten Wochen.

Ja, seit ein paar Stunden betrachtete er sein Leben wieder in einem helleren Licht. Weil ihm der Zufall einen

Joker zugespielt hatte und er nicht mehr stillschweigend zusehen musste, wie alles den Bach runterging.

Nein, wenn er ins Chaos stürzen sollte, wollte er andere mitreißen. Diesen Widerling Wollschläger zum Beispiel. Dem Vorsitzenden des Festausschusses der Blutreiter-Prozession galt sein besonderer Zorn. Dieser Schlappschwanz war an seinem persönlichen Unglück schuld, er hatte ihm den finanziellen Boden unter den Füßen weggezogen.

Dabei hätte dieser Hanswurst froh sein können, dass sich Zacharias seiner Frau angenommen hatte, bevor sie vertrocknete wie eine Pflanze, die zu wenig gegossen wurde. Kim war eine Frau, die geliebt werden wollte, mit jeder Faser des Körpers. Sie war nicht irgendein Mitbringsel aus einem Thailand-Urlaub, das man in die Ecke stellen konnte und einstauben ließ. Das für die Küche und die Sauberkeit der Wohnung zuständig war und das man wie einen neuen Anzug vorführte, wenn einem danach war.

Genau das war es, was Wollschläger in ihr sah. Eine Köchin, eine Putzfrau und ein exotisches Schmuckstück, das er an- und ablegen konnte, wie es ihm passte.

Zacharias wiederum hatte ihr das Gefühl zurückgegeben, als Frau, als Liebhaberin begehrt zu sein.

Seit ihrer ersten Begegnung auf dem Stadtfest im August des letzten Jahres war Kim aufgeblüht: Aus der zarten verschlossenen Knospe war eine prachtvolle Lotusblüte geworden. Zacharias war sich sogar sicher, dass Wollschläger von der neu entfachten Leidenschaft seiner Frau profitierte. Kim hatte genug Liebe in sich, um zwei Männer glücklich zu machen, und Zacharias dachte nicht im Traum daran, die Ehe der beiden zu gefährden. In diesem Punkt hatte er mit ihr eine klare Abmachung getroffen. Sex ja, Beziehung nein. Anfangs hatte dieses Arrangement wunderbar funktioniert. Kim war zwar sehr anhänglich gewesen und hatte in ihm offenbar eine Art Retter gesehen, der sie aus den Fängen Wollschlägers befreien sollte. Zacharias musste des Öfteren sehr deutlich werden, damit sie begriff, dass sie nicht bei ihm bleiben konnte, wenn sie ihn in seiner Wohnung oder im Büro besuchte. Aber letztendlich hatte sie am Sex ebenso viel Spaß wie er, und Wollschläger machte es ihr wirklich leicht, ihm Hörner aufzusetzen. Er war selten zu Hause, hatte unzählige Termine, geschäftlich und privat. Kim konnte Zacharias besuchen, ohne dass ihr Mann davon etwas mitbekam. Und wenn er zu ihr kam, hatten sie Zeiten vereinbart, zu denen die Nachbarn bei der Arbeit waren oder mit der Familie vor dem Fernseher saßen.

Irgendwann hatte der Rausch der Hormone die Vorsicht gemeuchelt. Vielleicht war es der stetig wachsende Reiz gewesen, Wollschläger zu demütigen, indem Zacharias Kim im ehelichen Schlafgemach Orgasmen entgegentrieb, die ihr Gatte ihr nicht verschaffen konnte. Und so kam es, wie es kommen musste. Wollschläger kehrte an einem Abend früher als erwartet nach Hause zurück, weil eine Veranstaltung abgesagt worden war, und erwischte Zacharias und Kim, die gerade dabei waren, sich die Seele aus dem Leib zu vögeln.

Es war Sex, mehr nicht, und Zacharias wäre bereit gewesen, die Angelegenheit unter Männern zu regeln. Sicher, im Falle einer körperlichen Auseinandersetzung hätte der betrogene Ehemann sicher den Kürzeren gezogen, allerdings hätte man in Ruhe über alles reden können.

Aber Wollschläger wollte Rache. Und er spielte die einzigen Trümpfe aus, die er hatte. Er drohte Kim mit der Scheidung, was bedeutet hätte, dass ihre Aufenthaltsgenehmigung nicht verlängert worden wäre. In diesem Fall hätte sie nach Thailand zurückkehren müssen. Als sie die Drohung vernommen hatte, verließ sie der Geist der Kurtisane und sie verwandelte sich in das Mäuschen zurück, das sie zuvor gewesen war.

Und für Zacharias hatte Wollschläger die Bestrafung parat, die seinen Widersacher am meisten traf. Bei der Ausschreibung des Sicherheitsdienstes für die Tage rund um den Blutritt setzte sich ein anderes Unternehmen durch. Der wichtigste Auftrag des Jahres brach damit für den Unternehmer weg, und das, obwohl er seit zehn Jahren regelmäßig den Zuschlag erhalten und für einen störungsfreien Ablauf der Veranstaltung gesorgt hatte.

Zacharias war klar gewesen, dass Wollschläger seinen Einfluss geltend gemacht hatte, und er lauerte ihm auf, um ihn zur Rede zu stellen. Der betrogene Ehemann ließ kein Argument gelten. Zacharias hatte ihm sogar Geld angeboten, um den Zuschlag zu bekommen. Er hatte geschworen, Kim nie wieder zu sehen, an die Vernunft appelliert, es half nichts. Eine Firma aus Ravensburg hatte den Auftrag bekommen, Zacharias musste einigen Angestellten kündigen, entkam knapp dem Konkurs. Das war der Moment gewesen, in dem er sich geschworen hatte, diesem Wollschläger, diesem Festkomitee, nein, der ganzen Stadt Weingarten zu zeigen, dass es ein Fehler war, auf ein eingespieltes Sicherheitsteam zu verzichten. Wollschläger würde sich an ihn erinnern, ganz zweifellos.

»Hey, du bist ja so gut drauf. Das ist schön«, unterbrach Rosalie seinen Gedankengang und stellte sein Bier vor ihn. »Ich hab mir schon Sorgen gemacht, dass du mich nicht mehr magst.«

Sie zog einen Schmollmund, stützte sich mit beiden Händen am Tisch ab und beugte sich vor. Zacharias konnte einen kurzen Blick auf ihre Brüste werfen, wie üblich trug Rosalie keinen BH. Er rutschte unruhig auf seinem Stuhl hin und her.

Rosalie lächelte. »Was macht dich denn so fröhlich?«, fragte sie. »Ich will mich mitfreuen.«

»Hm, läuft bei mir«, antwortete er. Er konnte den Blick nicht von ihrem Busen lösen und merkte, wie ihm das Blut in die Lenden schoss. Er hatte lange keinen Sex mehr gehabt, viel zu lange. Mindestens zwei Tage nicht. Oder drei. Und Rosalie war ein heißer Feger, wusste ihre körperlichen Attribute perfekt einzusetzen.

»Mir geht es auch gut«, sagte sie. »Ich habe nächste Woche ein Vorsprechen am Theater in Ravensburg. Die suchen da jemand für die Rolle einer Tänzerin. Die Rolle wurde bestimmt allein für mich geschrieben. Was meinst du?«

Sie warf sich in Pose und lachte.

Zacharias zog die Mundwinkel nach oben. »Vergiss Ravensburg, Baby. Du musst groß denken. Berlin, London, Paris, Hollywood, das ist deine Kragenweite.«

Rosalie hauchte ihm eine Kusshand zu. »Du bist ja süß. Aber ich glaube, das wird ein Traum bleiben. Ich bin wahrscheinlich nicht schön genug für die großen Filme. Keine langen Beine, die Titten zu klein, keine aufgespritzten Lippen …«

Ihre Züge verdunkelten sich. Sie nahm einen Lappen und wischte mit ausladenden Bewegungen über den Tisch. Ihre Brüste drückten gegen den dünnen Stoff des Tops und Zacharias spürte seine Geilheit wachsen.

»Das stimmt nicht. Du bist naturschön. Alles echt, kein Plastik. Und du bist gut, das weiß ich. Du brauchst jemanden, der dich fördert. Einen Typen wie mich.«

»Einen Typen wie dich? Soviel ich weiß, bist du Inhaber einer Securityfirma und kein Filmproduzent. Wie willst du mir denn helfen?« Sie hielt in ihrem Putzvorgang inne und sah ihn an.

»Beziehungen«, sagte Zacharias. »Ich kenne Leute aus der Branche. Die brauchen immer neue Gesichter.«

Er zog sein Smartphone aus der Tasche, strich mit dem Zeigefinger über das Display. »Hier, der Joe zum Beispiel. Der arbeitet bei der Bavaria. Der hat mir letzte Woche erzählt, dass die eine neue Serie planen und das

Casting nicht abgeschlossen ist. Meines Wissens ist die weibliche Hauptrolle frei. Wenn du willst, ruf ich den an und mach einen Termin für dich aus.«

»Dein Ernst?« Rosalie starrte ihn an, als wäre er ein Wesen von einem anderen Stern.

Zacharias nickte und fasste sich an die Stirn. »Ich Idiot, da hätte ich früher draufkommen können. Sorry.«

Die Kellnerin juchzte, lief um den Tisch herum, setzte sich auf seinen Schoß und überzog sein Gesicht mit Küssen. »Danke, danke, danke. Dafür hast du was bei mir gut.«

»Ich wüsste da was.«

Zacharias legte seine Hände an ihre Hüften, und als sie ihn gewähren ließ, arbeitete er sich langsam in Richtung Po vor.

Rosalie spürte seine Erregung.

»In zwei Stunden habe ich Feierabend«, flüsterte sie ihm ins Ohr. »Wenn du auf mich wartest, könnte ich mit zu dir kommen und das Vorsprechen üben.«

»Ich glaube, das würde die Sache enorm beschleunigen«, erwiderte Zacharias und küsste sie.

Polizeiobermeister Fritz lenkte seinen Wagen die steile, enge Straße zum Gut Oberstaig hinauf.

»Do darf dr au koiner entgegakomma«, murmelte er in Anbetracht des Weges, der gerade mal breit genug für ein Fahrzeug war. Dabei waren es genau diese Abgeschiedenheit und schwere Zugänglichkeit, die ihn und seine Frau dazu bewogen hatten, ihre Stute Winona in den Stallungen der Familie Riedle unterzubringen. Hier hatten die Pferde weite Auslaufflächen, wurden nicht von Straßenlärm in ihrer Ruhe gestört. Zudem war die Pferdepension ein moderner Betrieb, der bereits in dritter Generation geführt wurde. Entsprechend gepflegt waren der Hof und die Stallungen. Die Pferdeboxen boten ausreichend Platz und die Pflege der Tiere war ausgezeichnet.

Diese Vollpension hatte ihren Preis und Fritz hatte oft darüber nachgedacht, Winona zu verkaufen. Seine Töchter, denen die Stute eigentlich gehörte, studierten beide in Norddeutschland. Sie waren selten bei den Eltern zu Gast, und wenn, hatten sie nicht die Zeit, sich um das Pferd zu kümmern. Also besuchten seine Frau und er das Tier, wann immer sie in der Gegend waren. Ein Pferd wie Winona gab man nicht einfach auf. Sie war anmutig, eigensinnig, auch einfühlsam und vor allem wunderschön. Dem Biberacher Polizeiobermeister ging jedes Mal das Herz auf, wenn er sie sah.

Bis zum Blutfreitag wollte er in der Nähe von Winona bleiben und sich auf die Prozession vorbereiten. Erfahrungsgemäß kamen in der Woche vor dem Ereignis immer mehr Teilnehmer auf dem Gut an, die er größtenteils kannte. Diese gemeinsame Vorfreude hatte in der Vergangenheit zu einigen sehr lustigen Abenden geführt. Denn die Blutreitergemeinschaft war eine sehr trinkfreudige, und was konnte es Schöneres geben, als mit Gleichgesinnten zu feiern und sich gemeinsam auf die Prozession zu freuen.

Fritz bog in die Hofeinfahrt, parkte sein Fahrzeug

vor dem Wohnhaus und stieg aus. Das Gebäude war mit Girlanden geschmückt, die Blumenkästen vor den Fenstern strotzten vor Farbenfreude. Über dem Eingang hieß ein Schild die Ankömmlinge willkommen. Auf den Weiden standen einige Pferde und grasten, Winona war nicht darunter.

Fritz wuchtete sein Gepäck aus dem Kofferraum, das schwerer war als üblich. Er hatte drei Flaschen Palmisch Birnenbrand aus einer Brennerei in Ummendorf dabei, der im letzten Jahr den Blutreitern köstliche Ausklänge der Tage beschert hatte.

»Do frei i mi jetzt scho druff«, murmelte Fritz und leckte sich über die Lippen. In ungefähr 30 Metern Entfernung entdeckte er Johannes, den Sohn des Pferdewirtes Ortwin Riedle, der auf einem Baumstumpf saß und an einem Stock herumschnitzte.

»Hallo, Johannes, schee, dich zum seha«, rief Ernst Fritz und winkte dem Jungen zu. Der sah kurz auf, hob eine Hand zum Gruß und konzentrierte sich wieder auf seine Schnitzerei. Fritz stutzte, ob der sehr zurückhaltenden Begrüßung, zuckte mit den Schultern und klingelte an der Haustür. Charlotte Riedle, die Tochter des Hauses, öffnete ihm.

»Hallo, Charlotte. Mensch, du wirsch ja emmer scheener«, sagte POM Fritz und streckte der jungen Frau die Hand hin. Charlotte ergriff sie und errötete.

»Hallo, Herr Fritz. Schön, dass Sie da sind. Winona war den ganzen Tag schon sehr nervös. Ich glaube, sie weiß, dass Sie heute kommen.«

»Ja, die Tierle hen a ganz oigene Antenne. Die spüret so ebbes. Da könntet mir Menscha ons a Stickle abschneida, gell?«

Charlotte nickte und trat zur Seite, um den Polizeiobermeister hereinzulassen. »Meine Eltern sind in Weingarten bei einer Besprechung, müssten in einer Stunde zurück sein. Sie kennen ja den Weg. Der Schlüssel zu Ihrem Zimmer steckt im Schloss.«

»Alles klar«, antwortete der Polizeiobermeister. »No räum i mol mei Zuigs uff und dann nix wie naus zu mei'm Gaul.«

Winona schien ihn zu erwarten. Als POM Fritz die Stallung betrat, steckte sie den Kopf aus ihrer Box und wieherte.

»Ja, i frei mi au, altes Mädle«, sagte der Polizeiobermeister und streichelte den Kopf der Stute. Ihr braunes Fell glänzte, offenbar war sie unlängst frisch gestriegelt worden. Er öffnete das Tor, ging in die Box hinein und sog tief den würzigen Duft der Stallung ein: Es roch nach Heu, dem Schweiß der Tiere und ein wenig nach Fäkalien. Gewöhnungsbedürftig, aber einzigartig.

Winona stupste mit dem Maul gegen seine Jackentasche. Sie wusste, dass er dort immer eine kleine Leckerei für sie bereithielt.

»Ja, du bisch a ganz G'scheite, gell? Du hosch scho g'spannt, dass i was für di dabeihan.«

Er griff in die Tasche, um ihr zwei kleine Äpfel

auf der flachen Hand anzubieten. Vorsichtig schloss Winona die Lippen um die Früchte und zermalmte sie krachend.

»Des schmeckt, gell? Die sen au b'sonders guad. Die han i vom Baum meiner Nochbore. Die Äpfel aus Nachbars Garten sen besonders süß, verstohsch?«

Fritz gluckste, während die Stute durch erneutes Stupsen Nachschub forderte. Ihr war es offensichtlich egal, dass die Köstlichkeiten durch eine Straftat beschafft worden waren.

Fritz zauberte nochmals zwei Äpfel hervor.

»Man darf nicht stehlen. Das ist eine Sünde«, sagte eine Stimme hinter ihm.

Fritz drehte sich um. Vor der Box seines Pferdes stand Johannes. Für seine 13 Jahre war er sehr groß und sehr dünn, die Hose schlackerte um seine Beine und den Kapuzenpulli hatte er offenbar von seiner älteren Schwester geerbt. Seine Haut war von besonderer Blässe, lediglich ein paar rote Aknepickel besiedelten seine Stirn. Er starrte den Polizisten aus Biberach durch seine große Brille an, seine Lippen zitterten.

»Noi, stehla darf mr net. Da hosch du recht, Johannes. Aber so a paar Äpfel machet nix aus. Mei Nochbore, die pflückt die eh net. No han i denkt, bevor die rahaglet, nemm i a paar mit. Winona freit sich und mei Nochbore kriagt des gar net mit.«

Fritz lächelte den Jungen an, doch der zeigte keine Reaktion.

Johannes blieb stocksteif vor ihm stehen, als wäre er

die Personifizierung der Anklage. »Diebe kommen ins Gefängnis«, stammelte er.

»Ha, jetzt komm. Net wega vier Äpfel. Da gibt's Schlimmeres. Wenn de zum Beispiel jemand den Geldbeutel klausch oder ebbes ganz Wertvolles. Dann kann es sei, dass de ens G'fängnis kommsch.«

Fritz lächelte den Jungen an, Johannes blieb ernst. »Gott hat es gesehen, dass Sie gestohlen haben«, sagte der Junge schließlich. »Und er wird Sie bestrafen.«

Johannes drehte sich um und lief nach draußen.

»Aha, wenn i mi net täusch, sen des die Auswirkunga vom Firmungsunterricht«, murmelte Fritz. »Des kann ja no was gäba.«

Rosalie drehte sich zur Seite und schmiegte sich an Zacharias' muskulöse Brust. Er grunzte wohlig, zog sie näher an sich heran und massierte ihren Hintern. Sie spürte, dass er wieder eine Erektion hatte, und das, obwohl er bereits dreimal wie ein sexuell Ausgehungerter über sie hergefallen war. Zacharias war kein zärtlicher Liebhaber und ganz auf seine Befriedigung bedacht, grob zuweilen, aber er wusste, wie er einer Frau Lust bereiten konnte. Und offenbar war er einer, der nie genug bekam.

Rosalie lächelte und presste ihren Unterleib gegen seinen. »Es ist spät, ich muss gleich gehen. Wir könnten doch kurz deinen Freund bei der Bavaria anrufen und einen Termin ausmachen. Nicht, dass er die weibliche Hauptrolle mit einer anderen besetzt.«

»Das macht der nicht. Vertrau mir«, wisperte Zacharias und bedeckte ihren Hals mit Küssen. Seine Hand fuhr die Innenseiten ihrer Schenkel auf und ab und sie spürte die Hitze zwischen ihren Beinen. Sie stöhnte leise, gab sich kurz seinen Zärtlichkeiten hin. Als er ihre Scham berührte, hielt sie seine Hand fest.

»Bitte, ruf ihn an«, hauchte sie. »Es ist mir wirklich sehr wichtig.«

»Weiß ich. Aber erst zeig ich dir, was mir wichtig ist.«

Er führte ihre Hand zu seinem Glied, sie zog sie zurück.

»Das kenn ich schon«, sagte sie und lächelte.

Zacharias machte keine Anstalten, ihrem Wunsch nachzukommen. Stattdessen tauchte er unter die Bettdecke ab, liebkoste ihre Brüste, ihren Bauch, ihren Venushügel. Seine Bewegungen wurden schneller, fordernder, der Druck seiner Hände wurde stärker. Er tat ihr weh. Rosalie versuchte, ihn abzuwehren, griff mit beiden Händen in Zacharias' Haar und zog seinen Kopf nach oben.

»Lass mich, ich will nicht. Nicht, bevor du mit deinem Freund gesprochen hast.«

Zacharias rollte mit ihr herum, schwang sich auf sie, hielt ihre Arme fest und presste mit seinem Becken ihre Beine auseinander. Rosalie erkannte, dass sie gegen den Muskelprotz keine Chance hatte. Er war durchtrainiert bis in die Zehenspitzen und zudem mindestens 50 Kilo schwerer als sie.

»Verdirb uns nicht die Stimmung. Es ist gerade sehr nett mit uns«, keuchte er. Erneut küsste er ihren Hals, knabberte an ihrem Ohrläppchen. Sein Penis drückte gegen ihren Bauch, eine Hand machte sich unsanft an ihrer Scham zu schaffen, unter seinem Gewicht fiel ihr das Atmen schwer. Rosalie bäumte sich auf und stemmte sich gegen ihn. Der vage Gedanke, dass Zacharias sie hereingelegt haben könnte, regte sich in ihr. Womöglich hatte er gar keine Beziehungen zur Filmbranche, das alles war ein Vorwand gewesen, um sie ins Bett zu bekommen. Sicher würde er sich bald mit seiner Eroberungsmasche rühmen und allen erzählen, wie leicht es war, Rosalie abzuschleppen. Eine Welle aus Wut und Scham überschwemmte sie, gegen ihren Willen stiegen ihr Tränen in die Augen. Diese Geschichte hatte das Zeug dazu, ihren stark angekratzten Ruf noch mehr zu schädigen. Durch ihre knappen Outfits und ihre zahlreichen Liebeleien hielten sie viele für eine kleine Nutte, die für jeden die Beine breit macht, der die richtigen Versprechungen anbrachte. Dabei sehnte sie sich nur nach ein bisschen Anerkennung, wenn es schon keine Liebe für sie geben konnte.

Sie presste die Schenkel zusammen, um ihm das Eindringen zu erschweren, aber ihre Widerborstigkeit schien ihn weiter anzuturnen. Er grunzte, verstärkte den Druck seines Beckens, Rosalie schrie vor Schmerz auf. Sie biss ihm in die Schulter. Zacharias warf den Oberkörper zurück und ließ sie los. Rosalie gab ihm einen kräftigen Stoß, sodass er zur Seite fiel.

»Du spinnst wohl komplett, du dumme Sau!«, schrie er und griff nach ihr. Mit einer behänden Bewegung wich Rosalie aus, rollte sich aus dem Bett und beeilte sich, ihre Sachen im Zimmer zusammenzusuchen.

»He, was soll denn das? Wir wollten Spaß haben und wir hatten unseren Spaß, oder nicht? Zick nicht so rum, du lässt doch sonst auch nichts anbrennen.«

Zacharias massierte die Schulter, an der sich der Biss rot abzeichnete. Rosalie würdigte ihn keines Blickes und zog sich an. »Diesen Freund bei der Bavaria gibt es gar nicht, oder?«, presste sie hervor. Tränen liefen ihr über die Wangen. »Du hast mich verarscht und ich blöde Kuh bin darauf reingefallen. Echt schade, ich habe gedacht, du bist nett.«

»Nett kann ich auch. Das bringt nichts«, erwiderte Zacharias und grinste, obwohl er es ein wenig bereute, dass der Spaß zu Ende sein sollte. Eigentlich fand er es ganz reizvoll, wenn sich eine Frau wehrte und er sich letztlich als Eroberer fühlen konnte. Außerdem war Rosalie schöner, wenn sie wütend war. Er schwang seine Beine aus dem Bett und versuchte, sie daran zu hindern, ihre Shorts anzuziehen. Sie schlug und trat nach ihm. Auch wenn sie ihm damit keine großen Schmerzen zufügen konnte, wich er tänzelnd aus. Der kleine Übungskampf gefiel ihm, zumal er wusste, dass der Sieger bereits feststand.

Das Klingeln seines Smartphones brachte ihn aus dem Konzept. Rosalie nutzte seine Unaufmerksamkeit und floh ins Nebenzimmer. Zacharias zögerte, entschied sich gegen eine Verfolgung und nahm das Gespräch an. Wortlos hörte er zu, und je länger er lauschte, desto mehr verflogen seine Wut und seine Lust auf Rosalie. Er merkte nicht einmal, dass sie zum Ausgang schlich, so euphorisch stimmte ihn das Gehörte. »Gut gemacht, Kleiner«, sagte er und schüttelte die rechte Faust vor seinem Gesicht. »Jetzt packen wir sie alle an den Arsch. Du machst jetzt Folgendes …«

Er senkte seine Stimme und sprach leise weiter, bis er das Telefonat so abrupt beendete, wie er es angenommen hatte. Mit wirrem Blick wendete er sich zu Rosalie, die wie hypnotisiert stehen blieb. »Was ist denn passiert?«

»Gerechtigkeit, Süße. Es gibt Gerechtigkeit. Das Schicksal meint es gut mit mir. Sehr bald werden ein paar Herren bereuen, dass sie sich mit mir angelegt haben«, murmelte er.

»Wie meinst du das? Welche Herren werden sich wundern?« Ihre Stimme hörte sich piepsig an.

»Die Blutreiter, diese Verbrecherbande. Kümmer dich nicht um Dinge, die du gar nicht verstehst …«

Zacharias streckte eine Hand nach ihr aus und bewegte sich auf die junge Frau zu. Sie löste sich aus ihrer Erstarrung, lief zur Wohnungstür, nestelte fahrig an dem Schlüssel, der im Schloss steckte. Er ließ sich nicht drehen.

»Komm, meine Schöne, du sollst an meinem Glück teilhaben. An die nächste Runde wirst du dich lange erinnern. Glaub mir, das wird herrlich«, röchelte Zacharias, wenige Meter hinter ihr. Rosalie wimmerte und zog immer kräftiger an dem Schlüssel, der sich nicht bewegte.

»Sei nett zu mir und ich bring dich persönlich nach Hollywood, versprochen. Ab jetzt ist alles möglich.«

Mit einem Knacken sprang die Tür auf. Rosalie raste die Treppen hinunter und betete, dass ihr Zacharias nicht nachstellte. Als sie unten auf der Straße war, sah sie zum Fenster hoch. Zacharias stand nackt da, sah mit leerem Blick in die Ferne, ballte erneut eine Faust und reckte sie gen Himmel.

»Der Typ ist verrückt, völlig übergeschnappt«, sagte sie leise und eilte davon.

SIEBEN TAGE BIS ZUM BLUTRITT

Vorboten.

Meist lassen sie sich zunächst im Kleinen erkennen und doch haben sie die Macht, sich zu etwas Großem zu entwickeln. Wohl dem, der sie rechtzeitig entdeckt und sich vorbereiten kann. Denn: Vorboten sind wendig, tauchen unter, um dann für unliebsame Überraschungen zu sorgen.

Der Wecker des Polizeiobermeisters Fritz klingelte pünktlich um acht. Während seines Urlaubs wollte er zeitig aufstehen, um sich auf die Zeremonie des Blutritts vorzubereiten. Er hatte am Vorabend festgestellt, dass an seinem Gehrock zwei Knöpfe lose an ihren Fäden hingen. Sie galt es zu befestigen. Ebenso musste er den Schmuck für Winona aussuchen, für den Nachmittag war ein Ausritt mit anderen Teilnehmern angesagt. Außerdem wollte er darüber nachdenken, welche Erwartungen er in den Blutritt mit hineinnahm. Im letzten Jahr war seine Frau an einer Gürtelrose erkrankt, die ihr lange Zeit starke Schmerzen bereitet und von der sie sich sehr langsam erholt hatte. Sein Vater bereitete ihm Sorge, denn es war dem alten Herrn anzumerken, dass er immer mehr das Gedächtnis verlor und nicht mehr allzu lange für sich selbst würde sorgen können. Und auch wenn Fritz selbst bislang von altersbedingten Krankheiten verschont worden war, so beschäftigte es ihn zunehmend, dass er nur noch ein Drittel seines Lebens vor sich hatte. Die Zeit lief gegen ihn und es gab vieles, was er sich vorgenommen, jedoch nicht erledigt hatte. Er hatte sogar eine Liste mit Tätigkeiten geschrieben, die er nach seinem Berufsleben in Angriff nehmen wollte. Voraussetzung war, dass seine Frau und er einigermaßen gesund blieben. Dafür wollte er fürbitten.

Er schälte sich ächzend aus dem Bett, ging zum Fenster hinüber, öffnete es und lehnte sich hinaus. Das saftige Grün der Koppel wurde von einem sanften Sonnenlicht angestrahlt und von den dunkleren Tönen des angrenzenden Waldes eingerahmt. Drei Pferde grasten in friedlicher Eintracht und es schien nichts zu geben, was dieses harmonische Bild hätte zerstören können.

Fritz atmete tief ein und aus, wollte diese Ruhe aufsaugen. Und tatsächlich spürte er mit jedem Atemzug die Lebensgeister in ihm erwachen. »Was frei i mi uff mein Honger beim Frühstück«, sagte er zu sich selbst und schritt fröhlich pfeifend ins Badezimmer, um die Morgentoilette zu verrichten.

Wenige Minuten später stieg er die Treppe zum Frühstücksraum hinunter, aus dem Stimmengewirr und Gelächter zu ihm drangen. Fritz nahm an, dass weitere Bluttritt-Teilnehmer angekommen waren, und freute sich darauf, alte Bekannte zu begrüßen. Auf dem Weg nach unten kam er an einem Zimmer vorbei, aus dem

Geräusche zu hören waren, die nicht zu der allgemeinen Fröhlichkeit passen wollten. Es hörte sich an, als würde jemand weinen. Die Tür stand einen Spaltbreit auf, Fritz sah Johannes, der auf seinem Bett lag und in sein Kissen schluchzte. Zaghaft klopfte der Polizeiobermeister. Johannes schreckte hoch und starrte ihn mit weit aufgerissenen Augen an.

»Johannes, was isch denn los? Warum heulsch denn?«

»Ich heule doch gar nicht.« Der Junge wischte sich mit dem Ärmel seines Sweatshirts über die Augen und die Nase. Fritz nahm auf dem Bett neben ihm Platz und legte ihm eine Hand auf die Schulter.

»Duat dir ebbes weh? Bisch krank?«

Johannes schniefte und zuckte mit den Schultern.

»Hosch Sorga oder macht dir ebbes Angschd?«

Der Junge schien blasser zu werden, als er ohnehin schon war. Seine Mundwinkel zuckten, doch er gab keinen Laut von sich.

»Isch es wega einem Mädle?«

»Quatsch«, sagte Johannes trotzig und drückte das Kissen vor seine Brust.

Polizeiobermeister Fritz lächelte. Er kannte das von seinem Sohn. Mit 13 war es verpönt, Mädchen gut zu finden, bereits drei, vier Jahre später würden sich die Gedanken überwiegend um das andere Geschlecht drehen.

»Wenn du Sorga hosch oder dir ebbes Angschd macht, kannsch emmer zu mir komma«, versuchte er zu trösten. »I kenn mi mit so Sacha aus. I ben ja bei der Polizei.«

Johannes schluchzte laut. Fritz drückte ihn an sich und streichelte ihm über den Kopf. »Ha komm, so schlemm wird's scho net sei. Es goht älles vorbei. Bald kannsch drüber lacha.«

Er hielt den Jungen fest, bis sein Schluchzen in ein Schniefen übergegangen war, und löste sich schließlich von ihm.

»Goht's wieder?«, fragte er und blickte dem Jungen in die rot geweinten Augen.

Johannes nickte.

Fritz klopfte ihm auf die Schulter. »No isch es guad. Wie g'sagt, du kannsch emmer zu mir komma. Mir sen doch Kumpels, oder net?«

Sein Magenknurren beendete das Gespräch. »Siehsch, mei Maga schwätzt au mit mir. Der braucht dringend a Frühstück, sonschd isch er beleidigt.«

Johannes lächelte. Und Polizeiobermeister Fritz beeilte sich, nach unten zu gelangen, um seinen Magen versöhnlich zu stimmen.

»Spannen Sie mich nicht so auf die Folter. Was hat er gesagt?« Pfarrer Seegmüller saß mit Andreas Goettle im Klostercafé und ließ seinen Löffel nervös in seiner Teetasse kreisen.

»Er isch g'schockt, dass des passiera konnt. Ond gleichzeitig au wieder net, weil er einem Triabel wie Ihne älles zuatraut ...«

»Ich muss doch sehr bitten!«

»Des waret seine Worte. Ond anfangs hot er sich

g'weigert, a Duplikat von dem Reliquiar herzumstella. Des isch net so leicht, moint er. Er wäre jedoch bereit, Ihne zum helfa, wenn Sie ihm an G'falla tun, zu dem Sie bisher net bereit waret.«

»Ich weiß genau, was dieser Sturkopf will!«, bellte Seegmüller. »Mit dieser Forderung geht mir dieser Querulant schon lange auf die Nerven und ich werde mich diesem Ansinnen nicht beugen. Nur über meine Leiche!«

Mit empörter Geste warf er den Löffel auf die Tischplatte.

Die Gespräche an den anderen Tischen verstummten, alle Augenpaare waren auf die beiden Geistlichen gerichtet. Goettle nippte an seinem Cappuccino und leckte sich über die Lippen. »Hm, sehr guad, der Kapotschino. Der Trautwein hot scho so ebbes angedeutet, dass Ihne sein Vorschlag net g'falla wird. Es isch halt sei Bedingung.«

»Das kann er getrost vergessen. Es gibt in meiner Kirche keine Trauung für ein homosexuelles Paar. So wie es in keiner anderen katholischen Kirche eine Trauung geben wird. Nie und nimmer.«

Goettle erkannte sein Gegenüber fast nicht wieder. Der ansonsten so souverän wirkende Seegmüller war völlig außer sich, was mit Sicherheit mit dem Diebstahl der Reliquie zusammenhing. Auf seinen Wangen hatten sich rote Flecken gebildet, seine Hände zitterten. An seinen Mundwinkeln hingen weiße Schlieren, was Andreas Goettle an eine geifernde Dogge erinnerte. Natürlich hatte Weingartens Stadtpfarrer so gar nichts von einer Dogge, weder die kräftige Statur noch das laute Gemüt. Im Moment spielten ihm eher die Nerven einen Streich.

»Gucket Se, der Herr Trautwein isch ja scho verheiratet mit seinem Werner. Klar, bloß standesamtlich, aber als gläubiger Mensch hätt er doch ein Recht darauf, au kirchlich traut zum werda. Es muas ja net jeder wissa.«

Seegmüller sprang auf und wischte dabei seine Tasse vom Tisch, die klirrend am Boden zersprang. Er bebte vor Empörung. »Das ist eine Ungeheuerlichkeit, die Sie da von mir verlangen. Wie können Sie es mit Ihrer Verantwortung der katholischen Kirche gegenüber vereinbaren, einen solchen Vorschlag gutzuheißen?«

»Ach, wisset Se, die katholische Kirch nimmt's mit ihrer Verantwortung mir gegenüber au net so genau. I würd saga, da schenket mir ons nix. Ond i ben au der Moinung, mr sodd a paar Kompromisse eingeha, sonschd laufet uns bald alle Schäfla davo. I woiß, des sehet die ganz oba andersch, aber was die net wisset, goht se au nix an.«

Seegmüller ließ sich auf seinen Stuhl fallen, ließ den Kopf auf die Tischplatte sinken und stöhnte. »Herr, was habe ich getan, dass du mich so hart prüfst?«

»Ja, manchmol kann er scho an rechter Plog'goischd sei, onser Herrgott. Genau wie i. Ond weil des so isch, hätt ich einen Vorschlag. Wellet Se den höra?«

Seegmüller hob schwach die Hand, die Stirn berührte nach wie vor den Tisch. Goettle beugte sich vor, um seinem Gegenüber seine Idee ins Ohr zu flüstern. Mit jedem Satz wurde das Gejammer des Blutreiters lauter, es schien, als würden ihm die Worte Schmerzen bereiten.

»Also?«, fragte Goettle laut, nachdem er geendet hatte.

»In Gottes Namen«, röchelte Seegmüller.

»Noi, in Goettles Namen passt besser. Also, i sag dem Trautwein, dass er anfanga kann. Mir dürfet jetzt koi Zeit mehr verliera.«

»… es ist so: Gerade die junge Generation muss sich viel mehr für ihre Belange einsetzen. Nehmen Sie zum Beispiel die Fridays-for-Future-Bewegung. Wenn es sie nicht gäbe, würde die Regierung in Sachen Klimapolitik keinen Finger rühren. Protest muss auf die Straße, Missstände müssen aufgedeckt werden, die Menschen brauchen Informationen, sonst ändert sich nichts.«

Anong war dabei, sich in Rage zu reden. Ihr Gegenüber, ein Journalist der »Oberschwäbischen Nachrichten«, der sich mit Hilmar Glanzer vorgestellt hatte, schien das wenig zu interessieren. Er blickte immer wieder zu dem Tisch hinüber, an dem Pfarrer Seegmüller mit einem anderen schwarz gekleideten Herrn saß, der ihm offenbar Dinge erzählte, die den Weingartener Stadtpfarrer völlig aus der Fassung brachten.

Die mangelnde Aufmerksamkeit ihres Gegenübers ärgerte die junge Frau, schließlich war er wegen ihrer Geschichte hier. Allerdings hatte er von Anfang an Interesse missen lassen. Er hatte bislang kein Wort mitgeschrieben, starrte sie die gesamte Zeit unverwandt an und machte ihr zweifelhafte Komplimente. Carsten hatte offensichtlich richtiggelegen mit seiner Behauptung, der Journalist habe sich nur auf das Gespräch eingelassen, um sie persönlich kennenzulernen. Anstatt sich nach den Zielen der Gruppe zu erkundigen, hatte er sie mit persönlichen Fragen gelöchert und ihr entlockt, dass sie neben ihrem Studium in der Erwachsenenbildung arbeitete und Deutschkurse für Menschen mit Migrationshintergrund gab. Zu intimeren Bekenntnissen wie Lieblingsfilm, bevorzugte Musikrichtung und so weiter ließ sie sich nicht hinreißen. Sie hatte an Glanzer nicht das geringste Interesse. Er war mindestens 20 Jahre älter als sie, zudem eine ungepflegt wirkende Erscheinung. Seine dünnen Haare standen wirr vom Kopf ab und sein Anzug hatte länger keine Reinigung mehr genossen. Wenn sie sich in seine Richtung vorbeugte, nahm sie ein olfaktorisches Gemisch aus Schweiß und Imbissbude wahr. An Selbstbewusstsein mangelte es ihm wiederum nicht. Sein anmaßendes Gebaren, dieses Augengezwinkere, ließ die Vermutung zu, dass er sich für unwiderstehlich hielt.

Anong räusperte sich übertrieben laut und tatsächlich konnte sich Glanzer kurz vom Nebentisch losreißen.

Wie ein ertappter Schuljunge blickte er sie an und errötete. »Entschuldigung. Was haben Sie eben gesagt?«

»Ich habe gesagt, dass der Bürgermeister von Weingarten die Basilika abreißen lassen wird, um darauf ein Einkaufszentrum zu errichten.«

Glanzer nickte kurz, dann starrte er sie an. »Was?«

Anong ließ sich gegen ihre Stuhllehne fallen und schlug die Beine übereinander. »Sie haben mir die ganze Zeit nicht zugehört. Wenn es Sie nicht interessiert, was ich zu sagen habe, können wir das Interview gern abbrechen. Ich habe genug zu tun.«

Am Nebentisch ging eine Tasse zu Bruch, offensichtlich hatte Pfarrer Seegmüller eine ungeschickte Bewegung gemacht. Er stand da, starrte die Scherben am Boden an und bebte vor Wut.

»Ich frage mich die ganze Zeit, was da drüben los ist«, kommentierte Glanzer die Situation. »Der Herr Pfarrer ist völlig von der Rolle. So nervös habe ich den ja noch nie erlebt. Und wer ist dieser andere Typ an seinem Tisch? Kennen Sie den?«

Anong zuckte mit den Schultern. »Nein, kenne ich nicht. Womöglich ein Priesterkollege, der Kleidung nach zu urteilen. Vielleicht gibt es ein Problem mit dem Ablauf des Blutritts. Womit wir ja wieder beim Thema wären …«

Hilmar Glanzer wandte sich wieder ihr zu. »Sagen Sie bloß, Sie und Ihre Gruppe machen den Stadtpfarrer nervös. Ich meine, in Ihrem Fall könnte ich das verstehen. Wer würde bei Ihrem Anblick nicht nervös werden? Oder planen Sie eine Aktion? Das wäre natürlich eine interessante Story.«

Zum ersten Mal an diesem Nachmittag nahm der Journalist seinen Kugelschreiber zur Hand und schlug sein Notizbuch auf.

Anong verdrehte die Augen. »Sie haben offensichtlich nicht viel von dem verstanden, was ich Ihnen gesagt habe. Es geht uns nicht darum, die Zeremonie des Blutritts zu stören oder irgendjemanden nervös zu machen. Wir wollen die Menschen darüber aufklären, dass es unsinnig ist, an dieser Prozession festzuhalten, weil sie nicht mehr …«

»… zeitgemäß ist«, vervollständigte der Journalist ihren Satz. Enttäuscht ließ er den Kugelschreiber auf die Tischplatte fallen und sah auf seine Armbanduhr. »Apropos Zeit, ich muss dringend weg zu einem anderen Termin. Es war sehr interessant, mit Ihnen zu plaudern. Vielleicht können wir unser Gespräch fortsetzen. In einem gemütlicheren Ambiente als hier im Klostercafé. Heute Abend? In einem Lokal Ihrer Wahl?« Glanzer grinste süffisant.

Die junge Frau versuchte, den anzüglichen Ton des Journalisten zu überhören. »Sie können uns gern im ›Alibi‹ besuchen. Wir tagen dort regelmäßig. Sie könnten die anderen Mitglieder unserer Gruppe kennenlernen. Die brennen darauf, mit einem Vertreter des investigativen Journalismus zu sprechen.«

Der Journalist reagierte nicht auf ihren schnippischen Kommentar. Er sah wieder zu den zwei Geistlichen. Seegmüller ließ gerade den Kopf auf die Tischplatte sinken und ein lautes Stöhnen vernehmen.

»Da stimmt etwas nicht«, murmelte Glanzer. Er machte sich eine kurze Notiz in sein Buch und klappte es zu.

»Und? Haben Sie Lust, uns zu besuchen?«

Der Journalist lächelte verlegen. Wieder hatte Anong ihn dabei ertappt, nicht bei der Sache gewesen zu sein.

»Ich lass es mir durch den Kopf gehen«, sagte er. Er stand auf, streckte Anong die Hand entgegen, die sie jedoch nicht ergriff. Der Journalist ließ die Hand sinken, sah sich peinlich berührt im Raum um, offenbar hatte niemand der Anwesenden von dem gescheiterten Abschiedsritual Notiz genommen. Er kramte eine Visitenkarte aus einer Tasche des Jacketts hervor, glättete umständlich die abgeknickte Ecke und legte sie vor der Studentin auf die Tischplatte.

»Womöglich steht Ihnen der Sinn nach einem gemeinsamen Abendessen. Da können wir Ihr Thema vertiefen. Hier sind wir zu sehr abgelenkt.«

Er wies mit einer Kopfbewegung zum Nebentisch, an dem der schwarz Gekleidete Pfarrer Seegmüller etwas ins Ohr flüsterte und lächelte.

»Tut mir leid, ich bin gerade auf Diät. Und ich leide extrem unter Schleimbeutel-Allergie. Da bekomme ich ganz schnell einen dicken Hals«, erwiderte Anong gereizt. Sie fühlte sich von dem Provinzschreiberling nicht respektiert, nicht als Verfechterin für Tierrechte und nicht als Frau. Zornig riss sie ihre Jacke von der Stuhllehne, stand auf und eilte zum Ausgang.

Hilmar Glanzer sah ihr hinterher und gab einen verächtlichen Ton von sich. Diese asiatische Öko-Schnepfe mit ihren haarsträubenden Thesen würde ihn irgendwann anwinseln, damit er mit ihr essen ging. Und den Artikel konnte sie sich abschminken. Sein Chefredakteur würde ihm den Mittelfinger zeigen, wenn er mit dieser Lappalie ankam. Er wandte den Kopf zu den Geistlichen, die sich im Aufbruch befanden. Dabei wurde er das Gefühl nicht los, dass die wesentlich spannendere Geschichte gerade am Nebentisch ihren Anfang genommen hatte. »Ich war lange nicht mehr in der Basilika«, murmelte er.

Nach seinem Gespräch mit Georg Trautwein, der verschmitzt lächelnd den Auftrag entgegengenommen hatte, eine Kopie des Reliquiars anzufertigen, hatte sich Goettle in den Zug nach Biberach gesetzt, um den vermeintlichen Schreiberinnen des Drohbriefs an Pfarrer Seegmüller, seinen »Grünen Minnen«, auf den Zahn zu fühlen. Er hatte einen guten Draht zu den Damen, die keine Gelegenheit ausließen, um sich für die Belange Benachteiligter einzusetzen. Wer benachteiligt war, bestimmten dabei ganz allein die sechs Frauen, die sich zu einer Art Femen Oberschwabens zusammengeschlossen hatten, und es war egal, ob derjenige, der unterstützt wurde, sich seiner Hilfsbedürftigkeit bewusst war.

Goettle mochte die schrägen Gemeindemitglieder, zumal sie ihm oft in brenzligen Situationen zur Seite gestanden hatten, und sei es, um durch Chaos von seinem eigentlichen Tun abzulenken. Und obwohl er sich dessen bewusst war, dass die »Minnen« nichts mit dem

Diebstahl der Reliquie zu tun haben konnten, musste er das letzte Verdachtsmoment ausräumen.

Er hatte sich mit Mandy Biselski, einer der radikalsten Kräfte der »Minnen«, verabredet, um über den anonymen Brief zu sprechen. Die »Ober-Minne« wusste natürlich nichts davon, Goettle setzte auf den Überraschungseffekt, den er zuweilen während der Beichte angewandt und mit dem er einige Sünder zur Wahrheit gezwungen hatte.

Unterredungen der bevorstehenden Art führte er gern im Café Weichhardt in der Wielandstraße, da ihm dort das selbst gebraute Bier und die Bratkartoffeln besonders gut mundeten. Das Nützliche mit dem Angenehmen zu verbinden, war eine seiner Spezialdisziplinen.

Gewohnheitsgemäß war Mandy Biselski eine halbe Stunde zu spät, sodass Biberachs Stadtpfarrer unfreiwillig Zeuge von Kneipengesprächen wurde.

»He, Anita, was dätsch jetzt zu einem Schnäpsle saga?«

»Gar nix, i dät's trenka.«

»Du, neulich han i mei Frau in flagranti verwischt.«

»Ehrlich? I wisst gar net, wo des liegt.«

»Geschdern hem mir Nudla mit Pasta gessa.«

»Mit Pesto?«

»Noi, tronka hen mir nix.«

Goettle schüttelte den Kopf und versuchte, sich auf den Geschmack seines Bieres zu konzentrieren. »Wenn mr des so hört, Herr, könnt mr moina, du warsch bei der Hirnvergabe ziemlich geizig«, murmelte er in sein

Glas. Erleichtert winkte er Mandy Biselski zu, als er sie hereinkommen sah.

»Frau Biselski, endlich, lang hätt i des G'schwätz um mi herum nemme ertraga«, wisperte er ihr verschwörerisch zu und reichte ihr die Hand.

Die junge Frau sah ihn verdutzt an.

Goettle wies mit einer stummen Geste auf den Nebentisch, an dem drei Männer saßen, die mächtig viel Spaß zu haben schienen.

»Mein Arzt hot g'sagt, i soll fümf Portiona Obst am Tag zu mir nehma«, verkündete einer. »Aber fümf Obstler ganget au. Sag i, net mein Arzt.«

»Dann hast du ja heute noch eine Portion offen«, erwiderte sein Tischnachbar.

»Ha ja, i muas ja no fahra.«

»Jetzt versteh ich!«, brüllte Mandy, um das tosende Lachgewitter zu übertönen. »Ich hoffe, Sie warten nicht zu lange.«

Goettle winkte ab. »Net der Rede wert. I bin ja froh, dass Sie Zeit für mich hen.«

»Für Sie immer, Herr Pfarrer. Was kann ich für Sie tun?«

Goettle musterte die junge Frau mit dem asymmetrischen Kurzhaarschnitt, der ihrem ansonsten unscheinbaren Äußeren etwas Pumucklhaftes verlieh. Er wusste, dass der Schein trog. Mandy Biselski saß der Schalk dauerhaft im Nacken, und wenn er geweckt wurde, kannte er keine Gnade.

»I hoff ja, dass der Grund für onser Gespräch eher

harmlos isch. Es geht um die ›Grüne Minne‹ und was ihr in der nächschda Zeit so vorhen.«

Die junge Frau zog die Augenbrauen nach oben und verschränkte die Arme vor der Brust. »Wenn es um die ›Minnen‹ geht, ist ein Gespräch nie harmlos. Das müssten Sie eigentlich wissen.«

Goettle schob ihr den anonymen Brief zu, den er Pfarrer Seegmüller entwendet hatte. Die junge Frau entfaltete das Papier, las und schob das Schreiben wieder zurück. Goettle bemerkte, dass ihre coole Fassade einen Riss bekommen hatte.

»Isch des Briefle von euch?«, fragte er sanft.

»Ich weiß von nix«, gab Mandy Biselski zurück und lehnte sich gegen ihre Stuhllehne. Sie verzog die Lippen zu einem spöttischen Lächeln. »Eigentlich eine prima Idee, so eine Massenmenstruation. Da sollten wir unbedingt darüber nachdenken.«

Goettle nickte. »Mog sei, da kenn i mi net aus ond i will mir des au net vorstella. Mi dät ja eher interessiera, ob es des scho war oder ob's no andere Pläne gibt, um den Blutritt zum störa.«

»Das werde ich Ihnen ganz bestimmt nicht er…«, platzte es aus Mandy Biselski heraus. Sie biss sich auf die Lippen und lief rot an.

»Hab i's doch g'wisst, dass des euer Werk isch«, triumphierte der Geistliche. »Also, raus mit der Sproch: Hen ihr no andere Aktiona vor? Lauft do scho ebbes?«

»Mensch, Herr Pfarrer, was mischen Sie sich denn da ein? Weingarten ist überhaupt nicht Ihr Revier. Wir planen keine Aktion in Biberach, so viel kann ich Ihnen verraten. Das muss reichen.«

Die junge Frau wischte sich mit einer ruppigen Geste ein Haarsträhne aus der Stirn, griff nach dem Glas des Pfarrers und nahm, bevor er protestieren konnte, einen großen Schluck.

»In dem Fall reicht des net. I ben ein Vertreter der katholischen Kirche und der Blutritt isch für mi als Pfarrer und gläubiger Mensch a besonderes Ereignis. I kann und will es net zulassa, dass do Schindluder trieba wird. Und scho glei gar net von euch.«

Mandy Biselski machte keine Anstalten, sein Glas wieder herauszurücken, also winkte er der Kellnerin und gab ihr ein Zeichen, dass er Nachschub brauchte.

»Sie müssen zugeben, und zwar als Pfarrer und gläubiger Mensch, dass es eine Schweinerei ist, dass zu diesem Blutritt keine Frauen zugelassen sind. Wir leben nicht mehr im Mittelalter und es gibt keinen vernünftigen Grund dafür. Wir wollen mit unserer Aktion die Ungerechtigkeit aufzeigen. Und je mehr Frauen mitmachen, desto besser. Vielleicht ändert sich dadurch etwas.«

Goettle seufzte. »Sie hen ja recht. Aber durch euer Massen-Dingsda erreichet ihr gar nix. Des muss mr ganz andersch regla.«

»Ach ja? Und wie?«

»Indem ihr bei der nächschda Kirchenwahl 's Kreuz an der richtiga Stell machet. Ihr müsset euch für die Reformer einsetza. So goht's. Aber noi, die meischde denket, des regelt sich scho von alloi, und gehet net zur Wahl. No bleibt halt älles, wie es isch.«

»Wahl. Demokratie. Das dauert alles viel zu lange. Knüppel auf den Kopp und gut ist.« Sie wandte sich demonstrativ ab.

»So a bleds G'schwätz«, knurrte Andreas Goettle und ließ eine Hand auf die Tischplatte krachen. Die anderen Gäste verstummten und starrten ihn an. Selbst Mandy Biselski zeigte sich irritiert. Eine derartig heftige Reaktion hatte sie von dem Geistlichen noch nie erlebt. Der bebte vor Zorn, sein Gesicht war dunkelrot angelaufen. Er wies drohend mit dem Zeigefinger auf sein Gegenüber.

»I hab emmer Verständnis für eure Aktiona g'habt. Aber älles hot seine Grenza. Ond die sen jetzt erreicht. Wenn ich eine von euch bei der Prozession verwisch, die irgendebbes anderes macht als beta, werdet ihr mi kennalerna. Hen mir ons verstanda?«

»Regen Sie sich ab, es haben sich ja eh nicht genug Teilnehmerinnen gemeldet«, erwiderte Mandy Biselski trotzig.

»Gut zum wissa«, grummelte Goettle und rang um Fassung. Das Bier, das ihm von der Kellnerin gereicht wurde, half ihm dabei. Er leerte das Glas mit drei großen Schlucken, drückte es der Servierkraft mit einem dankbaren Nicken in die Hand und wischte sich mit dem Ärmel seines Hemdes den Schaum von den Lippen.

Sein Gegenüber sah ihm dabei schweigend zu, fuhr mit einem Finger die Maserung des Tisches nach und machte einen nachdenklichen Eindruck. »Eines kann ich Ihnen versprechen: Ohne ›Minnen‹ wird dieser Blutritt nicht über die Bühne gehen«, sagte sie schließlich.

Goettle verdrehte die Augen. »Also gibt es an Plan B?«

Mandy Biselski grinste ihn an. »Oh ja, und im Grunde genommen ist die Idee von Ihnen. Erinnern Sie sich, wie wir dieser Erotikbar einen Besuch abgestattet haben, um den kleinen Joshua zu retten?«

Goettle erinnerte sich allzu gut an seinen letzten Fall, als er das wahrhaftige Kindle vom Bussen aus den Fängen dunkler Mächte befreien wollte, die den Buben in ein äußerst anrüchiges Etablissement entführt hatten. Die »Grünen Minnen« hatten für ordentlichen Wirbel gesorgt, während er den kleinen Jungen suchte. Mandy Biselski beugte sich vor und gab dem Pfarrer ein Zeichen, ihr entgegenzukommen, weil sie ihm etwas ins Ohr flüstern wollte. Als sie geendet hatte, runzelte der Pfarrer die Stirn. »Ond des isch älles?«

»Ich schwöre, das ist alles.«

Goettle schüttelte den Kopf. »Also guad, dass ihr an Dachschada hen, isch mir ja scho lang klar, aber von mir aus. Wenn's weiter nix isch.«

Er erhob sich.

Die Kellnerin kam herangeeilt. »Möchten Sie bezahlen?«, fragte sie und zückte ihren Quittungsblock.

»Noi, die junge Frau isch heut so freundlich und lädt mi ei. Nett von ihr, gell?«

Mandy Biselski wollte protestieren, doch Goettles

scharfer Blick machte ihr deutlich, dass es besser war, seine Entscheidung zu akzeptieren. Mürrisch beförderte sie eine Handvoll Kleingeld aus der Hosentasche und zählte den Betrag auf den Tisch.

»Verbuchet Se's als Schweigegeld«, raunte der Pfarrer ihr zu und ging.

Hilmar Glanzer starrte auf seinen Bildschirm und las zum gefühlt einhundertsten Mal die drei Sätze, die er in der letzten Stunde geschrieben hatte. Der Chefredakteur hatte ihm den Auftrag erteilt, darüber zu berichten, wie sich der Einzelhandel in Weingarten auf den Blutritt vorbereitete. Glanzer hasste diesen Teil seiner Arbeit, auch wenn Geschichten dieser Art zu seinem Job gehörten. Er hatte nicht studiert, um über Belangloses zu schreiben. Im Grunde liefen die Vorbereitungen in jedem Jahr gleich ab, und wenn ihm die journalistische Ehre nicht so wichtig gewesen wäre, hätte er den Artikel vom Vorjahr kopieren können. Das kam für ihn natürlich nicht infrage. Also zermarterte er sich das Gehirn, ob es eine neue, bislang nicht veröffentlichte Perspektive auf das Geschehen geben könnte, blieb jedoch ohne Ergebnis.

Glanzer öffnete seine Schreibtischschublade, um nachzusehen, ob sie einen Schokoladenriegel beherbergte, entdeckte jedoch lediglich leere Verpackungen und schob die Schublade geräuschvoll zu. Seine Kollegin Riedinger sah ihn über den Rand ihres Bildschirms hinweg an und schüttelte den Kopf.

»Ich muss an die frische Luft. Ich kann mich hier nicht konzentrieren«, ließ er seine Bürogenossin wissen und verließ die Redaktion.

Ziellos wanderte er durch die Straßen. Es war nicht viel los in der Stadt, die Menschen gingen ihren Beschäftigungen nach. Auf dem Spielplatz am Stadtgarten saßen drei Jugendliche auf einer Parkbank und rauchten. Sie beäugten ihn feindselig, fühlten sich offenbar durch seine Anwesenheit gestört. Und sofort war wieder diese unerklärliche Wut da. Was glotzten ihn diese Hosenscheißer so überheblich an? Für wen hielten sie sich? Warum waren sie nicht in der Schule?

Glanzer ballte die Fäuste, atmete tief ein und mahnte sich zur Ruhe. Was war denn heute los mit ihm? Lag es daran, dass ihn diese Öko-Zicke so eiskalt hatte abblitzen lassen? »Ich leide extrem unter Schleimbeutel-Allergie«, äffte er sie leise nach. »Und ich leide extrem unter Kratzbürsten-Allergie. Da bekomm ich Ausschlag.« Er lachte verächtlich.

Wie selbstverständlich war er in die Zeppelinstraße eingebogen, hatte den Münsterplatz überquert und ging geradewegs auf die Basilika zu. Ihm fielen die zwei Geistlichen ein, die vorhin am Nebentisch gesessen und irgendetwas Ernstes verhandelt hatten. Sein Bauchgefühl sagte ihm, dass es nicht um philosophische oder klerikale Themen gegangen war, nein, da lag etwas anderes in der Luft. Etwas Brisantes, vielleicht sogar etwas Bedrohliches. Anders konnte er sich Seegmüllers Reaktion nicht erklären. War der Stadtpfarrer womöglich in einen der Missbrauchsfälle verwickelt, über die man so oft las? Glanzer erschrak bei dem Gedanken und fühlte, wie ihn ein kalter Schauer erfasste. Nein, das konnte nicht sein. Seegmüller genoss großes Ansehen in seiner Gemeinde, machte überhaupt nicht den Eindruck, an fleischlichen Lüsten Gefallen zu finden.

Vielleicht lief bei den Vorbereitungen zum Blutritt etwas schief? Hatten prominente Teilnehmer abgesagt? Oder liefen dort Dinge im Geheimen ab, die eine weit größere Bedeutung hatten? Glanzer hatte sich lange mit den Tempelrittern beschäftigt und war im Internet auf eine Gruppe gestoßen, die sich »Neue Loge 2.0« nannte und ihren Sitz in Ravensburg hatte. Sie verbreitete ihre Überzeugung, dass Jesus die Kreuzigung überlebt und mit Maria Magdalena Kinder hatte. Die Vertreter der Kirchen, Wissenschaftler und Historiker stuften dies als haltlose Verschwörungstheorie ein, aber was war, wenn sie alle irrten? Wäre dann nicht auch die Reliquie des Heiligen Blutes ihrer Bedeutung für die Christenheit beraubt?

Glanzer blieb stehen und sah zur Basilika hinauf. Sein Puls ging schnell, er spürte, dass er einer ganz besonderen Geschichte auf der Spur war, und die Antwort auf seine Fragen würde er in dem Gotteshaus finden.

»So, jetzt bisch wieder schee.«

Polizeiobermeister Fritz tätschelte seiner Stute Winona zufrieden den Hals und trat ein Stück zurück, um sein Striegelwerk zu betrachten. Ihr dunkelbraunes Fell glänzte und insgeheim freute sich Fritz auf den Moment, in dem er ihr das Zaumzeug und die bestickte Satteldecke umlegen würde. Das war ein besonderer, ein festlicher Augenblick, wenn Ross und Reiter, für die Zeremonie geschmückt, am Morgen des Blutfreitags die Stallung verließen.

»Johannes? Johannes, wo bist du?«

Eine weibliche Stimme riss ihn aus seinem Tagtraum, kurz danach betrat die Ruferin den Stall. »Haben Sie Johannes gesehen?«, fragte Charlotte Riedle. Sie schien sehr aufgeregt zu sein. Ihre Wangen waren gerötet, sie schwitzte, eine Strähne ihres Haars hing ihr quer über die Stirn.

»Seit heut Morga nemme«, erwiderte POM Fritz.

»Wir suchen ihn seit Stunden. Er ist nicht in der Schule gewesen und beim Mittagessen hat er auch gefehlt.« In Charlottes Stimme klang etwas Verzweifeltes mit. Sie ging von Box zu Box, spähte hinein, die Suche blieb erfolglos.

»Vielleicht b'suacht er an Freund«, versuchte Fritz zu beruhigen.

Charlotte schüttelte den Kopf. »Wir haben überall angerufen, keiner seiner Freunde hat ihn heute gesehen oder etwas von ihm gehört. Einfach so zu verschwinden, ohne Bescheid zu geben, das sieht ihm gar nicht ähnlich.«

Der Polizeiobermeister runzelte die Stirn. Das Gespräch mit Johannes kam ihm wieder in den Sinn, auch die Verzweiflung des Jungen. »Er war heut Morga net guad druff. Um ehrlich zum sei: Er hot g'heult wie an Schlosshond. Irgendebbes scheint ihn schwer zum belaschda. Er hot net g'sagt, was es isch.«

Charlotte sah ihn mit großen Augen an. »Was kann das denn sein? Normalerweise erzählt er mir, wenn ihn etwas bedrückt. Was ist so schlimm, dass er fortläuft?«

Fritz trat auf Charlotte zu, legte ihr einen Arm um die Schulter und drückte sie an sich. »Mach dir koine Sorga. Der taucht scho wieder auf. Vielleicht sen's ja die Hormone. Die brenget oin ganz schee durcheinander. Plötzlich bisch mit Sacha konfrontiert, die dir koiner erklärt. Ond damit musch klarkomma.«

Charlotte sah ihn zweifelnd an. »Hoffentlich ist es nur das. Ich habe Angst, dass ihm etwas passiert ist.«

»Wenn de willsch, helf i dir beim Sucha, okay? Irgendwo muas er jo sei, der Johannes.«

Charlotte hauchte dem Polizeiobermeister einen Kuss auf die Wange. »Sie sind ein Schatz. Ich sage kurz meiner Mutter Bescheid, dann kann es losgehen.«

Fritz sah ihr nach und zwirbelte gedankenverloren seine Schnurrbartspitzen. »Was goht bloß in dem Kerle vor?«, fragte er leise, fand jedoch keine Antwort.

Verzweiflung.

Sie hat oft zwei Gesichter. Zum einen die von Gram und Pein gezeichnete Fratze, die es tunlichst zu verbergen gilt, zum anderen zeigt sie sich als Zornesmaske, die Entschlossenheit verrät.

Johannes war nicht im Unterricht gewesen, sondern hatte sich auf dem Schulhof herumgedrückt, bis ihn der Hausmeister entdeckt und fortgejagt hatte. Die immer gleichen Fragen rotierten in seinem Kopf, und im Grunde gab es lediglich eine richtige Antwort. Er musste eine Entscheidung treffen. Sie erforderte Mut, eine bei Johannes nicht sehr ausgeprägte Eigenschaft, und dennoch war es der einzige Weg. Er führte direkt zu seinem Peiniger Raoul.

Mit wachsweichen Knien stand er vor dem orangefarbenen Haus in der Argonnenstraße und drückte die Klingel. Raoul öffnete. Er trug eine graue Jogginghose und ein schwarzes T-Shirt, seine Haare hatte er zu einem Hahnenkamm hochgegelt. »Was willst du hier?«, raunzte er Johannes an. »Bist du bekloppt oder was?«

»Gib es mir wieder!«

»Was?«

»Das Heilige Blut. Wir müssen es zurückgeben.«

Raoul machte einen Schritt auf Johannes zu und packte ihn am Kragen. »Hat dir jemand ins Hirn geschissen? Wir müssen gar nix. Und jetzt verschwinde.«

Er stieß Johannes weg, doch der ließ sich nicht abwimmeln.

»Ich geh nicht ohne das Heilige Blut. Es gehört dir nicht.«

»Du gehst jetzt, sonst polier ich dir die Fresse.«

Raoul ballte die rechte Hand zur Faust und holte aus. Johannes duckte sich in Erwartung des Schlages, bewegte sich auf den Aggressor zu. »Ich geh jetzt da rein und hole mir das Teil.«

Raoul versetzte ihm einen Stoß gegen die Schulter. Johannes verlor das Gleichgewicht und stürzte. Bevor er sich aufrappeln konnte, war sein Widersacher über ihm und stellte einen Fuß auf seine Brust.

»Pass auf, du Pisser. Wenn du hier nicht gleich verschwindest, bist du ein toter Mann. Außerdem habe ich das Teil nicht mehr.«

»W… w… Was heißt das, du hast es nicht mehr?«

»Du kapierst es nicht, Mann. Es ist weg. Mehr hab ich dazu nicht zu sagen.«

»D… Dann geh ich zur Polizei.«

Johannes Stimme verlor an Kraft, hörte sich weinerlich an und entlockte Raoul ein spöttisches Lachen.

»Gute Idee, Alter. Sag der Polizei, wer das Teil gestohlen hat. Dann kommst du in den Jugendknast und dort habe ich zufällig ein paar Kumpels, die darauf warten, einen Spritzer wie dich fertigzumachen. Und jetzt zisch ab.«

Verzweiflung.

Manchmal wird aus den zwei Gesichtern wieder eins: das des Leids.

Hilmar Glanzer schob die Zettel mit seinen handschriftlichen Notizen zu einem Stapel zusammen, löschte das Licht seiner Schreibtischlampe und zog das Jackett an, das er über die Lehne seines Stuhls gehängt hatte. So richtig zufrieden war er mit den

Ergebnissen seiner Nachforschungen nicht. Bei seinem Besuch in der Basilika war ihm zwar aufgefallen, dass der Altar von einem Tuch verhüllt war, das den Blick auf die Reliquie verbarg, den Grund dafür konnte er jedoch nicht herausfinden. Mehrmals hatte er Pfarrer Seegmüller angerufen, doch er hatte ihn nicht erreicht. Erst als er aufgeben wollte, nahm eine Mitarbeiterin das Gespräch an und erklärte ihm, es müsse am Altar etwas ausgebessert werden. Glanzer hatte intuitiv gespürt, dass dies eine Ausrede war, zumal die Dame keine Details über die Art der Reparatur nennen konnte. Seegmüller sei nicht zu sprechen, hatte sie ihm versichert, der Pfarrer sei mit den Vorbereitungen des Blutfreitags beschäftigt.

Er beschloss, dem »Alibi« einen Besuch abzustatten und sich dort umzuhören. Seine Neugier war geweckt und er wurde das Gefühl nicht los, dass die Tierschützer um Anong Praves etwas im Schilde führten, was über eine reine Informationsveranstaltung hinausging. Womöglich gab es eine Verbindung zur »Neuen Loge 2.0«. Es konnte nicht schaden, einigen Leuten auf den Zahn zu fühlen, vielleicht verplapperte sich jemand oder gab einen unfreiwilligen Hinweis auf Verbindungen oder geplante Aktionen. Glanzers Laune besserte sich. Dies war eine Geschichte nach seinem Geschmack. Hier konnte er seine Erfahrung ausspielen und endlich zeigen, was in ihm steckte. Fröhlich pfeifend verließ er das Redaktionsgebäude.

Zwei Stunden später saß er an einem Tisch im Gasthof Linde, trank sein drittes Glas Whisky-Cola und machte sich Notizen.

Die Atmosphäre im »Alibi« war ihm gegenüber sehr feindselig gewesen. Die jungen Leute, die alle um einen Tisch herumgesessen und diskutiert hatten, hatten ihn angestarrt, während der offensichtlich sehr betrunkene Gast neben ihm ihn vollständig ignoriert hatte. Glanzer hatte Anong Praves inmitten der Gruppe entdeckt und ihr freundlich zugewinkt. Sie hatte ihn mit einem wütenden Blick bedacht und ihrem Nebenmann etwas ins Ohr geflüstert. Die Chance, hier etwas zu erfahren oder der Gruppe näherzukommen, war nicht besonders groß gewesen. Umso überraschter war Glanzer gewesen, als sich Anong Praves' Nebenmann erhoben hatte. Eine junge blonde Frau hatte versucht, ihn zurückzuhalten, doch er stieß ihren Arm unsanft weg und baute sich vor dem Journalisten auf.

»Sieh an, die Presse interessiert sich für unser Projekt«, hatte er gesagt. »Oder wie darf ich den ungebetenen Besuch sonst interpretieren? Ach so, ja, es könnten natürlich persönliche Interessen sein, die Sie herführen.«

Glanzer war ruhig geblieben, hatte mit den Schultern gezuckt und den Ahnungslosen gegeben. »Was ist das denn für ein Projekt?«

»Wenn Sie Anong zugehört hätten, dann wüssten Sie das. Ich werde bestimmt nicht meine Zeit verschwenden und es Ihnen nochmals erklären«, hatte ihn der junge Mann angezischt.

»Pluster dich nicht so auf, Angele!«, war ihm der Betrunkene am Tresen ins Wort gefallen. »Du bist bloß ein angeberischer Klugscheißer. Genauso wie alle anderen. Klugscheißer-Bande!«

»Und du bist eine versoffene Hohlbirne«, hatte Angele sichtlich erregt gekontert. Der Besoffene hatte sich ihm zugedreht und wollte mit einem Faustschlag reagieren, aber der junge Mann war ausgewichen.

»Luis, lass doch. Das führt zu nichts. Reg dich nicht auf und komm wieder her.«

Die blonde Frau hatte versucht zu vermitteln, wurde jedoch mit einem giftigen »Misch dich nicht ein, Charlotte« von Anong angehalten zu schweigen. Ein letzter wütender Blick in Richtung Glanzer, dann hatte sich Luis Angele wieder an seinen Platz begeben.

Der Journalist hatte es vorgezogen, die Lokalität zu wechseln. An diesem Abend konnte er nichts mehr von den Tierschützern erfahren.

Immerhin hatte er nun einen Namen, den er in die Suchmaschine seines Smartphones eingab. Allzu viele Einträge gab es zu Luis Angele nicht. Er studierte an der Pädagogischen Hochschule, war Schulsprecher am Albert-Einstein-Gymnasium in Ravensburg gewesen und schien ein leidenschaftlicher Taekwondo-Kämpfer zu sein. Die Bilder zeigten einen bestens frisierten und modisch gekleideten Strebertypen, der in seiner Kampfausrüstung eine gute Figur machte. In den gängigen sozialen Medien war kein Eintrag über ihn zu finden. Entweder waren die üblichen Portale für die jungen Menschen nicht mehr interessant oder sie hatten ihre eigene Plattform, über die sie kommunizierten.

»Und, nehmen wir noch einen kleinen Whisky-Cola?«

Glanzer schaute vom Display seines Smartphones auf. Die hübsche Bedienung stand vor ihm und sah ihn freundlich an. Seine Augen blieben einen Moment zu lang an ihren Brüsten kleben, die sich deutlich unter dem Stoff ihres T-Shirts abzeichneten. Es war offensichtlich, dass sie keinen BH trug, und noch offensichtlicher war, dass sie sich ihrer Wirkung bewusst war.

»Klar, ich nehme noch einen«, sagte der Journalist tonlos, leerte sein Glas und hielt es ihr hin. Die Schöne beugte sich nach vorn und deutete auf sein Notizbuch.

»Was schreibst du denn da? Einen Krimi oder so?«

Glanzer lächelte, die Aufmerksamkeit der jungen Frau schmeichelte ihm ebenso wie der Gedanke, dass sie ihn für einen Krimiautor hielt. »Ich schreibe für die Zeitung, bin da an einer sehr spannenden Geschichte dran. Könnte man als eine Art Krimi bezeichnen.«

»Bei der Zeitung. Das ist ja interessant.« Sie sah sich um, als befürchtete sie, beobachtet zu werden, und beugte sich weiter vor. Glanzer fiel es schwer, Augenkontakt zu halten und ihr nicht in den Ausschnitt zu sehen.

»Ich glaube, ich habe da eine heiße Story für dich. Ich bin nicht sicher, was läuft, aber in den nächsten Tagen wird etwas Großes passieren.« Ihre grünen Augen leuchteten, ihre Wangen waren leicht gerötet.

»Ach, da bin ich ja gespannt«, brachte Glanzer krächzend hervor. Die ungewohnte Nähe zu einer jungen, schönen Frau verwirrte ihn, ihm wurde warm.

Sie vergewisserte sich kurz, ob jeder Gast versorgt war, setzte sie sich neben ihn und sprach im Flüsterton weiter. Je länger sie erzählte, desto mehr sprang ihre Aufregung auf ihn über. In seinem Kopf reihten sich die Bilder der Erzählung und die seiner vagen Theorien zu einem Film, der Unglaubliches versprach. »Was genau hat diesen Zacharias so in Hochstimmung versetzt? Hast du irgendeine Idee? Wieso werden sich die Blutreiter wundern?«, fragte er.

Rosalie schüttelte den Kopf. »Keine Ahnung. Ich weiß, dass er in den letzten Jahren für die Sicherheit beim Blutritt zuständig war. Security und so. Aus irgendeinem Grund ist er es in diesem Jahr nicht mehr. Er war lange Zeit ziemlich schlecht drauf, doch seit gestern ist er wie ausgewechselt.«

Glanzer klopfte mit seinem Kugelschreiber auf die Tischplatte vor ihm. »Was hat er vor?«, fragte er leise.

»Find's raus«, sagte Rosalie und tätschelte seinen Oberschenkel. »Aber eins muss klar sein: Von mir hast du den Tipp nicht bekommen. Wenn Zacharias erfährt, dass ich dir das erzählt habe, macht er mich kalt.«

Sie stand auf, nahm das leere Glas und wollte zur Theke gehen, um es aufzufüllen. Glanzer hielt sie am Handgelenk fest. »Warum gehst du mit dieser Geschichte nicht zur Polizei? Warum erzählst du sie mir?«

Rosalie machte sich los und sah ihn streng an. »Was soll ich denen erzählen? ›Passt auf, am Blutfreitag passiert was. Ich weiß zwar nicht, was, aber es wird schrecklich sein.‹ Pff, die halten mich für komplett gaga, wenn ich denen so komme. Und außerdem: Ich bin nicht lebensmüde.«

Sie verschwand hinter dem Tresen und Glanzer vertiefte sich in seine Notizen. Eine seltsame Geschichte war das. Auf der einen Seite standen die Tierschützer, die gegen den Blutritt waren, auf der anderen Seite dieser ehemalige Securitymann, der aus einem ominösen Grund auf Rache sann. Gab es da eine Verbindung? War Pfarrer Seegmüller deshalb so aufgeregt? Und wie stand der zugehängte Altar damit im Zusammenhang? Die Reliquie …

Der Gedankenfaden riss, als Rosalie sein Getränk vor ihm abstellte und abwartend stehen blieb. Glanzer zog seine Brieftasche hervor, die Kellnerin winkte ab. »Lass stecken, der geht aufs Haus. Was die Information jedoch angeht …«, erneut sah sie sich vorsichtig um und sprach im Flüsterton weiter, »… die hat ihren Preis.«

»Was willst du dafür haben?«

Sie legte einen Zeigefinger an die Unterlippe und sah verlegen zur Seite. »Ich arbeite hier zur Aushilfe. Eigentlich bin ich Schauspielerin, das wissen allerdings nicht so viele. Wenn die Leute meinen Namen in der Zeitung lesen, kommen sicher Anfragen und ich habe bei den Vorsprechen etwas in der Hand.«

Glanzer klappte sein Notizbuch zu, trank seinen Whisky-Cola aus und warf seine Jacke über die Schultern. Er war ein wenig enttäuscht, dass dieses Gespräch in ein ihm bekanntes Fahrwasser geraten war. Immerhin geisterte selbst jungen Leuten der Gedanke durch den Kopf, dass Zeitungen Karrieren fördern konnten.

»Mal sehen, was ich da für dich tun kann«, erwiderte er, kramte in der Jackentasche, beförderte eine ramponierte Visitenkarte hervor und drückte sie Rosalie in die Hand. »Die Chance auf deinen Artikel steigt, wenn du mehr Infos für mich hast. Eine Hand wäscht schließlich die andere, nicht wahr? Außerdem scheinst du einen ganz guten Draht zu diesem Zacharias zu haben. Fühl ihm ein bisschen auf den Zahn, womöglich erzählt er dir mehr.«

Rosalie verschränkte die Atme vor der Brust und warf den Kopf theatralisch in den Nacken.

Glanzer lachte. »Ja, die Empörte würde ich dir abkaufen. Weiter so, dann wird es etwas mit der Karriere.« Er kicherte über seinen Gedanken und verließ das Lokal.

Rosalie sah ihm nach. Sie fühlte sich nicht wohl bei dem Gedanken, dass sie diesen schleimigen Journalisten auf Stubers Fährte gesetzt hatte. Zumal sie ja nicht wusste, was Zacharias in Euphorie gebracht hatte. Womöglich ging dieser Schreiberling zu leichtfertig bei der Informationsbeschaffung vor, ahnte nichts davon, dass Zacharias nicht zimperlich mit Leuten umging, die ihm gegen seinen Willen zu nahe kamen. Sie sah ihr Smartphone auf dem Tresen liegen und starrte die Karte in ihrer Hand an. Sie musste diesen Hilmar Glanzer warnen. Oder sollte sie ihn einfach in sein Schicksal rennen lassen? Ein Gast rief nach ihr. Sie musste ihre Entscheidung vertagen.

Rechnungen. Werbung. Ein Schreiben einer politischen Bewegung. Rosalie steckte die Post, die sie aus dem Briefkasten genommen hatte, achtlos in ihre Umhängetasche. Das Licht im Treppenhaus ging aus, fluchend tastete sie sich zum Schalter. Ein Rascheln ließ sie zusammenzucken. Da war jemand. Zacharias, schoss es ihr sofort durch den Kopf. Sie erstarrte. Ihr Puls raste, ihre Beine gaben nach, sie fühlte eine Ohnmacht aufsteigen. Panisch krallte sie sich mit der rechten Hand an den Briefkästen fest, während die linke die Wand nach dem Lichtschalter absuchte. Sie hörte ein leises Stöhnen, ein Maunzen, wie es Kinder kurz nach dem Aufwachen von sich geben. Die Finger fanden den Schalter, Licht flutete das Treppenhaus. Sie brauchte einen Moment, um sich an die Helligkeit zu gewöhnen, schirmte ihre Augen mit einer Hand ab. Am Ende des Ganges entdeckte sie eine zusammengekauerte Gestalt, die ihr den Rücken zukehrte.

»Hallo? Was machen Sie hier?«

Langsam bewegte sie sich auf den fremden Menschen zu, der nicht auf sie reagierte. Womöglich wollte er sie anlocken, um plötzlich eine Waffe aus der Jacke zu ziehen und sie zu bedrohen. Rosalie blieb stehen. Sie zog ihr Smartphone aus der Gesäßtasche ihrer Jeans und hielt es vor sich. »Wenn Sie nicht gleich verschwinden, rufe ich die Polizei.«

Das Menschenbündel entknotete sich, wandte sich ihr zu und starrte sie aus verquollenen Augen an. »Nein, bitte, keine Polizei«, brachte es schluchzend hervor. »Ich bin es …«

»Johannes!«, rief Rosalie, als sie ihren Halbbruder erkannte. Sie stürzte auf ihn zu und schloss ihn fest in die Arme. Ihr Herz hämmerte in der Brust, und so groß ihre Überraschung war, so groß war die Erleichterung, keinen Kampf überstehen zu müssen. Johannes presste sein Gesicht an ihre Schulter und weinte hemmungslos.

»Was zum Teufel machst du hier? Mitten in der Nacht?«

Der Junge schluchzte und ließ sich durch ihre Schaukelbewegungen nicht beruhigen. So aufgewühlt hatte Rosalie ihn noch nie erlebt. »Was ist denn los? Du bist ja völlig durch den Wind. Hat Papa dir was angetan? Hat er dich gehauen?«

Als habe er auf einen Anlass gewartet, erwachte der alte Zorn auf den Stiefvater, der sie nie akzeptiert hatte und mit harter Hand erziehen wollte. Der sie vor den Augen ihrer untätigen Mutter beschimpft und verdroschen hatte, weil sie sich seinen Verboten widersetzte. Sie wurde von einer Welle der Wut erfasst, die von all den tiefen Demütigungen und all der Missachtung erzeugt wurde. »Dieses Schwein«, wisperte sie.

Johannes schüttelte den Kopf und blickte sie an. »Nein, Papa hat keine Schuld. Ich hab Scheiße gebaut, Rosalie. Ziemlich große Scheiße.«

Von einer inneren Stimme angetrieben wankte Hilmar Glanzer erneut in Richtung Münsterplatz. Es nieselte leicht, das konnte seine gute Laune jedoch nicht trüben. Er fühlte sich angenehm benebelt, gleichzeitig beschwingt, fast euphorisch. Die Andeutung dieser Kellnerin versetzte ihn in Hochstimmung, erzeugte Szenarien und Bilder in seinen Kopf, die er unmöglich in den Schlaf mitnehmen konnte. Also war er in die Redaktion gegangen und hatte seine Informationen und seine Vermutungen miteinander verknüpft und niedergeschrieben. Je mehr er darüber nachdachte, formierte sich der Verdacht, dass diese »Neue Loge 2.0« in irgendeiner Form an den Geschehnissen in Weingarten beteiligt war. Nun galt es nur noch zu beweisen, dass es eine Verbindung zu Stuber gab, der womöglich einer der Köpfe der Vereinigung war. Glanzer war zufrieden. Gut, dass er seine berufliche Neugier, sein Gespür für Geschichten behalten hatte. Endlich hatte er die Story vor sich, auf die er so lange gewartet hatte. Auch wenn er über einen Umweg daran gekommen war und das Schicksal einen wesentlichen Einfluss auf die Wendung genommen hatte. Egal, warum sollte er nicht einmal Glück haben? Er hatte es verdient.

Ein Geräusch ließ ihn aufhorchen. Er sah die Silhouetten zweier Gestalten, die sich zügig über den Münsterplatz bewegten. Ihm schien, als schwebten sie über den regennassen Boden, es waren keine Schritte zu hören. Glanzer wischte sich mit einer Hand über das Gesicht und rieb sich die Augen. Die beiden bewegten sich in Richtung Basilika, blieben kurz am Treppenaufgang stehen, steckten die Köpfe zusammen und bogen in Richtung Abteistraße ab. Wie von einer unbekannten Macht gesteuert, folgte der Journalist den Schattenwesen. Sein Herz schlug ihm bis zum Hals, er zitterte, wagte kaum zu atmen, schlich lautlos im Schutze der Dunkelheit voran. Der feine Regen verschleierte seine Sicht, er musste näher heran, um zu sehen, was diese Gestalten vorhatten. Die ganz in Schwarz Bekleideten bewegten sich behände vorwärts, immer weiter nach oben, unterbrochen von kurzen Pausen, in denen sie sich besprachen. Glanzer behielt die beiden im Blick und unterdrückte eine aufsteigende Panik. Es gab wenige Möglichkeiten, sich zu verbergen, zudem war die Straße durch die Nässe rutschig, er musste also bedachter vorgehen, um dem Geschehen näher zu kommen und unversehrt zu bleiben. Einen Moment lang dachte er darüber nach, einfach umzudrehen und nach Hause zu gehen. Er rang den Gedanken nieder. Dies hier war nichts für Feiglinge, nur der Mutige wurde belohnt.

Der Weg vor ihm beschrieb eine Kurve, er verlor die Verfolgten aus den Augen und beschleunigte seinen Schritt. Die Feuchtigkeit durchdrang seinen Mantel, ihn fröstelte.

Sein Smartphone klingelte. Glanzer erschrak. In der angespannten Stille klang sein Klingelton wie ein Donnergrollen. Er griff in die Tasche, um das Gerät auszustellen, fand den entsprechenden Knopf aber nicht. Einen Augenblick war er abgelenkt, dann hörte er

Schritte, die von oben auf ihn zueilten. Er löste sich aus seiner Kauerhaltung und hastete die Straße hinunter. Die Schritte kamen näher und Glanzer fühlte die Panik zurückkehren, die ihm das Atmen erschwerte. Er glitt aus, stürzte, rappelte sich auf und sah eine der beiden Gestalten auf sich zufliegen. Ein Schlag ins Gesicht raubte ihm kurz die Sinne, rote Sterne kreisten vor seinem inneren Auge, er ging zu Boden. Ein Tritt traf ihn in die Seite. Instinktiv igelte er sich ein, um dem nächsten Schlag die Wucht zu rauben. Er kam nicht. Die Schritte entfernten sich, verloren sich in den Gassen der Altstadt und waren bald nicht mehr zu hören.

Glanzer blieb benommen auf der nassen Straße sitzen, seine rechte Gesichtshälfte schmerzte, das Auge pochte und sein Magen schien sich zu verkrampfen. Er versuchte aufzustehen. Heftiger Schwindel attackierte seinen Gleichgewichtssinn, ihm wurde übel. Er erbrach sich geräuschvoll. Heftig atmend verharrte er auf dem Asphalt des Münsterplatzes und sammelte seine Kräfte. Es dauerte einige Minuten, bis er wieder einen klaren Gedanken fassen konnte. »Schwein gehabt«, murmelte er.

SECHS TAGE BIS ZUM BLUTRITT

Spannungen.

Manchmal liegt etwas Unerklärliches in der Luft. Nicht zu sehen, nicht zu hören, nicht zu riechen, nicht zu ertasten. Und dennoch ist dieses Etwas wahrnehmbar, ergreift Besitz von Gefühlen und Gedanken, bringt die Nerven zum Schwingen.

Die Stimmung am Frühstückstisch in der Pferdepension Riedle war gedämpft. Die anwesenden Reiter hatten vom Verschwinden des jüngsten Riedle-Sprosses erfahren, Charlotte und Polizeiobermeister Fritz waren erfolglos von ihrer Suche zurückgekehrt. Niemand der Befragten in Weingarten und Umgebung schien den Jungen gesehen zu haben, es gab nicht den Hauch einer Spur von ihm.

Fritz rührte gedankenverloren in seiner Tasse Kaffee und sah zum Fenster hinaus. Er spürte die Angst der Mutter des Jungen und Charlottes Sorge um ihren Bruder. Johannes galt als zuverlässig, er war ein guter Schüler, die Arbeit mit den Pferden machte ihm Spaß und der bevorstehenden Firmung sah er mit freudiger Erwartung entgegen. Und dennoch beschäftigte ihn irgendetwas, über das er mit seinem engsten Umfeld nicht geredet hatte. Was konnte so schlimm sein, dass ein 13-Jähriger nicht damit zurechtkam? Hatte er etwas angestellt? Wurde er von Mitschülern bedroht? Machte ihm etwas Angst?

Der alte Riedle bekämpfte seine Sorge um Johannes offensichtlich mit Arbeit und zunehmend schlechter Laune. Er hatte kein Wort über das Verschwinden seines Sohnes verloren, sich nicht an der Suche beteiligt. Er war der Gesellschaft der Blutreiter ausgewichen, es schien, als ginge ihn das alles nichts an. Und auch an diesem Morgen hatte er früh das Haus verlassen, um die Zäune der Koppel zu prüfen.

»I wusst gar net, dass Sie no a Tochter hen, Frau Riedle«, sagte Ernst Fritz. »Die hab i hier no nie g'seha.«

Frau Riedle drehte nervös ihren Ehering am Finger. Ihr Blick wanderte unstet über den Frühstückstisch auf der Suche nach einem Halt oder einem Grund, um sich aus dem Gespräch ausklinken zu können. Doch alles stand an seinem Platz, so wie es sein sollte.

»Sie heißt Rosalie und stammt aus meiner ersten Ehe«, antwortete sie zögerlich. »Sie lebt seit einigen Jahren nicht mehr bei uns. Sie hat ihren eigenen Kopf, da ist ein Zusammenleben schwierig.«

»Sie ist das schwarze Schaf der Familie«, ergänzte Charlotte und machte mit den Händen Anführungszeichen in die Luft. »Rosalie hat sich nie für den Hof interessiert. Für die Schule auch nicht. Sie ist lieber feiern gegangen. Mit allem, was dazu gehört. Sex und Drugs und Rock 'n' Roll.«

»Charlotte, bitte, was soll das denn?«

Edith Riedle sah ihre Tochter wütend an.

»Wieso? Das ist kein Geheimnis. Das weiß ganz Weingarten, dass Rosalie nichts anbrennen lässt und das macht, worauf sie Bock hat. Ist ja auch egal. Wir sind bei ihr gestern vorbeigefahren, um sie zu fragen, ob Johannes bei ihr ist. Aber sie war nicht zu Hause.«

»Hot der Johannes no Kontakt zu seiner Halbschweschder?«, fragte POM Fritz.

Edith Riedle zuckte mit den Schultern. Es war ihr anzusehen, dass es ihr unangenehm war, über ihre Tochter zu sprechen. Sie sah zum Fenster hinaus, um sich zu vergewissern, dass ihr Mann nicht in der Nähe war.

»Johannes hat sich immer gut mit ihr verstanden«, begann sie leise. »Man kann Rosalie vieles vorwerfen, sie hat wirklich dumme Fehler gemacht, aber sie hat ein großes Herz und ein offenes Ohr für alle. Es kann gut sein, dass Johannes sie ab und zu nach der Schule besucht. Sie darf ja nicht hierherkommen. Mein Mann und sie haben große Probleme miteinander …«

Charlotte lachte schrill. »Ha, der ist gut. Papa hat sie regelrecht aus dem Haus geprügelt. Er mochte sie von Anfang an nicht. Das hast du selbst gesagt. Und Rosalie hat sich gegen ihn gewehrt. Auf eine sehr undiplomatische Art, aber immerhin.«

»Darf ich Ihnen Kaffee einschenken, Herr Fritz?«

Mit einer fahrigen Bewegung hob Edith Riedle die Kanne an, verfehlte jedoch die Tasse des Polizeiobermeisters und tränkte das Tischtuch mit der dunklen Flüssigkeit.

»Verdammte Sauerei. Das ist alles deine Schuld!«, keifte sie Charlotte an. »Wieso kannst du nicht den Mund halten?«

Sie eilte hinaus in die Küche und kehrte mit einem befeuchteten Geschirrtuch zurück. Fritz bemerkte, dass es ihr nicht zwingend um die Beseitigung des Flecks ging, sondern dass diese Art der Flucht ein eingeübtes Ritual war, um schwierigen Gesprächen auszuweichen. Hektisch betupfte sie die betroffene Stelle des Tischtuchs, ohne eine merkliche Veränderung herbeizuführen. Genervt gab sie auf.

»Rosalie hat sich nie an Regeln gehalten«, brach es schließlich aus Edith Riedle heraus. »Sie hat immer nur an sich gedacht. Trotz Verbot ging sie aus, kam nach Hause, wann sie wollte, oder blieb gleich die ganze Nacht weg. Immer wieder brachte sie neue Freunde an. Die hätten Sie sehen sollen. Einer abgerissener als der andere. Furchtbare Typen. Wahrscheinlich hat einer von denen ihr den Floh ins Ohr gesetzt, Schauspielerin zu werden. Von einem Tag auf den anderen ging sie nicht mehr zur Schule. Bringt ja nichts, hat sie gesagt.«

»Ond no isch Ihr Mann ausg'raschdet?«, hakte der Polizeiobermeister nach.

Edith Riedle verzog verächtlich den Mund. »Es gab immer Streit, wenn sie zu Hause war. Sie hat ihn ständig provoziert und mein Mann ist auf jede Kleinigkeit eingestiegen. Und ja, ab und zu ist ihm die Hand ausgerutscht. Das hat ihm sehr leidgetan, er wollte das nicht. Das hat er ihr immer wieder gesagt. Er hat versucht, eine

Art Frieden mit ihr zu schließen, doch das hat Rosalie immer mehr angestachelt, ihn wütend zu machen. Also hat er ihr nahegelegt zu gehen. Diese ewige Streiterei musste ja irgendwann ein Ende haben.«

Fritz sah Charlotte an, die gelangweilt auf dem Display ihres Smartphones herumwischte. »Ond wie verdient Rosalie ihr Geld?«

»Sie kellnert«, antwortete Charlotte, ohne den Blick von ihrem Telefon abzuwenden. »Und manchmal macht sie Aushilfsjobs. Auch als Model. Was eben so ansteht. So ganz genau weiß man das nicht. Es gibt da so Gerüchte …«

»Charlotte, das reicht!«, brüllte Edith Riedle und feuerte das Geschirrtuch auf den Tisch. »Geh raus und hilf deinem Vater bei der Arbeit. Und schäm dich, so über deine Schwester zu reden.«

»Reg dich nicht so auf«, gab Charlotte zurück. »Die Leute reden halt. Muss ja nichts dran sein. Vielleicht macht sie ja wirklich nur erotische Fotos.«

»GEH JETZT!!!«

Mürrisch verließ die junge Frau den Frühstücksraum. POM Fritz sah ihr hinterher. Sie tat ihm leid. Offensichtlich mochte sie ihre Halbschwester, obwohl die beiden wenig verband. Charlotte hatte einen klaren Plan von ihrem Leben und der sah das Studium zur Pferdewirtin vor, um später den Hof zu übernehmen. Nach allem, was er nun gehört hatte, schien Rosalie das lockere Leben zu bevorzugen. Das passte natürlich nicht in die Weltanschauung ihres Stiefvaters, der sich nichts anderes vorstellen konnte, als seinen Pferdehof zu führen. Und auch wenn Fritz wusste, dass der alte Riedle kein sehr empathischer Charakter war, wunderte es ihn, dass er zu solch drastischen Erziehungsmaßnahmen gegriffen hatte. Ging es hier um die Tochter oder gab es eine Rivalität zwischen ihm und dem biologischen Vater? Edith Riedle wiederum litt darunter, dass ihr Ehemann die Tochter aus erster Ehe nicht akzeptierte und sie hinausgeworfen hatte. Verhindern können hatte sie es nicht. Wahrscheinlich hatte sie nie gelernt, sich gegen dominante Partner durchzusetzen.

»Frau Riedle, vielleicht könntet Sie mit Rosalie schwätza, damit sie ons Bescheid sagt, wenn der Johannes bei ihr auftaucht. Es könnt ja sei, dass er ihre Nähe sucht. Offasichtlich hot er a Problem, des er mit Ihne net besprecha kann.«

Edith Riedle sah ihn an. In ihren Augen schwammen Tränen, die sie vergeblich versuchte wegzuzwinkern. »Wie meinen Sie das? Er kann mit allen Problemen zu mir kommen. Ich bin für ihn da.«

»Freilich. Manchmol gibt's halt Dinge, über die es sich net so leicht spricht. Geschdern Morga war der Johannes sehr durcheinander.«

In wenigen Sätzen beschrieb POM Fritz seine Begegnung mit dem Riedle-Spross und ließ nicht aus, dass Johannes geweint hatte. Edith Riedle lauschte mit ernster Miene und verbarg schließlich das Gesicht in ihren Händen. Der Polizeiobermeister legte ihr eine Hand auf die Schulter. »Machet Sie sich koine Sorga. Mir fendet Ihren Bua. Es wird sich rausstella, dass älles net so schlimm isch, wie es vielleicht aussieht.«

Das »hoffentlich« schluckte Fritz unausgesprochen hinunter.

Rosalie hatte wenig geschlafen in dieser Nacht, war jedoch von Johannes' Geschichte so aufgekratzt, dass sie keine Müdigkeit verspürte. Er hatte ihr alles erzählt. Über die Bedrohung auf dem Schulhof, über die miesen Sticheleien, die Schubsereien, die Prügel, die Abzockerei. Über seine Angst, als Versager und Angsthase zu gelten. Über die Wette, die ihn von der Quälerei befreien sollte. Er hatte ihr von dem unfassbaren Gedanken erzählt, der ihn nun in eine schreckliche Situation gebracht hatte. Je länger Johannes von seinem Leid an der Schule berichtete, desto mehr steigerte sich Rosalie in ihre Wut hinein. Nein, so durfte niemand mit ihrem kleinen Bruder umgehen. Es musste ein Ende haben. Sie wollte diesem Raoul, dem Hauptpeiniger ihres Bruders, beibringen, dass es besser war, Johannes in Ruhe zu lassen. Raoul war eine feige Ratte, in der Gruppe stark, und nur dann, wenn es darum ging, jüngere Mitschüler zu beleidigen, zu beschimpfen, zu schlagen und ihnen Angst einzujagen. Johannes litt seit Monaten unter dem 17-Jährigen, der an der Schule den Ruf eines Gangsters genoss. Er rühmte sich mit seinen Schulverweisen und damit, ein paar Tage Jugendknast abgesessen zu haben. Und er fand offensichtlich genug Schwachköpfe, die sich davon beeindrucken ließen und bereit waren, alles für ihn zu tun.

Die Liste der Schikanen war unfassbar lang. Johannes musste Schutzgeld an Raoul und seine Gang abdrücken; die Reifen an seinem Fahrrad wurden regelmäßig zerstochen; er wurde gezwungen, seine Schulbücher zu verbrennen, was ihm einen Verweis eingebracht hatte. Die Lehrer unternahmen so gut wie nichts, und wenn Strafen verhängt wurden, ließ Raoul seine Opfer noch mehr leiden. Er traktierte sie mit Schlägen und Tritten, forderte absurde Dinge, zum Beispiel diese hirnverbrannte Mutprobe, die Johannes absolvieren sollte. Eine Nacht sollte er in der Basilika verbringen, sich dort filmen, seine Angst dokumentieren, damit Raoul und seine Freunde sich darüber lustig machen konnten. Kompletter Irrsinn.

Sie beschleunigte ihre Schritte. Natürlich hätte Johannes die Reliquie nicht mitnehmen dürfen. Er wollte sie einmal in der Hand halten, hatte er ihr erklärt. Sich dem Blut Jesu ganz nah fühlen. Er hatte gedacht, diese Nähe könnte ihm Superkräfte verleihen. Und dann sei ihm die Idee gekommen, dass er Raouls Mobbingattacken verhindern konnte, wenn er ihm bewies, dass er Mut besaß. Indem er etwas tat, was zuvor niemand getan hatte.

»Ich wollte sie zurückbringen, wirklich. Nur kurz zeigen, damit Raoul glaubt, dass ich kein Schisser bin«, hatte Johannes unter Tränen gestanden. Einmal mehr war es Raoul gewesen, der diesen Plan zunichte gemacht hatte, in dem er Johannes die Reliquie abnahm. Zum Glück hatte er den Eltern nichts erzählt. Rosalie wollte sich nicht ausmalen, was ihr Stiefvater mit dem Jungen angestellt hätte, wenn er von dessen Tat wüsste. Es lag nun an ihr, ihrem Bruder zu helfen. Raoul musste ihr das Schmuckstück aushändigen.

Sie steckte die Hand in ihre Tasche, um das Messer zu fühlen, das sie für Notfälle bei sich führte. Allein die Berührung des Holzgriffes genügte, um ihr Sicherheit zu geben. Sie musste mit allem rechnen: Womöglich war Raoul nicht allein, womöglich würde sie von seiner Gefolgschaft angegriffen.

Sie hatte Johannes nicht geweckt, als sie das Haus verlassen hatte. Ihr Bruder brauchte seinen Schlaf, die nächtliche Beichte und das ganze Gefühlschaos um seine Tat hatten ihn erschöpft. Und es war sicher besser, wenn er ein paar Tage nicht zur Schule ging und bei ihr blieb, zumindest so lange, bis die Sache mit der Reliquie geklärt war. Da kam das Wochenende gerade recht. Das alles hatte sie Charlotte natürlich nicht mitgeteilt, aber sie hatte eine WhatsApp-Nachricht an ihre Halbschwester geschickt, dass Johannes bei ihr war. Sekunden später hatte Charlotte versucht, sie zu erreichen, Rosalie hatte den Anruf weggedrückt. Sie hatte keine Zeit für Erklärungen.

Sie erkannte Raoul von Weitem. Baseballkappe auf dem Kopf, schwarzer Hoodie, lässige Jogginghose. Er lehnte betont lässig an der Mauer außerhalb des Schulgeländes und rauchte. Um ihn herum standen zwei Jungs und ein Mädchen, die auf den Displays ihrer Smartphones herumwischten und kicherten. Johannes hatte recht gehabt mit der Vermutung, dass sie Raoul und seine Clique auch am Wochenende unweit ihres »Machtbereichs«, dem Schulhof, finden würde.

Rosalie sah sich um. Schnelligkeit war gefragt. Sie ging sofort zum Angriff über und stürzte auf Raoul zu, schlug ihm die Kappe vom Kopf, griff beherzt in seine Haare, zog seinen Kopf in den Nacken und rammte ihm das Knie zwischen die Beine.

»Gruß von Johannes!«, brüllte sie und stieß ihm vor die Brust. Der Junge ging zu Boden und krümmte sich vor Schmerz. Seine Begleiter waren von dem Überfall so überrascht, dass ihre Blicke zwischen ihrem Anführer und der Angreiferin hin- und herhuschten. Keiner wagte es einzugreifen.

»Haut ab!«, bellte Rosalie, zog das Messer, klappte die Klinge aus dem Griff und fuchtelte ihnen vor der Nase herum. Ängstlich wichen die drei zurück, bis sie außer Rosalies Reichweite waren, drehten sich um und liefen davon.

»So, du kleine Ratte, jetzt können wir in Ruhe reden. Keiner da, nur wir zwei.« Rosalie ging neben Raoul in die Hocke, bog seinen Kopf nach hinten und presste die Klinge gegen seinen Hals.

»Hör mir gut zu, es ist wichtig. Erstens: In Zukunft lässt du Johannes in Ruhe. Wenn du ihn noch einmal schräg ansprichst, trete ich dir nochmals derartig in die Eier, dass du in einem Mädchenchor mitsingen kannst. Und zweitens: Du hast etwas, was dir nicht gehört. Wir gehen jetzt zu dir nach Hause und dort bekomme ich das Teil zurück. Hast du das verstanden?«

»Ich habe keine Ahnung, was du von mir willst«, ächzte Raoul. Er schwitzte, seine Augenlider flatterten, sein Atem ging stoßweise. Rosalie verstärkte den Druck auf die Klinge, Raoul wimmerte.

»Ich habe nichts getan«, wimmerte er. »Bitte … lass mich.«

»Das Heilige Blut. Du hast es Johannes gestohlen. Ich will es wiederhaben«, wisperte sie ihm ins Ohr.

»Ich habe es nicht mehr, es ist weg«, presste Raoul hervor.

Rosalie versetzte ihm einen Stoß in die Rippen, sodass der Junge aufschrie. »Weg? Was hast du damit gemacht? Es kann nicht einfach weg sein.«

»Ich habe es einem Freund gegeben. Der hat eine Rechnung offen mit den Blutreitern. Die haben ihm den Job weggenommen. Und mir auch. Weil ich für den gearbeitet habe. Voll ungerecht. Aber jetzt sind wir am Drücker.«

Raoul atmete schneller, Tränen liefen ihm über die Wangen und Rotz floss aus der Nase Richtung Kinn. Und doch war ein gewisser Stolz in seinen Worten zu hören. Rosalie hätte ihm dafür gern die Augen ausgekratzt. Raoul war nicht mehr wichtig. Was er erzählt hatte, ließ die Gedanken in ihrem Kopf kreisen. Sie lockerte den Druck auf die Klinge, Raoul rollte um die eigene Achse und brachte so Abstand zwischen sich und die Angreiferin. Er fasste sich an den Hals, befühlte den dünnen Schnitt und riss die Augen schreckerfüllt auf, als er das Blut an seinen Händen sah.

»Du bist vollkommen irre!«, kreischte er. »Du hast mich verletzt. Ich verblute.«

»Jetzt piss dich nicht gleich ein, es ist ein kleiner Kratzer«, knurrte Rosalie. Sie zog ein Taschentuch aus der Manteltasche und warf es ihm ins Gesicht. »Wie heißt dieser Freund?«

»Hab ich vergessen. Ich sag gar nichts mehr«, antwortete Raoul trotzig.

Rosalie holte aus, um ihm eine Ohrfeige zu geben. Sie hielt inne. Plötzlich fügten sich die Puzzleteile aus Gesagtem und Erlebtem zu einem Gesamtbild zusammen. Vor ihrem inneren Auge sah sie die triumphierende Gestalt des Besitzers der Reliquie. Nackt. Am Fenster. Mit geballter Siegerfaust. Sie schlug die Hand vor den Mund. »Oh mein Gott. Zacharias«, krächzte sie. »Du hast das Teil an Stuber gegeben. Du dämlicher Idiot!«

Gedanken wirbelten in ihrem Kopf durcheinander. Der Journalist. Sie hatte ihn auf Zacharias' Fährte gesetzt. Wenn er die ganze Geschichte herausbekam, dann sah es nicht gut aus für Johannes. Sie musste etwas tun.

Auf dem Schulhof wurden aufgeregte Stimmen laut, die sich schnell näherten. Offensichtlich hatten Raouls Kumpane Verstärkung geholt. Rosalie erhob sich, warf dem 17-Jährigen einen letzten wütenden Blick zu und eilte davon.

»Das habe ich nicht gesagt. Ich habe überhaupt nichts gesagt!«, schrie ihr der Junge hinterher. Seine Stimme war kurz davor, sich zu überschlagen. Panisch kramte er sein Smartphone aus seiner Tasche und wählte eine Nummer. »Scheiße, nimm ab, nimm ab«, beschwor er den Angerufenen. Die Verbindung kam nicht zustande.

»Wir sind geliefert, es ist alles aus.« Pfarrer Seegmüller stand die Verzweiflung ins Gesicht geschrieben. Er schien in den 24 Stunden seit ihrer letzten Begegnung um Jahrzehnte gealtert zu sein. Seine Haare klebten kraftlos am Kopf, die dunklen Ringe unter seinen Augen bezeugten schlaflose Nächte und die morgendliche Rasur hatte er offensichtlich ausfallen lassen. Er wirkte auf Andreas Goettle wie eine farblose Version seines Selbst.

»Jetzt no langsam. Was isch denn passiert?«

»Wollschläger, der Vorsitzende des Festausschusses der Blutreiter-Prozession weiß Bescheid, dass die Reliquie nicht mehr da ist, wo sie sein sollte. Das ist das Ende.« Seegmüller schlug die Hände vors Gesicht und atmete geräuschvoll ein und aus.

Goettle sah ihn besorgt an. Das war keine gute Nachricht. »Hot der Wolldenger g'sagt, woher er des woiß?«

»Der Mann heißt Wollschläger. Er hat eine SMS bekommen, von einer unterdrückten Nummer. Irgendjemand hat ihm ein Video geschickt, in dem das Heilige Blut in einer fremden Umgebung zu sehen ist, und fordert eine halbe Million Euro, wenn wir es zurückhaben wollen. Natürlich hat Wollschläger nicht reagiert, weil er das für eine gefälschte Nachricht gehalten hat. Er hat mich sofort aufgesucht und wollte die Reliquie sehen. Die Geschichte, dass sie in Reparatur ist, hat er mir nicht abgenommen.«

Seegmüllers Stimme brach, er musste sich sammeln, um weiterreden zu können. »Du sollst nicht falsch Zeugnis reden wider deinen Nächsten. Das achte Gebot, verstehen Sie? Er hat mich in die Mangel genommen und da konnte ich nicht lügen.«

»Ach, des oine Mol hättet Se a Ausnohm macha könna«, unterbrach Andreas Goettle das Lamento seines Kollegen. Er verstand zwar, dass sich Seegmüller in der Zwickmühle befunden hatte, aber es war nicht besonders vorteilhaft, mehr Mitwisser zu haben. Eine undichte Stelle im Kreis der Informationsträger konnte das Aus für den Blutritt bedeuten.

»Dieser Wollschläger woiß also Bescheid, dass des Heilige Blut weg isch. Gibt es an Verdacht, wer die SMS g'schickt hot? Ond worum an den Wollschläger und net an Sie?«

Pfarrer Seegmüller nickte. »Das habe ich ihn auch gefragt. Es gibt einige, die auf Wollschläger nicht gut zu sprechen sind. Er ist in verschiedenen Vereinen und Gremien und macht gern seinen Einfluss geltend. Da blieb schon mancher auf der Strecke. Er hat Politiker aus dem Amt gestoßen, Geschäftsleute um Aufträge gebracht, die nicht so wollten, wie er es wollte. Und viele sehen es nicht gern, dass er mit einer Thailänderin verheiratet ist. Die hat ihm auch schon Hörner aufgesetzt, sagt man. Was natürlich mit einer gewissen Häme einherging. Alle seine Widersacher wissen, wie wichtig ihm der Blutritt ist. Wollschläger lebt dafür. Aber dass ein gestürzter Politiker oder ein geprellter Geschäftsmann zu solchen Maßnahmen greift, ist wirklich nicht seriös.«

Goettle versuchte, in der Mimik seines Gegenübers den Hauch von Ironie zu entdecken, wurde jedoch nicht fündig.

»Aus meiner Erfahrung woiß i, dass Politiker und Geschäftsleut zu ganz andere Sache fähig sen. Des Oifachschde wär, a Lischde von denne Leut anzumfertiga ond die oinzeln zu befroga. Des wird natürlich koiner zugeba ond mir hen a paar Mitwisser meh, die womöglich glei die Presse informieret. Mir müsset raffinierter vorganga. Ond i hab au scho a Idee.«

Pfarrer Seegmüller wandte den Blick gen Himmel und faltete die Hände vor der Brust. »Herr, lass es eine Idee sein, die dir gefällt und uns nicht ins Verderben führt.«

»Kopf hoch, au wenn dr Hals dreckat isch. Jetzt passet Se mol uff. Mir machet des nämlich so …«

»Sie sind komplett verrückt geworden. Das mache ich ganz sicher nicht. Nur über meine Leiche!«

Dieter Wollschläger warf das Mobilteil seines Telefons auf den Tisch und verschränkte die Arme vor der Brust. »Die drehen alle durch. Und das sechs Tage vor dem Blutfreitag. Die spinnen komplett.«

Seine Frau Kim, die dabei war, die Blumen in den Balkonkästen zu gießen, sah ihn fragend an. »Problem, Schatz?«

Wollschläger bedachte sie mit einem langen Blick. In solchen Situationen wünschte er sich, eine Partnerin an der Seite zu haben, die ihn verstand. Und nicht dieses zierliche, bildhübsche Wesen, das ihn mit dunklen Mandelaugen ansah und alle Probleme der Welt weglächelte. Am Anfang ihrer Beziehung hatte ihn diese Weltentrücktheit, dieser grenzenlose Optimismus fasziniert, mit der Zeit hatte er erkannt, dass Kim nie der Rückhalt sein konnte, den er sich wünschte. Sie war eine exzellente Köchin, hatte den Haushalt im Griff, hatte Geschmack, was die Einrichtung der Wohnung betraf, achtete sehr auf ihr Äußeres, aber moralische Unterstützung konnte er nicht von ihr erwarten. Sie wusste zwar, was er beruflich machte, was ihn beschäftigte und wie wichtig ihm zum Beispiel der Blutritt war. Aber sie verstand es nicht, nein, sie verstand ihn nicht. Sie betrachtete ihn, wie man eine Dose betrachtete, ohne sich für den Inhalt zu interessieren. Manchmal hatte er den Eindruck, dass es stimmte, was einige Leute dachten: dass sie ihn geheiratet hatte, um nach Deutschland kommen zu können. Seit der unschönen Angelegenheit mit Stuber traute er ihr nicht mehr. Ihm schien, als trage sie eine Maske, hinter der sie ihr wahres Gesicht verbarg.

»Kompliziert. Kannst du nicht verstehen«, sagte er und winkte ab.

»Ah gut.« Kim nickte und wandte sich wieder ihrer Tätigkeit zu. Die Anmut, mit der sie sich um die Pflanzen kümmerte, ihre Feingliedrigkeit und ihre sachten Bewegungen rührten ihn und vertrieben die dunklen Gedanken.

Wollschläger nahm einen Schluck von seinem Monsoon-Thai-Black-Tee und spürte den feinen Kräuteraromen nach. Irgendwie schmeckte das Gebräu heute bitter. Wie alles, was er zu schlucken gehabt hatte. Die Nachricht von diesem Unbekannten mit dem Video vom Heiligen Blut, diese unglaubliche Geldforderung, der wahnsinnige Gedanke, dass die Reliquie in den Händen von Erpressern war. Daran konnte der beste Tee nichts ändern. Er fühlte sich ausgeliefert. Und diese hanebüchene Idee dieses seltsamen Pfarrers Goettle, den Seegmüller ins Vertrauen gezogen hatte, machte es nicht besser. Er war nie ein guter Schauspieler, geschweige denn ein guter Lügner gewesen, er lebte mit sich, seinem Denken und Handeln im Reinen, auch wenn das einige Leute in Weingarten nicht so sahen.

Dieser Stuber zum Beispiel. Wollschläger presste die Lippen zusammen, sein Gesicht bekam harte Züge, und wenn seine Frau ihn in diesem Augenblick angesehen hätte, dann hätte sie sich womöglich gefürchtet. Er hatte lange gebraucht, das Bild zu verarbeiten, wie Kim auf dem Unterleib dieses widerwärtigen Dreckskerls herumgeritten war. Ihre Lustschreie hallten in ihm nach, wenn sich der Anblick aus der Versenkung in sein Bewusstsein drängte. Und dann kam dieses Rauschen zurück, das so stark war, dass es seine Sinne betäubte, ihn mit einer schmerzhaften Glut füllte, sodass er den Eindruck hatte, von innen zu verbrennen.

Am Ende hatte die Gerechtigkeit gesiegt. Stuber war angekrochen gekommen, hatte einen Deal vorgeschlagen, um die Entscheidung der Ausschreibung rückgängig zu machen. Die Ablehnung seines Vorschlags war der Triumph des wahren Siegers, der die Glut einfror, das Rauschen zum Schweigen brachte. Und nur er wusste, dass es allein sein Verdienst gewesen war, diesen Ehebrecher aus dem Amt zu heben. Als sein Widersacher am Boden lag, ruiniert, aufgespießt von den Hörnern, die er ihm hatte aufsetzen wollen, da war es leichter gewesen, Kim den Seitensprung zu verzeihen. Sie war seine Trophäe, die er verteidigt hatte. Mit seinen eigenen Waffen.

Doch nun schien Stuber Oberwasser zu bekommen. Wollschläger war sich sicher, dass der Securitymann hinter dieser ominösen Nachricht steckte. Er wusste zwar nicht, wie dieser Einfaltspinsel in den Besitz der Reliquie gekommen war, doch für ihn gab es wenig Zweifel an seinem Verdacht. Die Geschichte, die ihm Seegmüller aufgetischt hatte, klang sehr unglaubwürdig, zumal sich Stuber in der Kirche hätte aufhalten müssen, um Gelegenheit zu haben, das Heilige Blut zu stehlen. Es war nicht auszuschließen, dass er Komplizen hatte.

Kim war hinter ihn getreten, schlang die Arme um ihn. »Gehst du nicht Büro?«, fragte sie. Er drehte sich zu ihr um, strich ihr zärtlich über das Gesicht und gab ihr einen Kuss.

»Doch, meine Schöne, später. Ich erwarte eine Nachricht.«

Er nahm sein Smartphone vom Tisch, als wolle er überprüfen, ob sie angekommen sei.

»Ah, gut«, antwortete Kim. Sie nahm seine Hand, küsste sie und sah ihn mit ihren dunklen Mandelaugen an. »Ich muss einkaufen. Für Abendessen. Bin eine Stunde weg.«

»Schön«, sagte Wollschläger. »Dann sehen wir uns heute Abend. Du kannst ja dein Handy mitnehmen, falls etwas sein sollte.«

Kim nickte, lächelte und schwebte lautlos von dannen.

Das Piepen seines Telefons kündigte die Ankunft einer neuen Nachricht an. Wollschläger nahm eine kerzengerade Haltung ein und las die knappe Botschaft, die von einer unbekannten Nummer abgesetzt worden war. Sie enthielt Ort und Zeit der Übergabe der Reliquie und die Forderung, das Geld bereitzuhalten. Wollschläger dachte lange nach. Sollte er zum Schein auf den Vorschlag eingehen und die Polizei hinzuziehen? Oder Goettles Täuschungsmanöver unterstützen? Beide Lösungen hatten ihre Tücken und konnten bei Misserfolg den Erpresser verleiten, die Reliquie zu beschädigen. Er entschied sich für das kleinere Übel. Was konnte schon passieren, wenn er die Idee des Pfarrers aus Biberach umsetzte? Er rief das Bild des neu erstellten Reliquiars auf, das dem Original täuschend ähnlich sah. Ob der Übeltäter darauf hereinfiel, wenn Wollschläger ihm mitteilte, dass er im Besitz des Originals sei und dass der Erpresser nur eine wertlose Kopie besitze?

»Okay, auf in den Kampf«, sprach er sich selbst Mut zu. »Was sein muss, muss sein.«

»Kann ich dich kurz sprechen?«

»Klar. Was ist los mit dir? Du siehst zum Kotzen aus.«

»Vielen Dank, sehr freundlich. Mir geht es beschissen. Ich habe die halbe Nacht wach gelegen.«

»Keine gute Strategie, Mann. Das geht irgendwann auf die Substanz. Brauchst du was, um runterzukommen?«

»Nein, ich denke die ganze Zeit an diesen Schreiberling. Was ist, wenn er uns erkannt hat und zur Polizei geht?«

»Der war so hackedicht, dass er gar nichts erkannt hat. Außerdem, was soll er sagen? Was kann er gesehen haben? Er hat nichts in der Hand.«

»Nichts in der Hand? Was ist mit Körperverletzung? Musstest du ihm unbedingt eine ballern? Und nachtreten? Was sollte das?«

»Das war eine kleine Warnung. Weil es eine ziemlich beschissene Idee ist, uns nachzuschleichen. Was mischt sich dieser Idiot ein? Hat der nichts anderes zu tun?«

»Mir ist trotzdem nicht wohl bei der Sache. Ich habe das Gefühl, dass wir den nicht mehr so schnell loswerden. Vielleicht sollten wir die Sache abblasen.«

»Bist du bescheuert? Da wird gar nichts abgeblasen. Wir müssen halt vorsichtiger sein. Und wenn dieser Schreiberling noch mal auftaucht, müssen wir ihn zur Not zum Verstummen bringen.«

»Du meinst …«

»Ich meine gar nichts. Wir machen weiter. Zumindest mich hält nichts und niemand mehr auf.«

»Sieh an, sieh an. Dieser Stuber scheint ja ein begehrter Typ zu sein«, murmelte Hilmar Glanzer und drückte sich tiefer in den Sitz seines Leihwagens. Ein junger Kerl, der die Kapuze seines Hoodies ins Gesicht gezogen hatte, studierte die Namen auf den Klingelschildern des Gebäudes in der Karlstraße 33, betätigte eine Klingel, drückte sich gegen die Holztür und verschwand im Inneren. Es dauerte nicht allzu lang, bis ihn der Bau wieder ausspuckte. Er stolperte die Treppen auf den Gehweg hinunter, sah sich auffällig um, als gelte es, einen möglichen Verfolger zu erkennen und abzuschütteln. Hinter einer weißen Gardine im Fenster des Erdgeschosses war die Kontur eines Menschen zu erahnen. Der Junge zog den Kopf ein und verschwand in Richtung Rathaus.

Kurz nach ihm erschien eine asiatisch anmutende Dame, die den Kragen ihres Mantels hochgeschlagen hatte. An der Eingangstür angekommen, tippte sie etwas in ihr Smartphone, wartete einen Moment und wurde hereingelassen. Eine halbe Stunde war das nun her und seitdem war sie nicht wieder aufgetaucht.

Seit den frühen Nachmittagsstunden saß Glanzer in dem Auto und beobachtete den Eingang zu Zacharias Stubers Büro. In der Redaktion hatte er sich krankgemeldet, sein Spiegelbild ließ keine Zweifel offen, dass er krank war. Sein rechtes Auge war über Nacht zugeschwollen, darunter hatte sich ein blutrotes Hämatom gebildet. Er sah aus wie der Verlierer eines Schwergewichtskampfes im Boxen, und wenn er ehrlich war, fühlte er sich auch so. Sein Schädel drohte zu platzen, das Gesicht und sein Brustkorb schmerzten, das Atmen fiel ihm schwer. Und dennoch ließ ihm die Geschichte, die ihm diese Kellnerin erzählt hatte, keine Ruhe. Was war das für eine Bombe, die Zacharias Stuber platzen lassen wollte? Und warum hatte Rosalie ihn nochmals in einem der unpassendsten Momente angerufen, als er dabei war, dem geheimen Treiben der nächtlichen Gestalten auf den Grund zu kommen? Er hätte sie gern gefragt, doch seine Versuche, Rosalie zu erreichen, landeten auf ihrer Sprachbox. Rückruf? Fehlanzeige!

In der Zwischenzeit hatte Glanzer im Internet recherchiert, allerdings wenig Erhellendes herausgefunden. Wie Rosalie angedeutet hatte, war Stuber lange Jahre für die Sicherheit der Aktivitäten rund um den Blutritt verantwortlich gewesen, in diesem Jahr hatte eine andere Firma den Zuschlag bekommen. Eigentlich ein ganz normaler Vorgang im Wettbewerb von Unternehmen, aber ärgerlich für denjenigen, der die Ausschreibung verlor. Der Auftrag war mit einem ordentlichen Budget ausgestattet. Wollte sich Stuber dafür rächen? Oder war er ein Aufschneider, der sich vor der Kellnerin aufspielen wollte, um ihr zu imponieren. Glanzer schätzte Rosalie nicht unbedingt als helle Leuchte ein und konnte sich gut vorstellen, dass sie gern auf Typen hereinfiel, die etwas Anrüchiges an sich hatten, den Duft von Gefahr ausströmten und ihr womöglich versprachen, alles für sie zu tun. Stuber erfüllte alle Klischees des halbseidenen Gangsters. Sein Aussehen, seine Frisur, seine Tätowierungen, die er auf Fotos bereitwillig zur Schau stellte, seine Art, sich zu kleiden – er hätte ohne Weiteres in jedem Kriminalfilm den Finsterling spielen können. Zudem war er Kampfsportler in einem Verein in Ravensburg, zu dessen Trainerstab ein junger Mann gehörte, der die Internetseite der »Neuen Loge 2.0« betreute. Glanzer wusste, dass dies reiner Zufall sein konnte, aber womöglich brauchte Stuber für seinen Coup Verbündete, und vielleicht war er schlau genug, die Verschwörer für sich einzuspannen, indem er eine Führungsposition bei ihnen einnahm.

Die Eingangstür öffnete sich, die Asiatin trat auf die Straße. Einen kurzen Moment wandte sie sich Glanzer zu, ohne ihn zu sehen. Ihr Blick war in die Weite gerichtet, ein winziges Lächeln umspielte ihre Lippen. Trotz ihrer Regungslosigkeit strahlte sie etwas Entschlossenes und Erhabenes aus, der Besuch bei Stuber schien sie bestärkt zu haben. Sie löste sich aus der Erstarrung, öffnete ihre Handtasche, zog einen Spiegel hervor, überprüfte ihr Aussehen, verstaute das kleine Utensil und ging ebenfalls in Richtung Innenstadt davon. Wieder bewegte sich die Gardine im Fenster des Erdgeschosses.

Glanzer nahm den Block von dem Beifahrersitz und fertigte Notizen über seine Beobachtungen an. Bislang war nichts Außergewöhnliches geschehen, aber er wollte kein Detail unbeachtet lassen. Alles konnte von Bedeutung sein.

Fast hätte er den gut gekleideten Herrn übersehen, der sich ebenfalls die Klingelschilder an dem Gebäude ansah, mit der Faust dreimal gegen die Eingangstür schlug, jedoch keine Anstalten machte, das Gebäude zu betreten. Stattdessen zog er ein Smartphone aus der Jackentasche, strich mit dem Finger mehrmals über das Display und eilte in dieselbe Richtung wie die beiden anderen vor ihm.

»Zacharias, mein Freund, was führst du im Schilde? Und was wollen diese Leute von dir?«, flüsterte Glanzer. Sein Magen knurrte. Er wagte es nicht auszusteigen, um sich etwas zu essen zu holen. Zudem ließ die Wirkung der Schmerztablette nach, die er vor seiner Observierung genommen hatte, hinter seiner Stirn hämmerte und pochte es wie auf einer Großbaustelle. Er kam hier nicht weg. Die Gefahr, etwas Entscheidendes zu verpassen, war zu groß. »Ich hoffe für dich, Sweet Rosalie, dass an der Story was dran ist. Sonst versohl ich dir höchstpersönlich deinen kleinen süßen Po«, raunte er.

Rosalie war gerade dabei, sich für den Abend in der Linde zurechtzumachen, als es klingelte. Sie erwartete keinen Besuch und keine Postsendung, deshalb blieb sie zunächst im Flur stehen, ohne auf das Klingeln zu reagieren.

Sie blickte zur Couch. Johannes hatte sich mit Kopfhörern von der Welt abgeschottet und war in eines der wenigen Computerspiele vertieft, die sie besaß. Es beruhigte sie, den Jungen wiederzuerkennen, der er vor seiner Mutprobe gewesen war. Still, konzentriert, ganz bei sich und nicht mehr von Angst zerfressen.

Es klingelte erneut.

Rosalie nahm den Hörer der Gegensprechanlage und drückte ihn ans Ohr. »Ja?«, fragte sie vorsichtig.

»Rosalie, mach auf. Ich bin's. Charlotte.«

»Was willst du? Ich habe keine Zeit. Ich muss zur Arbeit.«

»Lass mich rein. Es ist wichtig. Bitte.«

In Charlottes Stimme schwang etwas mit, das Rosalie Unbehagen bereitete. Sie zögerte, dann betätigte sie den Türsummer. Charlotte kam gehetzt bei ihr oben an und Rosalie merkte, dass der schwere Atem ihrer Schwester nicht auf den Aufstieg in den dritten Stock zurückzuführen war.

»Johannes muss sofort nach Hause. Papa dreht sonst durch«, japste sie. »Wir haben einen Anruf von der Schule bekommen, dass er gestern nicht da war. Vorhin hat eine Lehrerin angerufen und gemeint, dass irgendjemand in seinem Namen Mitschüler bedrohe. Er ist auf dem Weg nach Weingarten, um ihn zu suchen, und er vermutet, dass du diejenige bist, die an der Schule Stress gemacht hat. Er hat gesagt, dass er dir das austreiben wird.«

Rosalie zog ihre Schwester über die Schwelle und schloss die Tür. »Hast du ihm meine Adresse gegeben? Weiß er, wo er mich und Johannes findet?«

Charlotte schüttelte den Kopf. »Er weiß nicht, wo du wohnst. Aber er weiß, dass du in einer Kneipe arbeitest. Er wird nicht locker lassen, bis er dich gefunden hat.«

Rosalie sah in Charlottes besorgtem Gesicht, dass die Lage ernst war. Wenn ihr Stiefvater sie tatsächlich ausfindig machen konnte, würde das nicht ohne Konsequenzen bleiben. »Der Alte ist im Moment unser kleineres Problem. Johannes kann nicht zur Schule. Er wird dort von ein paar Typen gemobbt, geschlagen und abgezockt. Und er hat sich auf etwas eingelassen, was ihm ziemlich große Schwierigkeiten einbringen wird, wenn es herauskommt.«

»Was sind das für Schwierigkeiten?«, fragte Charlotte leise.

Rosalie runzelte die Stirn. Sie war sich unsicher, ob sie Johannes' Geheimnis ausplaudern sollte. Schließlich erzählte sie ihrer Halbschwester all das, was ihr der Junge anvertraut hatte. Sie berichtete, wie sie Raoul zur Rede gestellt hatte und von ihrem Verdacht, dass die Reliquie inzwischen bei Zacharias war. Sie sprach von ihrer Wut über die Ungerechtigkeit, die Johannes erleiden musste, sie schluchzte ihre Verzweiflung heraus, darüber, dass sie nicht wusste, wie sie ihm helfen konnte. Und sie sprach über die Angst vor Zacharias, seinen unbekannten Racheplänen, von dem Journalisten, den sie auf Stubers Spur gesetzt hatte. Letztlich lag sie ihrer jüngeren Schwester in den Armen, die ihr über den Kopf streichelte und versuchte, sie zu trösten.

»Du kannst heute nicht zur Arbeit gehen«, sagte Charlotte sanft und küsste Rosalie auf den Hinterkopf. »Wir müssen die Reliquie zurückholen.«

Rosalie hob den Kopf und blickte das Mädchen tränenverschleiert an. »Der Alte darf davon nichts erfahren«, schniefte sie. »Der dreht durch. Schwöre bei allem, was dir lieb und heilig ist, dass du niemandem etwas sagen wirst.«

Charlotte nickte unmerklich, bemüht, Rosalies starrem Blick auszuweichen. »Ja, ich schwöre«, sagte sie schließlich.

Dieter Wollschläger beobachtete den blinkenden Punkt auf dem Display seines Smartphones. Er näherte sich. Das bedeutete, dass Kim nach Hause kam. Er hatte sich lange überlegt, ob er die Verfolgungsfunktion ihres Handys ausstellen sollte, aber die stetige Ungewissheit, wenn sie nicht zu Hause war, war mächtiger als die Vernunft. Es ging ihm nicht um Kontrolle, nein, er hatte festgestellt, dass ihn das Gefühl erregte, immer bei ihr zu sein, ohne dass sie es wusste. Keinen Schritt konnte sie ohne ihn tun, sie nahm ihn überall mit hin. Und vielleicht wäre er fähig gewesen, ihre Affäre mit Stuber zu vergessen, wenn sie die Besuche bei diesem Widerling eingestellt hätte. Seine Recherchen hatten allerdings ergeben, dass sie sich weiterhin mit ihm traf. In seiner Wohnung im Edelweißweg, im Büro in der Karlstraße und womöglich auch in Wollschlägers Appartement, wenn er unterwegs war. Es hatte sich also nichts geändert, obwohl sie ihm geschworen hatte, diesen Stuber nie wieder zu sehen. Sie hinterging ihn, nutzte ihn aus, spielte Spielchen mit ihm.

»Durchtriebenes Luder!«, brüllte er, riss eine Vase vom Esstisch und schleuderte sie an die Wand. Sie zersprang in tausend Stücke, die auf das Parkett prasselten.

Er betrachtete die Trümmer mit ausdrucksloser Miene. Ein Scherbenhaufen wie seine Ehe, da gab es nichts mehr zu kitten. Kim verdiente kein Mitleid. Sollte sie nach Thailand zurückkehren und dort auf den nächsten liebestrunkenen Touristen warten, der bereit war, sie zu ehelichen, damit sie in Deutschland oder in einem anderen europäischen Land ein Aufenthaltsrecht bekam.

Ein Anruf unterbrach seine düsteren Gedanken. Er kannte die Nummer nicht, also nahm er ab.

»Und? Hen Se scho was g'hört von dem Erpresser? Hot der unseren Köder g'schluckt?«

Wollschläger widerstand dem Impuls, das Gespräch vorzeitig zu beenden. Dieser Pfarrer Goettle war der Letzte, den er sprechen wollte. Sein Trick, zu behaupten, die gestohlene Reliquie sei ein wertloses Duplikat, das Original befände sich im Besitz der rechtmäßigen Eigentümer, war eigentlich viel zu banal, um ernst genommen zu werden. »Ich weiß es nicht«, antwortete Wollschläger tonlos. »Es herrscht Funkstille. Vielleicht durchschauen die Täter den Schwindel. Womöglich holen sie sich eine Meinung von jemandem ein, der sich damit auskennt. Um sicherzugehen.«

Goettle lachte. »Ha, des wär net schlecht. Womöglich oin aus Weingarta? I dät saga, no hättet mir g'wonna. Aber des isch net so oifach, jemanden zum fenda, der net stutzig wird ond die Sache zur Anzeige brengt.«

Wollschläger wusste, dass der Pfarrer recht hatte. Niemand, selbst in den kriminellsten Kreisen, würde die Reliquie begutachten, ohne Verdacht zu schöpfen, dass etwas faul war. Die einzige Art, einen solchen Fund zu Geld zu machen, war, ihn zu zerstören und in Einzelteilen zu verkaufen. Bei dem Diebstahl der 100-Kilo-Goldmünze aus dem Berliner Bode-Museum hatten Kriminalexperten die gleiche These aufgestellt und die Münze wurde nie gefunden. Es schnürte Wollschläger die Kehle zu, wenn er daran dachte, dass gottlose Verbrecher dies dem Heiligen Blut antun könnten.

»Wo haben Sie das Duplikat eigentlich her?«, fragte er. »Ich meine, es sieht dem Original sehr ähnlich. Da war offensichtlich ein Profi am Werk.«

»Ja, was denket Sie denn? Dass mir des Deng aus einem Kaugummiautomata rauslasset? Freilich isch do an Profi am Werk, a wahres Käpsele uff sei'm Gebiet. Soll mr ja au net glei merka, dass es eine Kopie isch.«

»Und? Verraten Sie mir den Namen?«

»Irgendwann vielleicht«, erwiderte Goettle. »Im Moment spielt der Name koi Roll. Jetzt müsset mir abwarta, wie sich unser Erpresser verhält. In dem seiner Haut will i grad wirklich net stecka.« Goettle gluckste.

Ein Schlüssel drehte sich in der Wohnungstür. Kim kam zurück.

»Ich melde mich, wenn ich etwas höre, ja?«, sagte Wollschläger schnell und beendete das Gespräch.

Kim stutzte, als sie das Wohnzimmer betrat und ihren Mann erblickte. »Oh, du bist zu Hause. Nicht bei Arbeit«, sagte sie und bedachte ihn mit ihrem maskenhaften Lächeln. Die vermeintliche Freundlichkeit fiel im nächsten Moment in sich zusammen, als sie die

Scherben der Vase erblickte. Sie stürzte sich auf die Stücke, sammelte sie zusammen und jammerte. »Was hast du gemacht? War Geschenk von meiner Familie. Sehr teuer.«

Sie sah ihn anklagend an und für einen Moment tat es ihm leid, dass er sich zu der Tat hatte hinreißen lassen. Doch je mehr sie den Verlust des Porzellans betrauerte, desto größer wurde sein Zorn. Er zog sie am Arm hoch, hielt ihre Handgelenke fest und zwang sie, ihm in die Augen zu sehen.

»Wo warst du so lange?«, raunzte er sie an.

Kim schlug die Augen nieder. »Ich war spazieren. Gute Luft. Ist gesund«, wisperte sie.

»Du hast gesagt, du wolltest einkaufen gehen. Für das Abendessen. War es nicht so? Jetzt frag ich mich, wo sind die Einkaufstaschen?« Wollschlägers Lippen zitterten, er umschloss die Handgelenke seiner Frau etwas fester.

»Das tut weh!«, zischte Kim und versuchte, sich zu befreien. Er lockerte den Griff.

»Ich habe vergessen, Essen einzukaufen. Ich kann noch mal gehen«, sagte sie.

»Du lügst!«, schrie Wollschläger und gab ihr einen kräftigen Stoß. Kim verlor das Gleichgewicht, fiel nach hinten und landete inmitten des Scherbenfelds. Ein Porzellanstück bohrte sich in ihren Unterarm, am Ärmel ihrer weißen Bluse wuchs ein Blutfleck. Mit offenem Mund starrte sie auf ihre Verletzung, gab jedoch keinen Ton von sich.

Wollschläger erschrak, beugte sich zu ihr, zog ein Taschentuch aus seiner Hosentasche, um die Wunde zu versorgen. Kim trat nach ihm und rutschte von ihm weg.

»Geh weg! Du bist ein böser Mann!«, keifte sie.

Wollschläger wich ihren Schlägen und Tritten aus, hob besänftigend die Hände. »Bitte, Kim, es tut mir leid. Ich wollte das nicht. Ich war wütend.«

Seine Frau schob sich nach hinten, bis sie mit dem Rücken an die Wand stieß. Sie schlug die Hände vor das Gesicht und begann zu schluchzen. Wollschläger ging vor ihr auf die Knie. Der rote Fleck auf dem Ärmel war größer geworden. Vorsichtig schob er den Stoff nach oben, bis er die Wunde freigelegt hatte. Der Schnitt war nicht allzu tief. Wollschläger betupfte ihn mit seinem Taschentuch.

»Nicht schlimm. Ein kleiner Kratzer. Wird alles wieder gut«, sagte er.

Kim nahm die Hände vom Gesicht und funkelte ihn böse an. »Nichts mehr wird gut«, röchelte sie.

Er versuchte, den Arm um sie zu legen, doch sie stieß ihn weg. Mit schmerzverzerrtem Gesicht drückte sie sich in die Vertikale und verließ das Wohnzimmer. Wollschläger blieb sitzen und bemühte sich, anhand der Geräusche, die aus dem Nebenzimmer drangen, zu erkennen, was sie vorhatte. Türen wurden aufgerissen und mit Wucht zugeschlagen, Schubladen aufgezogen, begleitet von Kims keifenden Kommentaren, die er nicht verstehen konnte. Kurze Zeit später stand sie mit einem Koffer in der Hand vor ihm. Ihre entschlossene Haltung, die lodernde Wut in ihren Augen und die zusammengepressten Lippen brachten ihre gesamte Verachtung zum Ausdruck. »Ich gehe!«, schrie sie und spuckte vor ihm auf den Boden.

»Bitte nicht«, sagte Wollschläger mit zitternder Stimme. »Verlass mich nicht.«

Hilmar Glanzer erwachte und krachte mit dem Kopf gegen den Holm der Autotür. Seine linke Gesichtshälfte explodierte und sandte einen feurigen Stich, der ihm durch Mark und Bein fuhr. Vor Schreck biss er sich auf die Zunge, ein tiefes Röhren entsprang seiner Kehle. Nur langsam hob sich der schwarze Vorhang des Schmerzes. Er sah auf seine Armbanduhr. Halb fünf. Er musste eingeschlafen sein.

Glanzer streckte den steifen Rücken durch, versuchte, das Kribbeln aus den Beinen zu schütteln. Er betätigte den automatischen Fensterheber, um die frische Morgenluft hereinströmen zu lassen, und wühlte in Erinnerungen. Einzelne Bilder lösten sich aus dem Nebel der benommenen Schläfrigkeit und dem Schmerz, reihten sich zu einer losen Abfolge aneinander.

Rosalie. Er hatte sie sofort erkannt. Kurz nach Mitternacht war sie in der Karlstraße aufgetaucht, hatte telefoniert und vor dem Gebäude gewartet. Danach war sie im Haus verschwunden.

Glanzer hatte es nicht mehr im Auto gehalten, er wollte endlich mehr Eindrücke sammeln. Er brauchte Fakten. Vorsichtig hatte er sich zum Fenster geschlichen und versucht, irgendetwas im dahinter liegenden Raum zu erkennen. Kurz waren Rosalie und Zacharias aufgetaucht, sie schienen sich zu streiten. Er konnte nicht hören, was sie sagten, und einige Zeit später waren sie aus seinem Sichtfeld verschwunden.

Das konnte dem Journalisten nicht genügen. Zu seiner großen Verwunderung war die Eingangstür nicht verschlossen gewesen. Ohne das Licht im Treppenhaus zu betätigen, hatte er sich bis zu Stubers Büro vorgetastet. Auch die Bürotür war angelehnt. Er hörte Musik, Stimmen. Schritt für Schritt hatte er sich auf die Geräuschquellen zubewegt. Lachen, Gurren, wohliges Ächzen, Gläserklingen.

Es war ziemlich eindeutig gewesen, dass die Auseinandersetzung zu Ende war, Rosalie und Zacharias trieben es miteinander. Ihr lustvolles Stöhnen und sein animalisches Gegrunze hatten sich rhythmisch zu einer Melodie der Lust vereint, die selbst Glanzers Blut in Wallung brachte. Das war nicht das gewesen, was er hören wollte, also hatte er sich zurückgezogen. Unwillkürlich wurde er an den Ausspruch eines befreundeten Detektivs erinnert, der immer moniert hatte, seinen Posten nicht verlassen zu dürfen, während andere ihren Spaß hatten.

Sein Trip hatte ihn aus dem Konzept gebracht, Fragen waren aufgetaucht. Was führte diese Kellnerin im Schilde? Machte es ihr Spaß, Geschichten zu erfinden und womöglich andere dadurch zu diskreditieren? In welcher Beziehung stand sie zu Stuber? War sie sein

Lockvogel, eine Komplizin in der Verschwörung gegen den Blutritt? Die Suche nach den Antworten hatte das Brennen in seinem Gesicht verstärkt. Sein Auge hatte gepocht, der Schädel schien platzen zu wollen. Die Schmerztablette hatte er mit einem Schluck Wasser hinuntergespült, und da die Wirkung nicht einsetzen wollte, hatte er eine zweite genommen. Sie hatte ihm Linderung gebracht. Und den Schlaf.

Er sah zum Haus hinüber. Hinter der Gardine im Erdgeschoss war ein schwacher Lichtschein auszumachen. Konnte es sein, dass Rosalie immer noch bei Stuber war? Oder schob Zacharias eine Nachtschicht? Glanzer grinste über diesen zweideutigen Gedanken.

Er stieg aus dem Wagen, bemüht, kein Geräusch zu verursachen, das Fenster stets im Blick. Vielleicht hatte Stuber vergessen, das Licht zu löschen, als er nach Hause gegangen war. Postkoitale Demenz nannte man das wohl.

Glanzer näherte sich dem Fenster, stellte sich auf Zehenspitzen und lugte hinein. Der Lichtschein kam aus dem hinteren Raum, war zu schwach, sodass Glanzer nichts erkennen konnte. Er ging zur Eingangstür, erneut fand er sie unverschlossen vor. Er stutzte. Sein Instinkt riet ihm zur Flucht, sein Herz schlug ihm bis zum Hals, kalter Schweiß bildete sich auf seiner Stirn. Und dennoch trieb ihn ein innerer Zwang voran. Die Tür zu Stubers Büro war nach wie vor angelehnt. Er wagte kaum zu atmen, als er auf die Lichtquelle zuschlich. Durch den Türspalt erkannte er, dass Kleidungsstücke am Boden lagen. Hose, Hemd, Socken, Schuhe, keinem Ordnungssystem gehorchend. Gläser auf dem Tisch, eine Flasche in einem Kühlbehälter, eine umgestürzte Schale. Aber da war noch etwas. Ein nackter Körper, der auf dem Bauch lag. Regungslos. Den Kopf zur Seite gedreht. Eine klaffende Wunde am Hals. Zacharias Stuber.

Glanzer kämpfte gegen die aufsteigende Übelkeit an, sah an sich herunter und merkte, dass er inmitten einer Blutlache stand. Er quiekte sein Entsetzen in den Raum. Wie die Teilchen eines Puzzles fügten sich die Einzelbilder zu einem Gesamteindruck zusammen und formten einen Gedanken: Weg hier, weg hier, weg hier!

FÜNF TAGE BIS ZUM BLUTRITT

Begegnungen.

Sie sind das Salz in der Suppe des Lebens, aus deren Konzentrat sich Beziehungen formen lassen. Liebe, Freundschaft, aber auch Hass können in der Folge entstehen, es sei denn, Gleichgültigkeit begleitet das Aufeinandertreffen. Doch wer würde in diesem Fall von Begegnung sprechen?

»Was ist denn mit Ihnen los? Geht es Ihnen nicht gut?«

Hauptkommissarin Yoselin Blaich musterte ihren Kollegen Norman Säger auf dem Fahrersitz, der aussah, als stünde er kurz vor einer Operation. Die Hälfte des Gesichts wurde von einem Mundschutz bedeckt, die andere von einer überdimensionalen Sonnenbrille. Auf dem Kopf trug er eine ausgeblichene Schiebermütze und Einweghandschuhe schützten seine Finger. Blieb die Frage, wogegen.

Zwei Jahre arbeitete sie nun mit dem groß gewachsenen, dürren Mann mit dem ausgeprägten Kinn zusammen, länger als alle anderen Kollegen, die den Umgang mit dem »Nerven-Säger«, wie er hinter vorgehaltener Hand genannt wurde, tunlichst mieden. Auch Yoselin hatte anfangs ihre Schwierigkeiten gehabt, die Verhaltensauffälligkeiten des Kollegen zu akzeptieren, denn der

52-Jährige ließ wenige Absonderlichkeiten aus. Sobald Säger über ein Krankheitsbild las, verspürte er im nächsten Moment die ersten Symptome. Überall vermutete er Ansteckungsgefahren, sein Kontroll- und Ordnungssinn hatte fast zwanghafte Züge und mit seiner merkwürdigen Fragetechnik hatte er bereits vielen Verdächtigen Geständnisse entlockt, die später widerrufen werden mussten. Seine Befragungsopfer wollten einfach ihre Ruhe zurück. Und dennoch: Säger war ein guter Polizist, ein Spürhund, der Fährten fand, die zuvor alle übersehen hatten, ein Querdenker, der sich wie kein zweiter in die Täter hineinversetzen konnte. So sah es jedenfalls Yoselin.

»Pollnallergie«, nuschelte Säger, ohne den Mundschutz abzunehmen.

»Sie sollten das Tuch vom Mund nehmen, wenn ich Sie verstehen soll«, entgegnete die Hauptkommissarin.

Säger schnaubte, zog die Behelfsatemmaske nach unten.

»Birke, Eiche, Raps, Gräser, ach was, alle Pflanzen haben sich gegen mich verschworen. Diese Pollen bringen mich ins Grab.«

»Ich glaube, Sie wären der erste Mensch, der an einem Heuschnupfen stirbt«, erwiderte Yoselin und wandte sich kopfschüttelnd ab.

»Ja, lästern Sie ruhig. Sie sind ja nicht allergisch«, sagte Säger und zog seinen Mundschutz hoch.

»Doch, bin ich. Gegen Kalorien. Da reagiere ich sofort. Hier sehen Sie!« Yoselin schlug mit der flachen Hand auf ihren Hintern und lachte. Bei der Ausstattung des Hinterteils hatte es der liebe Gott gut mit ihr gemeint, aber die Hauptkommissarin konnte damit leben, ihrer insgesamt sportlichen Figur tat dieser vermeintliche Makel keinen Abbruch. In diesem Punkt setzten sich wahrscheinlich die Gene durch, die sie von ihrem jamaikanischen Vater geerbt hatte.

Norman Säger gab einen Zischlaut von sich, was für ihn ein Höchstmaß an Reaktion auf Humor bedeutete. Wenn andere zum Lachen in den Keller gingen, grub sich Säger ein Loch bis zum Mittelpunkt der Erde, um dort ein launiges Hüsteln auszustoßen.

»Sie wissen sicherlich, dass es verboten ist, vermummt Auto zu fahren. Das kostet 60 Euro. Viel Geld für unsereins.«

»Ach, lassen Sie mich in Frieden«, schnauzte Säger und startete den Wagen. Yoselin ließ sich entspannt gegen ihre Rückenlehne sinken. Bis Weingarten würde sie ihre Ruhe haben.

Das Gebäude in der Karlstraße war mit Absperrband gesichert worden. Davor tummelten sich Schaulustige, die sich angeregt unterhielten, die Hälse reckten oder mit Smartphones Bilder von dem Polizeieinsatz schossen.

Blaich und Säger bahnten sich einen Weg durch die Masse, ließen das Absperrband hinter sich fallen und gingen auf die Eingangstür zu. Ein Uniformierter trat ihnen entgegen. »Du nix ins Haus gehen. Polizei muss arbeiten«, sagte er zu Yoselin.

Säger prustete in seine Maske, sodass sie sich wie ein Segel wölbte, und Yoselin sandte ihm einen Blick, der selbst Viren töten konnte.

»Verstehen? Du wieder gehen. Und kranke Mann auch.« Der Polizist versuchte, sie zurückzudrängen.

Yoselin zog ihren Dienstausweis und hielt ihn dem verdutzten Beamten unter die Nase. »Du können lesen?«, fragte sie ihn. »Langes Wort heißen Hauptkommissarin.«

Der Polizist errötete. »Tut mir leid, ich dachte …«

»Was? Dass die dunkelhäutige Schlampe hier nichts verloren hat?«, fauchte sie und sah an der Reaktion des jungen Mannes, dass sie ihn mit dieser Formulierung kalt erwischt hatte. Im Laufe ihrer Karriere war sie ständig mit Diskriminierungen aufgrund ihrer Hautfarbe, die sie selbst mit »helles Nougat« beschrieb, konfrontiert gewesen. Dabei war sie in tiefstem Herzen Oberschwäbin, auch wenn in ihrem Pass »Ocho Rios, Jamaika« als Geburtsort eingetragen war.

»Könnenwirjetztreingehn«, nuschelte Säger in seine Maske und blickte den Uniformierten über den Rand seiner Sonnenbrille an. Der zuckte die Schultern, machte jedoch keine Anstalten, den Weg freizugeben.

»Mein Kollege will wissen, ob wir jetzt zur Leiche dürfen oder ob wir vorher einen schriftlichen Integrationstest absolvieren müssen«, ergänzte Yoselin giftig.

Der Polizist murmelte eine Entschuldigung und ließ die beiden passieren.

»Oh, das sieht nicht gut aus. Und ein glückliches Ende hat der arme Kerl offensichtlich auch nicht gehabt.«

Hauptkommissarin Blaich wies auf das Kondom, das wie eine Wursthülle ohne Inhalt neben dem Getöteten lag.

»Isjawiderlich«, kommentierte Säger und runzelte die Stirn. In seiner unnachahmlichen Art, die ein wenig an die Fortbewegung eines Fischreihers erinnerte, schritt er den Tatort ab. Es schien, als stiege er über Gegenstände, die nur er sehen konnte, jeder Schritt wurde in Zeitlupe ausgeführt.

Wenn er den Kopf ruckweise vor- und zurückbewegt, ist die Simulation perfekt, dachte Yoselin.

»Was machen Sie denn da? Sie können hier nicht überall herumlatschen und Spuren vernichten.«

Ein etwas übergewichtiger Herr in weißer Schutzausrüstung stürmte auf Säger zu. Der Hauptkommissar zeigte keine Reaktion, stakste weiter fischreihergleich durch den Tatort.

»He, haben Sie was an den Ohren?«, brüllte das Michelinmännchen und lief dunkelrot an. Yoselin schob sich auf ihn zu und hielt ihm ihren Ausweis unter die Nase.

»Hauptkommissarin Blaich und Hauptkommissar Säger von der Kripo Ravensburg. Wir ermitteln in diesem Fall. Und wer sind Sie?«

»Ulrich Jäger, Leiter der Spurensicherung. Es wäre schön, wenn Sie uns unsere Arbeit machen lassen und den Bericht abwarten würden, anstatt hier einen Wandertag abzuhalten.«

Yoselin hob beide Hände, um ihm zu signalisieren, dass sie die Botschaft verstanden hatte. Sie waren nicht erwünscht, Spurensicherer blieben gern unter sich.

»Kein Problem«, sagte sie. »Wir sehen uns ein bisschen um. Und bewegen uns fast gar nicht, okay?«

Jäger schnaubte. »Aber nichts anfassen, klar?«, bellte er in Richtung Norman Säger.

»Alles gut, Herr Jäger. Wir wollen uns kurz auf den Stand bringen. Was können Sie uns denn über das Opfer erzählen?«, fragte Yoselin, um die Aufmerksamkeit des Aufgebrachten von ihrem Kollegen abzulenken, der mit einem Tuch über eine Regaloberfläche wischte.

Mit genervter Miene wandte sich Jäger ihr zu. »Der Tote heißt, also hieß, Zacharias Stuber, 45 Jahre alt, er leitete ein Securityunternehmen. Er wurde mit einem tiefen Einstich am Hals gefunden, der mutmaßlich zum Tod geführt hat. So wie es aussieht, hat es keinen Kampf gegeben, also keinen Kampf im üblichen Sinn, eher das Gegenteil von Kampf, wenn Sie wissen, was ich meine.« Jäger nickte in Richtung Kondom und räusperte sich.

»Ich habe das Kondom bereits gesehen, auch die Lippenstiftspuren an einem der Gläser auf dem Tisch, und versichere Ihnen, dass ich durch das Studium der Dr.-Sommer-Seiten in der Bravo Rückschlüsse auf das ziehen kann, was hier gelaufen ist. Wissen wir etwas zur Tatwaffe?«

»Es muss ein außergewöhnlich scharfes Messer gewesen sein, der Gerichtsmediziner hat gesagt, die Schnittflächen sind kaum ausgerissen, die Wunde jedoch ist sehr tief. Der Täter oder die Täterin hat die Waffe nicht zurückgelassen.«

»Todeszeitpunkt?«

»Es sind inzwischen mindestens sechs Stunden vergangen. Näheres kann die Rechtsmedizin sagen.«

»Wer hat ihn gefunden?«

»Der Postbote. Die Eingangstür war angelehnt und er ist rein, um die Briefe in den Hausflur zu legen. Dabei hat er die Fußspuren am Boden entdeckt. Er ist ihnen nachgegangen und hat Stuber gefunden.«

Yoselin nickte und sah sich um. Die Schranktüren standen offen, Schubladen waren herausgezogen worden, das Parkett war mit Papieren bedeckt.

»Sieht so aus, als hätte der Täter oder die Täterin etwas gesucht. Was könnte das gewesen sein?«

Jäger zuckte mit den Schultern. »Sollten die Fußspuren vom Täter stammen, müssen wir von einem Mann ausgehen. Schuhgröße 45 oder größer. Und was er wollte, wissen wir nicht. Auf Wertgegenstände hatte er es auf jeden Fall nicht abgesehen. Eine Kassette mit 300 Euro Bargeld hat er dagelassen.«

»Was ist mit seinem Mobiltelefon oder Computer?«

Jäger verdrehte die Augen. »Ein Telefon haben wir nicht gefunden. Den Computer werten wir aus und geben Ihnen Bescheid, wenn wir so weit sind. Und jetzt entschuldigen Sie mich bitte, ich habe zu tun.«

Der Leiter der Spurensicherung wandte sich ab, Yoselin hielt ihn zurück.

»Wurden die Nachbarn bereits befragt? Hat irgendjemand etwas gehört oder gesehen?«

»Keine Ahnung. Die Befragung haben die Kollegen von der Schutzpolizei durchgeführt. Ich muss jetzt wirklich …«

Yoselin bedankte sich und sah sich nach Säger um. Er stand vor einer Wand, an der gerahmte Urkunden hingen, und betrachtete sie wie besonders auffällige Kunstwerke. Sie stellte sich neben ihn.

»Komisch. Der Mann war offensichtlich ein sehr erfolgreicher Taekwondo-Kämpfer. So einer lässt sich nicht so einfach abstechen, ohne Widerstand zu leisten. Oder hat ihn der Liebesrausch derartig geschwächt, dass er sich nicht wehren konnte?« Säger legte den Kopf schief und sah Yoselin mit stechendem Blick an.

Sie zuckte mit den Schultern. »Was fragen Sie mich? Als ob ich mich mit Liebesräuschen auskennen würde. Kommen Sie, wir schauen, was die Streifenhörnchen für uns haben.«

»Ha no, was isch denn do vorna los?«

Andreas Goettle trat aus der Pension Waldhorn auf die Straße hinaus und bewegte sich, von einer magischen Anziehungskraft gezogen, auf das blinkende Blaulicht zu. Der Eingang zu einem Gebäude war abgesperrt, zwei Polizisten stemmten sich gegen eine Traube von Schaulustigen, die versuchten, eine bessere Sicht als der jeweilige Nachbar zu ergattern. Im nächsten Moment schoben sich vier Männer, die eine Aluminiumwanne trugen, durch den Pulk, steuerten einen Kombi auf der anderen Straßenseite an und ließen die Wanne in seinem Heck verschwinden. Aufgeregte Stimmen begleiteten die Aktion.

Andreas Goettle stellte sich auf Zehenspitzen, um mehr sehen zu können. Eine Frau mit dunkler Hautfarbe und kurzen rotblonden Haaren und ein schlaksiger Mann in einem zu großen Anzug verließen das Gebäude, sprachen mit zwei Polizisten und bahnten sich einen Weg durch die Meute.

Goettle stupste seinen Vordermann an, um sich nach dem Geschehen zu erkundigen. Seine Frage blieb ihm im Hals stecken. »Ja, jetzt ka i gar nemme. Der Herr Polizeiobermeischder Fritz in Weingarta. Was machet Sie denn do?«

»Herr Pfarrer! Des isch ja schee, Sie zom seha. Hen Se sich in der Gemeinde g'irrt?«, antwortete der sichtlich erfreute Fritz und schüttelte Goettle die Hand. »Eigentlich wollt i mir bloß die Strecke vom Blutritt no mol angucka. I reit am Freitag mit, wisset Se. Aber no hab i g'seha, dass do irgendebbes los isch. So wie es aussieht, gab's an Toten.«

Andreas Goettle nickte. »So langsam glaub i, des liegt an mir. Wo i ben, passiert ebbes. Wisset Sie was Genaues?«

»Noi, i ben zufällig hier vorbeikomma. I hab ja Urlaub. Außerdem g'hört Weingarta net zu unserem Einzugsgebiet. Da sind die Kollega aus Ravensburg zuständig. Ja, und Sie? Was machet Sie hier? Reitet Se au mit?«

»Des ka i koi'm Gaul zuamuta«, antwortete Andreas Goettle. »Des oinzige Pferd, des i in mei'm Leba bestiega hab, war a Schaukelpferd. Ond daran werd i au nix ändra. I ben do, um mi um das Seelenheil vom Pfarrer Seegmüller zum kümmera. Der hot a akute Mangelerscheinung.«

POM Fritz' Miene verfinsterte sich, seine Augen verengten sich zu Schlitzen. »A Mangelerscheinung? Ebbes Schlemms? Was genau fehlt ihm denn, dem Herrn Pfarrer?«

Goettle schwieg und wandte den Blick zur Basilika, als könne er an deren Mauern ablesen, was er dem Polizisten aus Biberach anvertrauen konnte und was nicht.

»Es hot hoffentlich nix mit dem Blutritt zum doa. I spür des, dass irgendebbes in der Luft liegt. Es isch anders als sonschd, älle sen so oruhig«, analysierte Fritz das Schweigen seines Gegenübers. »Sie könnet des ruhig zuageba, dass Se in detektivischer Mission onderwegs sen. Zum Beichte abnehma, sen Se bestimmt net hier.«

»Beim Seegmüller die Beichte abnehma, da wär i glei fertig. Der isch so fromm, der braucht nachts koi Taschalamp, weil sein Heiligenschein so hell leuchtet.«

Goettles Lächeln fiel sofort in sich zusammen, er legte die Stirn in Furchen. »Noi, es isch besser, wenn i mei Gosch halt. Des wird sonschd bloß kompliziert.«

»Ha komm, seit wann hen mir zwoi Geheimnisse?« Polizeiobermeister Fritz boxte den Pfarrer leicht gegen den Oberarm und feixte. »Wenn ons dr Himmel hier z'sammaführt, soll des so sei. Jetzt saget Se scho, wo dr Schuah druckt. Vielleicht kann i Ihne jo helfa.«

Goettle sah POM Fritz nachdenklich an. Die beiden kannten sich eine halbe Ewigkeit und eigentlich war es immer Fritz gewesen, dem Goettle vertraute, wenn er sich wieder einmal ungefragt in die Ermittlungen der Biberacher Kriminalpolizei eingemischt hatte. Andererseits hatte er so manche Information von ihm bekommen, denn Fritz schätzte die detektivische Arbeit des Pfarrers sehr. Der Beamte war im Laufe der Zeit so eine Art Seelenverwandter geworden und tatsächlich konnte die Unterstützung von einem fachkundigen Spezialisten bei der Aufklärung des Reliquiendiebstahls nicht schaden.

»Sie hen recht«, antwortete Andreas Goettle schließlich. »Mir könnet Ihre Hilfe wirklich braucha. Aber des kann i Ihne jetzt net uff der Stroß verzähla. Es isch sehr kompliziert. Kommet Se, i lad Se auf an Kaffee ei.«

»Müsset Sie net en d'Kirch? Es isch doch Sonndich.«

»Noi, i hab meine oigena Sprechzeita mit dem Herrgott. I lass mein Platz in dr Kirch denne, die's nötiger hen. Außerdem han i Honger.«

»Hm, i könnt au a Viertele ond an Wurschtsalat vertraga. Es isch ja scho nach elfe.«

Goettle lachte. »So isch recht. Immer schee druff achta, dass der Pegel konstant bleibt. Do mach i mit.«

In der Wohnung des Opfers im Edelweißweg bot sich Hauptkommissarin Blaich und ihrem Kollegen Säger das gleiche Bild wie in Stubers Büro. Schränke waren durchsucht worden, Schubladen lagen herausgerissen auf dem Boden, umgeben von Kleidern, Papieren und zerbrochenem Geschirr. Auch hier war der Täter offenbar nicht auf Geld oder Wertsachen aus gewesen. Der Safe, der hinter einem großen Selbstporträt Stubers in die Wand eingelassen war, stand offen, der Schlüssel steckte im Schloss. Es befanden sich rund 2.000 Euro, mehrere Goldmünzen, Pfandbriefe und andere Papiere darin. Die Eingangstür sowie die Fenster wiesen keinerlei Einbruchsspuren auf, offenbar war die Wohnung mit einem Schlüssel geöffnet worden. Einige Nachbarn hatten verdächtige Geräusche gehört, es jedoch unterlassen, die Polizei zu rufen. Bei Stuber war es öfters turbulent zugegangen, berichteten sie, und er hatte seine eigene Art, mit Beschwerden umzugehen. Eine Dame aus dem Erdgeschoss schilderte, dass ihr einige Männer aufgelauert und sie beschimpft hatten, nachdem sie Stuber wegen nächtlicher Ruhestörung angezeigt hatte.

»Unser Opfer scheint kein frommes Lamm gewesen zu sein«, sagte Yoselin und wies mit dem Kopf auf die verstreuten DVDs am Boden. »Pornos, Horrorfilme und anderes brutales Zeug. Bei ihm rauschte offensichtlich pures Testosteron durch die Adern. Womöglich brauchte er das in seinem Beruf als Sicherheitsmann.«

Hauptkommissar Säger antwortete nicht, er stakste schweigend durch die Wohnung und ertrug stoisch die

Proteste der Spurensicherer. Hin und wieder stoppte er, legte den Kopf schief und gab einen Laut von sich, der an das Gurren einer Taube erinnerte.

»Wenn es ihn nicht geben würde, müsste man ihn erfinden«, murmelte Yoselin und ließ ihren Blick schweifen. Die Einrichtung von Stubers Wohnung ließ darauf schließen, dass seine Geschäfte gut liefen. Kochinsel in der Küche, ein gigantischer Esszimmertisch aus massivem Holz sowie passende Stühle, ergonomische Polstersitzgelegenheiten, Wasserbett im Schlafzimmer, ein riesiger Flachbildschirm. Kein Vergleich zu den bescheidenen Wohnverhältnissen der Hauptkommissarin, die sich aus finanziellen und pragmatischen Gründen mit ihrer Mutter und ihrer Großmutter väterlicherseits eine Vierzimmerwohnung teilte. Ihr Zimmer glich dem, das sie in ihrer Jugend bewohnt hatte, und die Einrichtung folgte keinen innenarchitektonischen Regeln oder Designstandards.

»Okay, fassen wir zusammen«, wandte sich Haupt kommissarin Blaich an Säger. »So wie es aussieht, hat der Täter oder die Täterin Stubers Büro nach irgendetwas durchsucht, aber nichts gefunden. Er oder sie hat dem Opfer den Wohnungsschlüssel und offenbar den des Tresors abgenommen, anschließend hat er oder sie die Suche fortgesetzt. Die Frage ist, wonach? Und war sie am Ende erfolgreich?«

Norman Säger antwortete nicht. Stattdessen bückte er sich und pflückte etwas aus einem Perserteppich. Er hielt einen funkelnden Gegenstand zwischen Daumen und Zeigefinger ganz nah an seine Brillengläser und betrachtete ihn.

»Was haben Sie denn da?«, fragte Yoselin und kam näher.

»Einen Edelstein. Könnte ein Saphir sein«, sagte Säger.

Mit einer Handbewegung orderte er einen Spurensicherer zu sich, der ihm eine Plastiktüte reichte, um das Fundstück zu verstauen.

»Ein einzelner Saphir, der hier herumliegt und den Täter ebenso wenig interessiert wie die anderen Wertsachen. Das ist komisch, finden Sie nicht?«, kommentierte Yoselin den Fund.

Säger nickte. »In der Tat. Seltsam. Offensichtlich ist es nicht immer die Gier, die den Menschen antreibt, einen anderen zu töten. Da gibt es mindestens ein Dutzend weiterer Gründe.«

Yoselin seufzte. »Das heißt, in nächster Zeit werden wir wieder mächtig Überstunden schieben. Dabei könnte ich morgen in Rente gehen, wenn ich die bisher angesammelten abbauen würde.«

Hilmar Glanzer lag angekleidet auf seinem Bett und betrachtete eine Spinnwebe an der Decke, die von einem Lufthauch sanft hin und her bewegt wurde. Seit Stunden versuchte er, das Bild des toten Zacharias Stuber zu verdrängen, doch immer, wenn er die Augen schloss, sah er den leblosen Körper in seinem Blut am Boden liegen. Immer wieder kämpfte er gegen den aufsteigenden Ekel an, dreimal hatte er sich übergeben. Und er war ratlos, was er nun tun sollte. Zur Polizei gehen und alles erzählen, was er beobachtet hatte? War es dafür nicht zu spät? Er hatte am Tatort Spuren hinterlassen. Wie sollte er das erklären? Und dass er sich nicht gleich gemeldet hatte? Die mussten ihn für den Täter halten. Seine Panik als Grund für seine Flucht ließen die bestimmt nicht gelten. Die andere Option war, Rosalie zur Rede zu stellen. Was hatte sie bei Stuber gewollt? War sie eine Mörderin? Hatte ihr jemand den Auftrag erteilt, Stuber zu stoppen? Hatte sie etwas mit der »Neuen Loge 2.0« zu tun?

Er stand auf und wanderte ziellos durch sein Zimmer. Sein Schweigen machte ihn zum Mittäter. Er konnte natürlich der Polizei seine Beobachtungen mitteilen. Vielleicht ließen die sich auf einen Deal ein, dass er die Exklusivrechte an der Story behielt. Andererseits: Was bewiesen seine Beobachtungen? Die Kellnerin war bei dem Securitymann gewesen und hatte Sex mit ihm gehabt. Mehr konnte er nicht zu Protokoll geben, er hatte keinen blassen Schimmer, was danach geschehen war.

Warum hatte sie ihn auf Stubers Fährte geführt? Um sich wichtigzumachen? Um sich zu rächen? Oder war er Bestandteil eines Planes, den er nicht durchschaute?

Glanzer klappte seinen Laptop auf und begann zu schreiben. Das Gesehene, die Gedanken dazu, offene Fragen. Wort für Wort füllte sich das Display, Sätze, so ganz ohne Zusammenhang, und dennoch, das spürte Glanzer, steckte eine Geschichte in dem Geschriebenen. Verworren, undurchsichtig, mit vielen Unbekannten. Und mit jeder gefüllten Seite nahm seine Neugier zu, verdrängte die Angst und die grausamen Bilder. Die Euphorie kehrte zurück, seine Lebendigkeit vertrieb die Zweifel, nahm rauschhafte Züge an. Dies war seine Story und niemand anderes durfte von seinem Wissen profitieren. Niemand.

»Mein lieber Herr Gesangsverei, Sie sehet ja aus, als wäret Se durch d' Heißmangel dreht worda.«

Dieter Wollschläger sparte sich eine Erwiderung auf Goettles Begrüßung und forderte ihn und den Polizeiobermeister Fritz durch eine Geste auf hereinzukommen. Er wankte ins Wohnzimmer und ließ sich kraftlos in einen Sessel fallen. Zu seinen Füßen lagen eine leere Weinflasche und die Scherben einer zerbrochenen Vase. Auf dem Tisch vor ihm stand eine bis zur Neige geleerte Karaffe mit dem Rest einer braunen Flüssigkeit. In dem Raum hing der modrige Geruch einer Bahnhofspinte nach Feierabend.

»Jetzt lasset mir erschd amol a Licht rei«, sagte Ernst Fritz und zog die Jalousien hoch. Sonnenlicht flutete den Raum. Dieter Wollschläger murrte und beschattete seine Augen mit den Händen.

»Machet Se au a Fenschder auf. Hier drenna stenkt's jo wie im Affakäfig«, befand Andreas Goettle, bevor er sich Wollschläger zuwandte. »Was isch los? Hen Se ebbes g'feiert oder Ärger nonderg'spült?«

Dieter Wollschläger gab einen lang gezogenen Wehlaut von sich. Er sah ziemlich mitgenommen aus. Die

Haare klebten an seinem Schädel, sein Hemd war bis zum Bauchnabel aufgeknöpft, hing aus der Hose und er hatte nur eine Socke an. Die andere lag auf dem Tisch.

»Jetzt schwätzet Se ebbes. Was isch passiert? Hot sich der Erpresser no mol g'meldet?«, hakte der Geistliche nach.

Wollschläger schüttelte den Kopf. Er versuchte, sich aufzurichten, gab jedoch schnell auf und ließ sich gegen die Lehne des Sessels sinken. »Es ist alles aus und vorbei«, seufzte er.

»Was isch aus und vorbei? Herrschaftszeita, so wird des nix. Herr Fritz, gucket Se mol in der Küch, ob Se an Kaffee fendet, und machet Se dem Kerle a Tässle, damit der wieder zu sich kommt.«

Fritz schlug die Hacken zusammen und verließ das Wohnzimmer. Goettle nahm einen Stuhl und rückte an Wollschläger heran. »Mir sen komma, um über die SMS zum schwätza. Der Herr Fritz isch nämlich bei der Polizei und vielleicht kann der ons helfa.«

Ein Ruck ging durch den Angetrunkenen, er bemühte sich aufzustehen, doch seine Beine gaben nach. »Bei der Polizei? Dann wissen bald alle Bescheid. Das Heilige Blut ist verloren, es gibt keinen Blutritt«, jammerte Wollschläger.

»Er isch bei der Polizei in Biberach, ond die isch gar net zuständig. Er isch privat do, weil er beim Blutritt dabei sei will. Also: Hot sich der Erpresser no mol g'meldet?«

Wollschläger schüttelte den Kopf, verzog schmerzverzerrt das Gesicht und stöhnte. »Nein, hat er nicht. Das ist auch egal. Es ist alles egal.«

Er griff nach dem Glas auf dem Tisch, in dem noch ein Schluck der braunen Flüssigkeit war, doch Goettle war schneller. Der Geistliche roch daran und verzog angewidert das Gesicht. »Was isch denn des für an Fusel? Hen Se sich a Moorpackung aufg'ossa?«

»Schottischer Whisky vom Allerfeinsten ist das. Geben Sie mir das Glas.«

»Nix, Sie hen g'nuag. Was isch denn passiert, dass Se sich so dr Kraga zualaufa lasset?«

Wollschläger versuchte, die Karaffe zu erreichen, Goettle kam ihm zuvor und nahm sie an sich. Der Vorstand des Blutritt-Komitees wimmerte. »Das ist mein Wixky! Geben Sie her!«

»Hier kommt der Kaffee. Des isch jetzt besser für Sie.«

Polizeiobermeister Fritz balancierte eine Tasse herein und stellte sie vor Wollschläger auf den Tisch. Der besah das Gebräu, als befände sich Gift darin, schließlich setzte er die Tasse an die Lippen und nahm einen vorsichtigen Schluck.

»Gut, gell? Und jetzt verzählet Se mol«, forderte ihn Fritz auf.

Wollschläger sah seine Besucher mit glasigen Augen an. Verwunderung, Hoffnungslosigkeit und Trauer übernahmen die Regie seines Mienenspiels. Sein Brustkorb hob und senkte sich unter schweren Atemstößen.

»Meine Frau ist weg. Sie hat mich verlassen«, begann er. »Weil ich ein böser Mann bin.«

Goettle und Fritz schwiegen und sahen ihrem Gegenüber zu, wie er um Fassung rang.

»Ich, ein böser Mann! Lächerlich! Ich habe sie geliebt, habe alles für sie getan. Und was macht sie? Sie betrügt mich. Mit diesem widerlichen Hurenbock. Immer und immer wieder. Obwohl sie mir geschworen hat, ihn nie wieder zu sehen.«

Er schluchzte, ein wenig zu theatralisch, fand Andreas Goettle.

»Ond wer isch dieser widerliche … äh … Hurenbock?«, fasste Polizeiobermeister Fritz nach.

Wollschläger glotzte ihn mit einem schiefen Blick an, als könne er nicht glauben, dass die Frage gestellt wurde. »Stuber, diese stinkende Kanalratte, wer sonst? Ganz Weingarten weiß das«, brach es aus ihm heraus. »Der vögelt alles, was nicht bei drei auf den Bäumen ist. Und er hat das Heilige Blut. Da bin ich mir sicher. Er will mich fertigmachen. Vernichten. Zerstören. Auf meinem Grab tanzen …«

»Ond wo könnt Ihr Frau jetzt sei?«, fragte POM Fritz.

»Was weiß ich? Im Bett von Stuber oder bei einem anderen Typen. Ficki Ficki, das versteht sie. Ansonsten ist ihr Deutsch nicht besonders gut. Ich habe ihr ja extra eine Lehrerin bezahlt. Eine Studentin an der PH, thailändischer Migrationshintergrund. Anong Praves. Hübsches Ding. Ist zwar eine dieser Tierschützerinnen, die gegen den Blutritt Flugblätter verteilen, aber meines Erachtens sind das harmlose Spinner.«

»Stuber. Also wenn i mi net arg täusch, hab i den Noma heut in einem Online-Artikel der Polizei g'lesa«, unterbrach Andreas Goettle. »So hieß der Tote in der Karlstroß. Do, wo mir ons troffa hen. Der isch erstocha worda.«

Zwei Augenpaare richteten sich auf Dieter Wollschläger, der in seinem Sessel hing und keine Gefühlsregung zeigte. Er starrte minutenlang vor sich hin, ein leichtes Lächeln huschte über sein Gesicht. »Stuber ist tot? Das ist eine gute Nachricht. Die gerechte Strafe für diesen Teufel.«

Fritz sah Goettle an und der wusste, was in dem Polizisten vorging. Vor ihnen saß ein Verdächtiger mit einem astreinen Motiv, und höchstwahrscheinlich ohne Alibi.

»Trauet Sie dem die Tat zu?«, flüsterte Fritz hinter vorgehaltener Hand.

Andreas Goettle zuckte mit den Schultern. »I woiß es net. Wenn mr oin ständig kränkt, kann des die unterschiedlichschda Folga han. A verletzte Auster bildet zum Beispiel a Perle. Des isch leider net von mir, hab i mol g'lesa. Und des wär au die wesentlich bessere Lösung g'wesa.«

»Wo Liebe wächst, gedeiht Leba. Wo Hass aufkommt, droht Untergang«, konterte Fritz. »Isch au net von mir, sondern vom Gandhi.«

»Ja, der Mahatma, der hat ja immer einen Spruch g'hätt. Was macha mir jetzt mit dem?« Goettle wies auf Wollschläger, der drauf und dran war, in seinem Sessel einzuschlafen.

»Mir müsset ihn der Polizei melda«, antwortete Fritz. »Vielleicht isch ja älles Zufall, im Moment sieht's net gut für ihn aus.«

Goettle nickte. »Dann kommt au die G'schicht mit dem Heiliga Blut raus. Des war's mit dem Blutfreitag.«

Die Miene des Polizisten verfinsterte sich. Goettle sah ihm an, dass hinter seiner Stirn Beamtenpflicht gegen Seelenheil kämpfte.

»Kommet Se, Herr Fritz, drucket Se a Aug zua. Mir brauchet a bissle Vorsprung, wenn mir die Reliquie fenda wellet. Im Moment isch der Wollschläger eh net vernehmungsfähig. Da kommt nix G'scheids dabei raus.«

Der Polizeiobermeister schüttelte den Kopf. »Wenn des oiner rausfindet, dass i den net g'meldet hab, ben i erledigt. I riskier mei Beamtenpension.«

Goettle klopfte ihm aufmunternd auf die Schulter. »Awa, des fendet koiner raus. Des bleibt onder ons, ond Ihr Rente isch sicher. Außerdem sen Sie em Urlaub.«

»Guad, i geb uns 48 Stunda. Wenn mir des Heilige Blut in der Zeit net fendet, goht a Meldung an die Kollega.«

»Können wir uns heute treffen? Ich brauche dich dringend.«

Charlotte ließ ihr Smartphone sinken und sah sich um. Es war niemand in der Nähe. Die Gäste waren allesamt mit den Vorbereitungen zum Blutritt beschäftigt, ihre Mutter bereitete das Abendessen zu, Johannes war auf seinem Zimmer und erholte sich von der Schimpftirade seines Vaters und der Alte war wahrscheinlich im Stall zugange. Vor ihm musste Charlotte auf der Hut sein. Ihr Vater hatte ihr verboten, mit Rosalie in Kontakt zu bleiben. Er durfte nicht mitbekommen, dass sie mit ihr telefonierte.

»Das ist ziemlich schwierig heute«, flüsterte sie. »Papa ist sauer auf mich. Und auf dich sowieso. Er behauptet, du hättest Johannes absichtlich versteckt, um ihn und Mama zu erschrecken. Und er meint, ich hätte dir dabei geholfen. Er hat gesagt, wenn ich mich weiterhin mit dir treffe, kann ich mein Zeug packen und zu dir ziehen.«

»So ein Schwachsinn«, polterte Rosalie am anderen Ende der Leitung. »Johannes war freiwillig bei mir, das weißt du. Er hatte Angst. Vor Papa.«

»Klar weiß ich das. Aber du kennst ihn. Es zählt seine Meinung. Davon lässt er sich nicht abbringen. Und jetzt haben Johannes und ich Hausarrest.«

Rosalie lachte laut auf. »Was soll das denn? Du bist 19 und kein kleines Mädchen mehr. Dieser alte Sturschädel hat dir überhaupt nichts zu sagen und Hausarrest verhängen kann er gar nicht. Bitte, Charlie, ich brauch dich noch mal. Alleine pack ich das nicht. Wir tun das doch alles für Johannes.«

Charlotte spürte einen kalten Hauch über den Rücken streichen, ihre Hände begannen zu zittern. »Was hast du denn vor? So etwas wie letzte Nacht brauche ich eigentlich nicht mehr.«

»Das ist alles ziemlich scheiße gelaufen. Tut mir leid, dass ich dich da reingezogen habe. Aber wenn wir diese Reliquie nicht bald finden, verliert Johannes die Nerven und beichtet Papa, was er getan hat. Das darf nicht sein, der Alte schlägt ihn tot.«

Charlotte kämpfte gegen die aufsteigenden Tränen an und versuchte, den Kloß in ihrem Hals herunterzuschlucken. Die Sorge um Johannes, die Angst vor dem Vater, die Ereignisse der letzten Nacht in Stubers Büro und in seiner Wohnung, die Überschreitung eigener moralischer Grenzen – die Situation überforderte sie. Sie konnte das Schluchzen nicht verhindern.

»Charlie, Schatz. Nicht weinen! Zusammen schaffen wir das. Vertrau mir«, versuchte Rosalie sie zu trösten.

»Ich habe Angst«, schniefte Charlotte. »Irgendwann erwischen die uns und das war es dann.«

»Nicht, wenn wir zusammenhalten. Niemand hat uns gesehen, niemand wird etwas erfahren. Bislang stand es nicht in der Zeitung, dass die Reliquie weg ist. Wenn das rauskommt, wäre das ein Skandal. Die schweigen lieber alle, damit die Leute ruhig bleiben. Wenn wir das Teil vor Freitag zurückbringen, wird keiner darüber sprechen. Alles wird gut.«

Rosalies Erklärung klang plausibel und beruhigte Charlotte ein wenig. Dennoch hatte sie das Gefühl, in einen Albtraum geraten zu sein, aus dem es kein Erwachen gab. »Was hast du denn vor?«, fragte sie zögerlich.

In einigen atemlosen Sätzen weihte Rosalie die Stiefschwester in ihre Pläne ein. Charlotte erblasste, ließ das Smartphone sinken, während Rosalie weiterplapperte. Sie bekreuzigte sich und sprach ein lautloses Gebet.

Anong verließ das Gebäude der Pädagogischen Hochschule, zu dem sie auch außerhalb der Vorlesungen Zugang hatte, um ihre eigenen Kurse vorzubereiten. Sie hatte die sonntägliche Ruhe dazu genutzt, ein paar Kopien zu machen. Jemand tippte ihr auf die Schulter. Das war etwas, was sie überhaupt nicht leiden konnte. Sie drehte sich um, bereit, den Schulter-Tipper zur Rede zu stellen. Es war Luis, der abwehrend die Hände hob.

»He, nun friss mich nicht gleich. Ich wollte dich fragen, ob du irgendetwas von Charlotte gehört hat. Sie geht nicht an ihr Telefon, war auch gestern nicht bei unserem Treffen. Weißt du, was mit ihr los ist?«

Anong zuckte mit den Schultern. »Ich habe keine Ahnung. Sie hat sich bei mir nicht gemeldet. Wahrscheinlich wird sie wieder von ihrem Vater voll eingespannt. Kurz vor dem Blutfreitag ist bei denen am Pferdehof die Hölle los.«

»Ich begreife das nicht, dass sie da mitmacht«, brummte Luis. »Ich dachte, ihr tun die Pferde leid. Und trotzdem arbeitet sie bei ihrem Alten, der sein Geld damit verdient, die Tiere der Blutreiter zu beherbergen.«

»Ich glaube, sie hat keine andere Wahl. Ihr Vater ist sehr streng. Wenn er erfahren würde, dass sie unsere Treffen besucht, hätte sie ein großes Problem. Zum

Glück hat sie ja dich. Damit kann sie jederzeit sagen, dass sie ihren Freund Luis besucht hat, wenn sie bei uns war. Und das ist nicht einmal gelogen.«

Anong lächelte, das kam selten vor.

»Oh, schön. Dann bin ich eher ihr Alibi als ihr Freund. Vielen Dank«, erwiderte Luis in einem beleidigten Ton.

Anong boxte ihn aufmunternd gegen die Schulter. »Ach komm, so ist es nicht. Sie hat dich sehr gern.«

»Ja, so gern, dass sie sich das ganze Wochenende nicht bei mir meldet. Was soll denn das?«

»Charlie taucht wieder auf. Da bin ich mir ganz sicher. Und wir sehen uns heute Abend im ›Alibi‹, oder?«

»Ja klar«, antwortete Luis, sah jedoch an ihr vorbei.

Anong drehte sich in seine Blickrichtung. Eine kleine dunkelhaarige Frau mit einem Koffer in der Hand stand in wenigen Metern Entfernung von ihr und schien darauf zu warten, dass die jungen Leute ihr Gespräch beendeten.

»Wer ist das? Kennst du die?«, fragte Luis.

»Das ist Kim, eine Schülerin aus meinem Sprachkurs. Keine Ahnung, was die hier will.«

Anong winkte der Frau zu, die sich zögerlich näherte.

»Sie sieht irgendwie traurig aus«, sagte Luis.

Anong antwortete nicht. Sie ging Kim entgegen, faltete die Hände vor ihrem Körper und verbeugte sich vor ihrem Gegenüber. Die Frau tat es ihr gleich. Luis sah, dass sie weinte. Sie sagte etwas, was er nicht verstand, und Anong antwortete in dieser fremden Sprache. Beide gestikulierten wild, waren sehr aufgebracht.

Schließlich hakte Anong die Frau unter, drehte sich kurz zu Luis um und winkte ihm zu.

»Ich muss los. Ein Notfall!«, rief sie. »Wir sehen uns.«

»Bis heute Abend«, entgegnete Luis. Er hob die Hand zum Gruß, doch die beiden Frauen nahmen keine Notiz von ihm.

»Verdammte Scheiße. Was geht denn hier ab?«

Raoul rieb sich die Seite und betrachtete den Außenspiegel des parkenden Fahrzeugs, als habe dieser ihn angegriffen. Er trat mehrmals dagegen, bis das Teil an einem dünnen Draht am Auto hing. »Das hast du nun davon. Leg dich nicht mit Raoul an, du Arsch«, lallte er und schwankte weiter.

Den Nachmittag hatte er am Stadtgarten mit seiner Gefolgschaft aus der Schule verbracht. Seit diese Irre ihn gestern überfallen hatte, war ihnen die Mauer bei der Schule zu gefährlich geworden. Einer hatte eine Flasche Wodka aus dem Keller seines Vaters geklaut, ein paar Dosen Red Bull waren schnell organisiert und mit jedem Schluck war die Anspannung ein bisschen mehr von Raoul abgefallen. Der Angriff von Johannes' Schwester hatte Spuren bei ihm hinterlassen. Er spürte, dass er sich vorsehen musste und nicht unverwundbar war. Er musste auf der Hut sein. Vor Johannes' Schwester und vor Zacharias. Der war nicht begeistert gewesen, dass diese dumme Pute herausgefunden hatte, wer im Besitz des Heiligen Blutes war. Er hatte Raoul eine gelangt, dass ihm fast der Kopf vom

Hals geflogen wäre. Dabei hatte er gar nichts gesagt. Sie hatte geraten und zufällig richtiggelegen und er hatte sofort versucht, Zacharias zu warnen. Das hatte den Securitymann nicht interessiert, er witterte Verrat, hatte Raoul gedroht, ihn bei den Bullen zu verpfeifen, wenn irgendetwas schiefgehen würde. Das war gar nicht gut, schließlich hatte er bereits ein paar Vorstrafen. Wenn er nun mit dem Diebstahl der Reliquie in Verbindung gebracht wurde, würde er in den Knast müssen.

Aber Johannes' Schwester war nicht der einzige Grund für Zacharias' Zorn gewesen. Irgendetwas hatte mit der Nachricht, die Stuber von dem Prepaidhandy verschickt hatte, nicht hingehauen. Raoul hatte kein Wort von dem verstanden, was Zacharias erzählt hatte. Er hatte etwas von Fälschung gelabert, von Beschiss, und gedroht, ihm den Hals umzudrehen, sollte er herausfinden, dass Raoul ihn verarsche. Letztendlich war es ihm egal. Er hatte all das gemacht, was der Boss verlangt hatte. Ihn traf keine Schuld.

Mit dem Anstieg des Promillepegels kam sein Kampfgeist zurück. Raoul gegen den Rest der Welt. Er würde es allen zeigen: Zacharias, diesem Wichser, Johannes, diesem Opfer, und seiner Schwester, dieser Bitch. Das Gefühl der Unbesiegbarkeit wurde durch die Bewunderung seiner Kumpels bestärkt, die den dünnen Schnitt am Hals bestaunt hatten. Er machte ihn zu einem harten Hund, zu einem, zu dem man aufschauen konnte, zu einem Anführer.

»Kommt her, wenn ihr was wollt!«, brüllte er in die Nacht und versetzte einem unsichtbaren Gegner einen Fausthieb. »Ihr werdet sehen, was ihr davon habt.«

Seine Blase meldete sich. Pissen. Jetzt. Sofort.

Er öffnete den Reißverschluss seiner Hose und zielte mit dem Strahl auf das Sternemblem auf der Kühlerhaube eines Fahrzeugs. Bei jedem Treffer kicherte er irr.

Zu spät bemerkte er die schnellen Schritte hinter ihm. Bevor er sich umdrehen konnte, wurde es dunkel vor seinen Augen. Er bekam schlecht Luft, jemand hatte ihm etwas über den Kopf gestülpt. Im nächsten Moment wurden seine Arme unsanft auf den Rücken gedreht und festgezurrt.

»Wah, ist das widerlich, der pisst sich komplett voll«, hörte er eine Stimme sagen, die offenbar einer Frau gehörte.

»He, ihr Schweine, was soll das?«, protestierte Raoul und versuchte, sich zu befreien. Er wurde umgestoßen und fiel hart auf die Seite. Die Hüfte schmerzte, sein Magen krampfte, der Schnaps kam ihm hoch. Raoul würgte.

»Hilfe! Wieso hilft mir denn niemand?«, schrie er und musste dafür einen Schlag gegen den Kopf einstecken.

»Halt dein blödes Maul«, zischte ihm jemand ins Ohr. »Ein Mucks und du landest im Schwanenweiher.«

Eine weitere weibliche Stimme. Er wurde hier von zwei Frauen fertiggemacht. Er mobilisierte seine gesamten Kräfte, um seine Fesseln zu lösen, doch er bekam die Hände nicht frei.

»Nimm seine Beine, ich nehme den Kopf.«

Er spürte, dass er angehoben wurde. Er wand sich, strampelte, hörte den Schmerzensschrei der einen, die er getroffen hatte. Seine Beine wurden losgelassen, schleiften über den Asphalt der Straße. Erneut traf ihn ein Schlag gegen die Schläfe, der ihn kurz ausknockte. Er hörte eine Schiebetür aufgehen, sein Körper wurde in das Innere eines Fahrzeugs gezerrt. Sein Steiß krachte gegen den Rahmen, Raoul stöhnte auf.

»Binde ihm die Beine zusammen, damit er hier nicht rumrandaliert«, sagte eine seiner Entführerinnen. Er hatte nicht genug Kraft, um sich dagegen zu wehren, die aufsteigende Angst lähmte ihn.

»Was wollt ihr von mir? Ich habe nichts getan«, wimmerte er.

Er erhielt keine Antwort. Die Schiebetür wurde geschlossen, der Motor sprang an und mit einem Ruckeln begann die Fahrt mit unbekanntem Ziel.

VIER TAGE BIS ZUM BLUTRITT

Erkenntnisse.

Um zu ihnen zu gelangen, wird oft ein langer Weg zurückgelegt. Nicht selten führen Gedanken in die falsche Richtung, weg vom Ziel. Auf diesen Umwegen lassen sich wichtige Erfahrungen gewinnen, die schließlich die Spur zur Wahrheit zeigen.

Norman Säger saß bereits am Schreibtisch, als Yoselin ihr gemeinsames Büro betrat. Eine Aktenmappe, sein Block, ein Kugelschreiber, ein Bleistift, der Locher und das Heftgerät bildeten eine exakt ausgerichtete Oberkante, die jeden Wasserwaagen-Test bestanden hätte. Einen Computer benutzte Säger nicht. »Wahrscheinlich hat er Angst vor den Viren«, hatte ein Kollege einst gescherzt. Wenn man den Hauptkommissar näher kannte, wurde schnell klar, dass er lediglich seinen eigenen Erkenntnissen Glauben schenkte und der Technik zutiefst misstraute.

»Gut, dass Sie da sind, Frau Hauptkommissarin. Es gibt erste Ergebnisse von der Obduktion und von der Spurensicherung.« Er hielt eine grüne Aktenmappe in die Höhe und beförderte sie mit einem schwungvollen Wurf auf ihren Schreibtisch.

»So schnell?«, wunderte sich Yoselin und setzte sich.

Säger lehnte sich in seinem Stuhl zurück und grinste selbstgefällig. »Ja, wenn man weiß, wo die Stellschrauben sitzen, die man anziehen muss, bekommt man schnelle Ergebnisse. Ach, würden Sie sich bitte die Hände waschen, bevor Sie die Akte durchsehen. Sie sind sicher mit den öffentlichen Verkehrsmitteln hier und haben Haltegriffe angefasst oder den Türöffner betätigt. Sie wissen schon, wegen der Krankheitserreger.«

»Meine Hände sind gewaschen«, maulte die Hauptkommissarin. »Hier, sehen Sie, meine Handinnenflächen sind ganz weiß.«

»Das ist bei Menschen mit dunkler Hautfarbe immer so. Das hat nichts mit dem Waschen … Ach so, das war sicher wieder ein Scherz.«

Yoselins Grinsen ließ Säger verstummen. Sein Ironieverständnis glich dem eines sechsjährigen Kindes. Yoselin blätterte lustlos in der Akte. »Muss ich das ganze Zeug lesen oder sagen Sie mir, ob wir eine verwertbare Spur haben? Sie haben sicher alles auswendig gelernt.«

»Nein, auswendig kann ich die Berichte nicht. Das ist gar nicht notwendig. Es gibt nämlich nur zwei interessante Erkenntnisse aus den bisherigen Untersuchungen. Wollen Sie die hören?«

»Nein, ich warte lieber, bis sie in der Zeitung stehen. Mensch, Säger, klar will ich hören, was herausgefunden wurde.«

Ihr Kollege räusperte sich, stakste auf Yoselins Seite, schlug die Akte auf und klopfte mit dem Zeigefinger auf das Blatt Papier. »Hier. Das ist interessant. Im Blut des

Opfers wurden Spuren von Gamma-Hydroxybuttersäure gefunden. Die Konzentration war sehr schwach, aber zum Nachweis hat es gereicht.«

»K.-o.-Tropfen? Da hat wohl eine Dame den Spieß umgedreht. Normalerweise bekommen das Frauen ins Getränk gekippt, um sie wehrlos zu machen. Bei Männern muss der Widerstand ja nicht so oft gebrochen werden. Habe ich mir sagen lassen.«

Säger ging nicht auf ihre Spitzfindigkeit ein und sprach weiter: »Da Gamma-Hydroxybuttersäure sechs bis acht Stunden nach Verabreichung nachweisbar ist, können wir den Tatzeitpunkt weiter einschränken. Die Einnahme muss zwischen vier und sechs Uhr morgens erfolgt sein.«

»Stuber wurde demnach betäubt und dann erstochen? Warum? Ist er aufgewacht und hat den Täter oder die Täterin beim Durchstöbern der Wohnung überrascht?«

Säger zog die Augenbrauen in die Höhe. »Gut möglich. Kann sein, dass er Halluzinationen hatte. Das soll im K.-o.-Tropfen-Rausch vorkommen. Wer weiß, was er gesehen hat. Einen blutrünstigen Bären vielleicht oder einen großen Wolf, vor dem er sich verteidigen muss …«

»Was ist denn heute mit Ihnen los? Haben Sie gestern Nacht vor dem Zubettgehen Grimms Märchen gelesen? Das scheint Ihnen nicht zu bekommen.«

Säger winkte ab. »Schon gut, schon gut. Egal, was er gesehen hat. Er hat auf jeden Fall versucht, sein Hab und Gut zu schützen und wurde erstochen.«

Yoselin nickte. »So könnte es gewesen sein. Aber Sie sprachen von zwei verwertbaren Hinweisen. Was gibt es noch? Etwas über den Edelstein, den Sie gefunden haben?«

Säger schüttelte den Kopf. »Es ist ein Saphir, wie ich gesagt habe. Und er weist Absplitterungen auf. Das lässt darauf schließen, dass er aus einer Fassung herausgebrochen wurde. Das bringt uns im Moment nicht weiter. Das hier vielleicht eher.«

Er blätterte ein paar Seiten und stoppte bei einem Dokument mit Angaben aus einer erkennungsdienstlichen Behandlung. Das Bild zeigte einen grimmig dreinblickenden jungen Mann, dessen schräg gewachsene Nase darauf schließen ließ, dass er bereits einige Schicksalsschläge hatte abfedern müssen. »Es wurden Fingerabdrücke von diesem jungen Herrn in Stubers Büro gefunden. Das ist nicht sonderlich überraschend, denn er arbeitete aushilfsweise als Sicherheitsmann bei ihm. Zufällig lebt er auf großem Fuß. Das heißt, die Schuhabdrücke könnten von ihm stammen.«

»Raoul Weber«, las Yoselin laut. »17 Jahre. Vorbestraft wegen Körperverletzung, Diebstahl, räuberischer Erpressung, Verstoß gegen das Betäubungsmittelgesetz … Das ist ja ein ziemliches Früchtchen.«

»Ein frühreifes Früchtchen, wenn ich mir einen Scherz erlauben darf«, erwiderte Säger und kicherte verstohlen.

»Wir sollten dem Jungen unbedingt einen Besuch abstatten. Vielleicht stammen die Fußspuren wirklich von ihm. Und wenn ja, muss er uns erklären, wie sie da hingekommen sind.«

Norman Säger nickte, ging zur Garderobe, stellte sich vor den Spiegel und zog seine Krawatte gerade. »Ich bin bereit«, sagte er und sah Yoselin auffordernd an.

»Nehmen Sie mich so mit, oder soll ich nach Hause fahren und das kleine Schwarze anlegen?«, fragte sie.

»Nein, nein, Ihre Kleidung ist durchaus zweckgemäß. Wir gehen ja nicht in die Oper«, antwortete der Hauptkommissar trocken. »Außerdem würde das kleine Schwarze bei Ihnen ja gar nicht richtig zur Geltung kommen, gell?«

Wieder kicherte er verhalten.

»Nicht übel, Herr Hauptkommissar«, erwiderte Yoselin. »Noch ein paar Jahre Übung, dann kann ich über Ihre Witze lachen.«

Raoul heulte vor Wut. Seit über einer Stunde lief er diese einsame Landstraße entlang. Die wenigen Autos, die in Richtung Weingarten fuhren, hatten auf seinen ausgestreckten Daumen nicht reagiert. Er gab nicht gerade ein vertrauenswürdiges Bild ab. Befleckte Hose, zerrissene Jacke, aufgeplatzte Augenbraue, blutverschmiertes Gesicht. Wer sollte ihn so mitnehmen?

Er ballte die Fäuste und schrie seinen Frust in die Welt.

Diese dummen Huren. Diese Bitches. Irgendwann würde er es ihnen heimzahlen. Die ganze Nacht hatten sie ihn in diesem Bus nach dem blöden Kreuz befragt, dabei wusste er nicht, wo es war. Sie hatten ihn geohrfeigt und er konnte sich nicht wehren, weil sie ihm die Hände auf den Rücken gefesselt hatten, diese feigen Hennen. Stundenlang die gleichen Fragen. Wo ist das Heilige Blut? Wo hast du es versteckt?

Johannes' Schwester, die ihn vor der Schule angegriffen hatte, war die Schlimmere von beiden. Sie hatte wieder das Messer bei sich. Die andere hielt sie davon ab, ihn damit zu bearbeiten. Er kannte sie vom Sehen. Sie traf sich oft mit Luis nach dem Taekwondo-Training, wahrscheinlich war sie seine Freundin. Und so hatte er überwiegend mit ihr gesprochen, hatte sich für all seine Taten an Johannes entschuldigt, er hatte geschworen, ihn in Ruhe zu lassen. Er hatte sie angefleht, ihn laufen zu lassen, gebettelt, geweint. Die eine hatte keine Ruhe gegeben, ihn an den Haaren gezogen, ihm ins Gesicht geschlagen, ihn beschimpft. Um irgendetwas zu sagen, hatte er ihnen von dem Prepaidhandy erzählt, das er für Zacharias gekauft und wenig später entsorgt hatte. Er hatte keine Ahnung, wozu er das Teil gebraucht hatte. Zacharias hasste es, wenn man ihm blöde Fragen stellte, es ging ihn ja nichts an. Und er hatte zugegeben, dass er bei Zacharias gewesen war, um ihn zu warnen. Vor Johannes' Schwester. Mehr wusste er nicht.

»Warum immer ich? Ich habe nichts Schlimmes gemacht!«, schrie er und setzte sich in den Grünstreifen am Straßenrand. Dort ließ er seinen Tränen freien Lauf. Er fühlte sich ungerecht behandelt, schuldlos, allein. Und wütend, furchtbar wütend: Er war von zwei

Frauen überfallen und eingeschüchtert worden. Sie hatten sein männliches Ehrgefühl mit Füßen getreten, ihn kleingemacht. Und das sollten ihm die beiden büßen.

»Musstest du ihn wirklich so hart angehen? Was ist, wenn er jetzt zur Polizei geht?« Charlotte funkelte Rosalie wütend an. Für einen Moment konnte sie ihren Vater verstehen, dass er die aufbrausende Art seiner Stieftochter auf Dauer nicht ertragen konnte. Wie eine Furie hatte sie sich benommen, und wenn sie nicht eingeschritten wäre, hätte Rosalie Raoul womöglich die Kehle durchgeschnitten.

»Begreifst du nicht, was das für ein Scheißkerl ist? Dieser Typ hat Johannes über Monate gequält, ihn gemobbt, beleidigt, geschlagen und bestohlen. Jetzt weiß er, wie das ist«, fauchte Rosalie zurück. »Und zur Polizei geht der nicht, keine Sorge. Der steckt in der Sache viel zu tief drin.«

Sie lenkte den Bus in die Schussenstraße. Das Gasthaus Linde war in Sichtweite. Auf dem Hof hinter dem Gebäude sollte sie das Fahrzeug abstellen.

»Sehr viel gebracht hat die Aktion ja nicht«, maulte Charlotte. »Entweder hat Raoul uns was vorgespielt oder er hat wirklich keine Ahnung, wo die Reliquie abgeblieben ist.«

»Ja, verdammte Scheiße, das weiß ich!«, kreischte Rosalie. Sie schlug mit der Hand auf das Lenkrad und verzog das Gesicht zu einer furchterregenden Grimasse. Charlotte rückte ein Stück von ihrer Schwester weg, drückte sich gegen die Tür. Ihr wurde bewusst, wie wenig sie von ihr wusste und wie sehr sie sich seit der gemeinsamen Zeit auf dem Reiterhof verändert hatte. Mit den Nerven der Schwester stand es offenbar nicht zum Besten. Ein furchtbarer Verdacht schnürte Charlotte die Kehle zu. Bevor sie zu Stubers Wohnung aufgebrochen waren, war Rosalie noch einmal ins Büro gegangen, weil sie angeblich etwas vergessen hatte. Konnte es sein, dass sie den ohnmächtigen Mann in einem Anfall der Raserei erstochen hatte? Charlotte versuchte, den Gedanken zu verscheuchen – es gelang ihr nicht.

»Und diese verfluchte Geschichte mit dem Handy hab ich auch nicht verstanden«, wetterte Rosalie. »Was soll das denn? Kein Mensch hat heute ein Prepaidhandy. Da musst du ständig neue Karten kaufen.« Sie setzte den Blinker, bog in den Hof hinter der Linde ein, blieb vor einer Garage stehen und stellte den Motor ab. »Ich sehe noch mal in den Laderaum, ob wir alle Spuren von dem kleinen Straßenköter beseitigt haben«, sagte sie beim Aussteigen.

Charlotte blieb sitzen und dachte nach. Rosalie – eine Mörderin? Das konnte nicht sein. Niemals hätte sie so abgeklärt ins Auto steigen können, um die Suche in Stubers Wohnung weiterzuführen. Sie hätte zumindest eine Regung zeigen müssen, wenn sie die Tat begangen hätte. Oder hatte sie wirklich so viel Schauspieltalent, dass sie selbst eine solche Schuld überspielen konnte? Wie aggressiv sie sein konnte, hatte sie Raoul gegenüber bewiesen. Da war mehr gewesen als die Sorge um den Bruder. Charlotte hatte den Hass gesehen, der sich in ihrer Halbschwester jahrelang angestaut hatte und nun sein Ventil fand. Nur um herauszufinden, dass Raoul das Prepaidhandy gekauft hatte, ein Guthaben aufbuchen ließ und es wenig später bei Zacharias abgeholt und entsorgt hatte. Sie erinnerte sich an eine Szene aus einem Film, in dem die Täter ebenfalls so vorgegangen waren. Charlotte sprang aus dem Wagen, lief zur offenen Schiebetür. »Rosalie, ich glaube, ich weiß, was Zacharias mit dem Handy wollte«, sprudelte es aus ihr heraus. »Er hat es benutzt, um jemanden zu erpressen. Ich habe das in einem Krimi gesehen. Prepaidhandys können nicht nachverfolgt werden, das heißt, du kannst unerkannt Nachrichten versenden. Zumindest in den Filmen ist es so.«

Ihre Stiefschwester sah sie ungläubig an. »In einem Krimi? Wir sind hier nicht in einem Krimi.«

»Da wäre ich mir nicht so sicher«, erwiderte Charlotte.

Ein Wagen bog in den Hof ein und bremste neben ihrem Bus. Ein dicklicher Kerl mit geschwollenem Gesicht und aus der Zeit gefallener Kleidung stieg aus. Charlotte erkannte, dass es der Journalist war, der das Interview mit Anong geführt hatte.

Er würdigte sie keines Blickes, schoss auf Rosalie zu und packte sie am Arm. »Da bist du ja. Ich habe dich gesucht. Wir müssen dringend miteinander reden«, fauchte Hilmar Glanzer.

»Lass mich los«, schrie Rosalie und schlug auf ihn ein. Der Journalist versuchte, sie zu umklammern, kam ins Straucheln und fiel mit ihr hin. Rosalie entwand sich seinem Griff, kam auf die Füße und trat ihrem Angreifer in den Rücken. Glanzer gab einen jaulenden Laut von sich. Charlotte schob ihre Schwester von dem Journalisten weg, bevor sie ein weiteres Mal zutreten konnte. Da war sie wieder, diese Wut. Rosalie atmete schwer, zitterte, ihre Lippen bebten. Ihr Körper versteifte sich, als Charlotte sie in den Arm nehmen wollte.

Mühsam hievte sich Glanzer in die Vertikale. Die Wunde über seiner Augenbraue war aufgeplatzt, Blut lief über sein Gesicht. Mit ausgestrecktem Zeigefinger deutete er auf Rosalie. »Das wird dir gar nichts nützen, du kleine Nutte. Gar nichts. Ich habe dich gesehen. Du warst bei Stuber«, krächzte er.

»Na und?«, blaffte Rosalie. »Was geht's dich an?«

Glanzer kam langsam näher und Charlotte musste all ihre Kraft aufbringen, um ihre Schwester festzuhalten.

»Vielleicht interessiert es ja die Polizei, dass du bei ihm warst. Und mit ihm gevögelt hast, bevor …«

»Bevor was, du Wichser?«

Der Journalist lachte kehlig und ging ein Stück auf die beiden jungen Frauen zu.

»Du liest keine Zeitung, was? Stuber ist tot. Ich weiß, dass du bei ihm warst. Und nun frage ich mich, was du von ihm wolltest. Ob das irgendwie mit dem zusammenhängt, was du mir erzählt hast. Vielleicht warst du ja auf seiner Seite, wolltest mit ihm gemeinsame Sache machen. Und dann kam irgendetwas dazwischen. Ihr habt gestritten und du hast ihn in den Hals gestochen. War es so?«

Aus Rosalie entwich alle Kraft. Ihre Augenlider flatterten, die Beine gaben nach, Charlotte konnte sie mit Mühe halten.

»Habe ich recht? Warst du das? Mich würde interessieren, warum du das gemacht hast. Hat das irgendwie mit dieser ›Neuen Loge 2.0‹ zu tun? Diese Typen, die behaupten, Jesus wäre nie gekreuzigt worden? Und die Echtheit des Heiligen Blutes anzweifeln? Hatte Stuber Kontakt zu denen oder gar einen Auftrag, die Prozession zu verhindern? Wollte er dich da mit reinziehen? Oder hattest du den Auftrag, ihn im Namen der Loge aus dem Weg zu räumen?« Glanzer wischte sich mit dem Ärmel seiner Jacke den Schweiß von der Stirn.

»Hören Sie auf!«, brüllte Charlotte. »Das ist kompletter Quatsch. Meine Schwester und ich waren den ganzen Abend zusammen. Sie war nicht bei diesem … Stuber. Und jetzt verschwinden Sie.«

Der Journalist blieb stehen und verengte das gesunde Auge zu einem Schlitz. »Dich kenne ich. Du bist bei diesen Blutritt-Gegnern dabei. Bei Luis Angeles Leuten. Jetzt verstehe ich. Ihr habt ihn zusammen kaltgemacht. Ihr seid die Komplizen der Loge und Stuber war euch im Weg.«

Rosalie begann zu weinen, Charlotte drückte sie an sich und flüsterte ihr beruhigende Worte ins Ohr. Gleichzeitig arbeitete es fieberhaft in ihr. Wie konnte sie diesen Schreiberling wieder loswerden? Er wusste, dass Rosalie bei Stuber gewesen war, das konnte gefährlich werden, auch wenn sie nicht wirklich begriff, von welchen Verbindungen er sprach.

»Jetzt lasst euch nicht so lange bitten. Erzählt dem lieben Onkel Hilmar, was ihr vorhabt. Mir geht es um die Geschichte, und was ich wissen muss, krieg ich raus. Und wenn ich dafür den Bullen einen Tipp geben muss.«

Rosalie verstummte. Sie löste sich von Charlotte, ging auf Glanzer zu und baute sich breitbeinig vor ihm auf. Der Journalist wich einen Schritt zurück und verlor für einen Moment seine selbstherrliche Haltung. Charlotte trat neben ihre Schwester, ganz nah, um ihr zu signalisieren, dass sie ihr beistand.

»Ich mache euch ein Angebot«, lenkte Glanzer kleinlaut ein. »Ihr erzählt mir alles und ich vergesse, was ich gesehen habe. Und in der Reportage ändere ich eure Namen. Ist ein fairer Deal, oder nicht?« Er lächelte schief.

»Was hast du denn gesehen?«, fragte Rosalie tonlos.

»Dich habe ich gesehen. Ich habe gehört, dass ihr Spaß hattet. Und ein paar Stunden später liegt Stuber tot in seiner Wohnung. Um ihn herum Chaos. Da muss man ins Grübeln kommen.«

»Mich bringt etwas ganz anderes ins Grübeln«, erwiderte Charlotte. »Offensichtlich waren Sie auch bei Stuber. Die Frage ist, warum? Vielleicht sollten *wir* der Polizei einen Tipp geben. Womöglich haben Sie ihn umgebracht.«

»Unsinn. Er war tot, als ich ihn gefunden habe«, brach es aus Glanzer heraus. »Außerdem hat sie mich auf diese Fährte gesetzt.« Er wies erneut mit ausgestrecktem Zeigefinger auf Rosalie.

»Und? Haben Sie das der Polizei mitgeteilt? Dass Sie bei Stuber waren, aus welchen Gründen auch immer?«, hakte Charlotte nach.

Glanzer schnaubte und schwieg.

»Das habe ich mir fast gedacht. Gut, vergessen wir, dass Sie am Tatort waren und womöglich jede Menge Spuren hinterlassen haben, und Sie vergessen, dass Rosalie bei Stuber war. Ich finde, das klingt nach einem wirklich guten Handel.«

Glanzer ballte die Fäuste und glotzte Charlotte mit seinem gesunden Auge wütend an. Er erkannte, dass er zu viel geredet hatte, sein Wissensvorsprung war aufgebraucht. Die jungen Frauen waren in der besseren Position. Er drehte sich um und ging leise fluchend zu seinem Wagen zurück.

»Do isch ja des windige Bürschle.«

Yoselin Blaich lenkte den Wagen an den Straßenrand und wies auf den Jungen, der sich ihnen näherte. Norman Säger sah sie fragend an und zuckte die Schultern.

»Das ist Raoul Weber, dieses ganz und gar nicht unbeschriebene Blatt«, erläuterte die Hauptkommissarin. »Wann lernen Sie endlich Schwäbisch, Herr Säger?«

»Wenn es sich vermeiden lässt, gar nicht«, antwortete

ihr Kollege und stieg aus. Raoul bewegte sich in aller Seelenruhe auf ihn zu, schien in Säger keinen Polizisten zu erkennen. Als er auf gleicher Höhe war, sprach der Hauptkommissar den Jungen an.

»Raoul Weber?«

Der 17-Jährige erschrak. Mit einem blitzschnellen Haken wich er aus, lief um Yoselins Wagen herum und krachte im nächsten Moment gegen die aufgerissene Fahrertür. Die Polizistin stieg aus und beugte sich zu dem Jungen hinunter, der sich am Boden krümmte.

»Was bist du denn so schreckhaft, Raoul? So furchterregend sieht mein Kollege Säger gar nicht aus. Du solltest ihn mal früh am Morgen sehen.«

Raoul stöhnte, versuchte, auf die Füße zu kommen, sackte jedoch wieder zusammen.

Yoselin half ihm aufzustehen, gab ihm ein Taschentuch. »Hier, wenn deine Nase aufhört zu bluten, sollten wir uns unterhalten. Und dazu wirst du uns auf das Revier begleiten.«

»Warum? Ich hab nichts gemacht«, sagte Raoul gedämpft. Er presste das Tuch gegen die Nase und legte den Kopf in den Nacken.

»Na prima. Wir finden kurz heraus, ob das stimmt, und wenn ja, kannst du wieder gehen.«

Yoselin schob ihn zum Fahrzeug und bugsierte ihn hinein. Säger setzte sich zu ihm auf die Rückbank, hielt jedoch den größtmöglichen Abstand. »Bluten Sie hier bloß nicht alles voll. Das geht ganz schwer aus den Polstern«, blaffte er Raoul an.

Der Junge nickte schuldergeben und ließ den Kopf gegen das Seitenfester sinken.

Die Fahrt zum Polizeirevier war schweigsam verlaufen und sehr viel mehr hatten Blaich und Säger bislang auf dem Revier nicht aus dem Jungen herauspressen können. Yoselin, die ihm gegenübersaß, spürte, dass es in Raoul arbeitete, obwohl er sich bemühte, locker zu sein und einen höchst gelangweilten Eindruck zu machen.

»Wer hat dich denn so zugerichtet?«, fragte die Hauptkommissarin.

Raoul zuckte mit den Schultern. »Weiß nicht. Ein paar Typen.«

»Kanntest du diese Typen? Und was wollten die?«

»Keine Ahnung, Mann. Ich hab die noch nie gesehen. Die wollten Stress machen, was weiß ich.«

»Passiert Ihnen das öfter, dass Sie mit Wildfremden Ärger bekommen? Oder gibt es da Gründe, zum Beispiel Unstimmigkeiten beim Drogenhandel?«, setzte Säger nach, der hinter Raoul stand.

Der Junge fuhr herum und starrte ihn wütend an. »Ich habe mit Drogen nichts zu tun. Die wollten Streit und ich habe mich gewehrt. Das kommt vor.«

»Ein Taekwondo-Kämpfer weiß ja, wie man sich wehrt. Kanntest du Zacharias Stuber aus dem Taekwondo-Training?«

Der rasche Themenwechsel der Hauptkommissarin verwirrte Raoul offenbar. »Zacharias? Was soll das denn jetzt?«

»Zacharias Stuber. Du hast für ihn gearbeitet. Hast du ihn im Training kennengelernt?«

»Keine Ahnung. Kann sein.« Raoul fläzte sich in seinen Stuhl und verschränkte die Arme vor der Brust.

»Wann hast du ihn zuletzt gesehen?«

Raoul reagierte nicht auf Yoselins Frage.

Säger stupste den jungen Mann an. »Haben Sie etwas mit den Ohren? Hauptkommissarin Blaich hat Sie was gefragt.«

»Weiß ich nicht. Ist ewig her. Ich arbeite nicht mehr für ihn, er hat keine Aufträge mehr für mich, hat er gesagt.« Er grinste. »Heißen Sie wirklich Blaich? Das ist ja krass. Eine Schokotorte, die Blaich heißt.«

Yoselin lächelte ihn zitronensauer an.

»Wow, den Witz habe ich ja noch nie gehört. Bist ja ein ganz wacher Junge. Apropos wach: Wo warst du denn gestern Morgen zwischen vier und sechs Uhr?«

»Da war ich im Bett und habe geschlafen. Ich geh zur Schule und muss früh raus«, antwortete er genervt.

»Am Sonntag?«

»Na und? Dann habe ich eben ausgeschlafen.«

Raoul erhob sich, Säger drückte ihn auf den Stuhl zurück. »Anscheinend gab es Ärger vor der Schule. Sie wurden von einer jungen Frau angegriffen, hat uns eine Lehrerin erzählt, als wir in der Schule nach Ihnen gefragt haben. Wer war denn das?«

Der Junge rutschte unruhig auf seinem Stuhl hin und her.

»Weiß ich nicht. Irgendeine Bitch, die nicht ganz richtig im Kopf ist. Die hat behauptet, ich hätte ihren Bruder bedroht.«

»So etwas würde der Raoul ja niemals tun«, warf Yoselin ein.

Norman Säger führte die Befragung fort. »Wir haben Ihre Fingerabdrücke in Stubers Büro gefunden. Die waren relativ frisch. Und Schuhabdrücke. Welche Schuhgröße haben Sie?«

»45. Wieso fragen Sie das alles? Was soll diese Scheiße?«

Raouls coole Fassade zerbröckelte zusehends, er verwandelte sich in das, was er war: ein Halbwüchsiger, weder Kind noch Mann. Einer, der nicht wusste, wohin mit sich und seiner Energie. Und dem bewusst wurde, dass er ziemlich tief in Schwierigkeiten steckte.

»Jetzt pass mal gut auf, Raoul«, versuchte es Yoselin in einem versöhnlichen Ton. »Zacharias Stuber ist tot. Er wurde erstochen. Sein Büro und seine Wohnung wurden durchwühlt. Irgendjemand scheint etwas gesucht zu haben und wir würden gerne wissen, wer das war, warum er Stuber erstochen hat und wonach er auf der Suche war. Wenn du etwas weißt, solltest du uns das jetzt sagen.«

Raoul wurde blass und schüttelte ungläubig den Kopf.

»Das kann nicht sein. Zacharias ist nicht tot. Ich hab ihn vorgestern gesehen …«

Yoselin erhob sich und packte den Jungen am Revers seiner Jacke. »Aha, ich dachte, dein letztes Treffen mit ihm ist ewig her. Also noch mal: Wann hast du Zacharias Stuber zuletzt gesehen?«

Der Junge begann zu schwitzen, seine Blicke irrten im Raum umher. »Ich weiß nicht genau. Vorgestern. Nachmittags. Auf jeden Fall hat er da noch gelebt. Und seitdem war ich nicht mehr da. Ehrlich, ich schwör.«

Yoselin ließ Raoul los.

»Und warum warst du bei ihm? Du hast gesagt, dass du nicht mehr für ihn arbeitest. Habt ihr schön zusammen gefrühstückt und über alte Zeiten gesprochen?«

Raoul drehte sich demonstrativ zur Seite. »Ich sag jetzt gar nichts mehr.«

Yoselin nickte. »Gut, jetzt sagt dir die Schokotorte mal was. Deine Schuhgröße stimmt mit den Fußspuren überein, die wir am Tatort gefunden haben. Und wenn wir die Schuhe dazu finden, sieht es gar nicht gut für dich aus. So lange bleibst du hier.«

Raoul sprang auf. »Das dürfen Sie nicht. Ich habe nichts gemacht. Fragen Sie diese Bitch, die Schwester von Johannes, die mich angegriffen hat. Die hat ein Messer.«

Säger kramte einen Stift aus seiner Schreibtischschublade und schlug seinen Block auf. »Name? Adresse?«

»Was weiß denn ich, wie diese Hure heißt. Sie sind die Bullen, nicht ich.«

Yoselin gab einem Polizisten ein Zeichen. Unter lautstarkem Protest wurde der junge Mann abgeführt.

»Glauben Sie, dass er es war?«, fragte sie ihren Kollegen Säger, nachdem das Geschrei verhallt war. »Irgendwie kann ich mir das nicht vorstellen. Er ist ein Wichtigtuer, ein Angeber und geht keinem Streit aus dem Weg, aber ein Mörder? Das ist meines Erachtens eine Nummer zu groß für ihn.«

Säger antwortete nicht, sondern griff zum Hörer des Telefons und wählte eine Nummer.

»Wen rufen Sie an?«, fragte Yoselin.

»Die Schule. Vielleicht kann uns da irgendjemand sagen, wie die Bitch hieß, die ihn angegriffen hat.«

»Ich weiß zwar nicht, was das bringen soll. Aber tun Sie mir einen Gefallen. Fragen Sie nach Johannes' Schwester und verwenden Sie auf gar keinen Fall den neu gelernten Begriff.«

Polizeiobermeister Fritz stocherte gedankenverloren mit dem Strohhalm in seinem Eiskaffee herum, während sich Andreas Goettle geräuschvoll seinen zweiten »Sanften Engel« zuführte. »Ah, an dem Zuigs könnt i mi totsaufa«, sagte er und lehnte sich mit einem zufriedenen Seufzer zurück. »I dät glatt no oin nemma. Ond Sie?«

Fritz brummte etwas, was der Geistliche als Verneinung deutete, und sah sich nach einer Bedienung um. Die Terrasse des Cafés am Museum war gut besucht. Der Mai zeigte sich von seiner sonnigsten Seite, selbst in den Abendstunden ließen es die Temperaturen zu, Zeit im Freien zu verbringen. Viele Menschen nutzten dies und bevölkerten den Löwenplatz, um ein Eis zu essen oder sich im Schatten der Bäume zu unterhalten.

Goettle gab einer Kellnerin ein Zeichen, indem er auf sein leeres Glas deutete und den Daumen nach oben streckte. Zufrieden blickte er seinen Begleiter an, der jedoch recht zerknirscht wirkte.

»Was isch los mit Ihne, Herr Fritz? Goht Ihne die G'schicht mit dem Wollschläger noch? Machet Se sich Sorga?«

»Irgendwie isch dieses Johr älles andersch. I hab mi so lang uff den Blutfreitag g'freut und jetzt wird's vielleicht nix. Und au die Stimmung auf dem Hof, wo mei Pferd stoht, isch ziemlich vergiftet.«

Fritz erzählte von Johannes Riedles eigentümlichem Verhalten, von seinem Verschwinden, der erfolglosen Suche, von seinem plötzlichen Wiederauftauchen und von den drakonischen Strafen, die der Vater verhängt hatte.

»Wisset Se, in de letschda Johr war die Zeit um Himmelfahrt immer mei kloine Insel, die mir g'hört hat. Mir, mei'm Pferd und dem Herrgott. Des waret ganz innige Stonda. Ond diesmol fehlt des völlig.«

Goettle nickte. »Ja, diesmol sen die Stonda ganz andersch innig. Mol ganz zu schweiga davon, was passiert, wenn mir des Heilige Blut net fendet.«

»Ond des kommt no dazua. Mr könnt moina, der Leibhaftige isch in Weingarta zu B'suach.«

Goettle winkte ab. »Awa, do gibt's andere Flegga, wo es interessanter für ihn isch. Lasset Se dr Riassel net hänga, Herr Fritz. Mir zwoi werdet des Kend scho schaukla.«

Beide verfielen in Schweigen. Die Bedienung brachte Goettles Getränk. Der Pfarrer fiel über die Kugel Vanilleeis her, die im Orangensaft schwamm, während Fritz die junge Frau und den jungen Mann musterte, die von Tisch zu Tisch gingen und Handzettel austeilten. Einige Gäste reagierten sehr schroff darauf, zerknüllten das Papier und warfen es zu Boden, während andere mit wenig Interesse den Inhalt des Schreibens überflogen. Fritz wartete, bis die beiden an den Nebentisch traten, und sprach sie an. »Was hen ihr denn do?«

Die junge Frau hielt ihm einen DIN-A4-Bogen hin. »Blutritt – die Schande Weingartens« lautete der Titel der einseitigen Protestschrift.

»Der Blutritt ist Tierquälerei unter dem Deckmantel der Tradition. Wir dürfen ein solches Ritual in der heutigen Zeit nicht mehr zulassen. Wir sind für die Abschaffung dieses Spektakels«, erläuterte der junge Mann. Er betrachtete Pfarrer Goettle mit erkennbarer Geringschätzung, doch dieser ließ sich nicht von seinem Getränk ablenken. Der Protestierende schien auf Provokation aus zu sein und wedelte mit einem Blatt vor dem Gesicht des Pfarrers herum. »Was sagen Sie denn dazu? Sie gehören diesem Verein an. Sie sind so einer, der sich im Glanz des Ruhmes vergangener Zeiten sonnt.«

Goettle ließ von seinem Strohhalm ab und stellte sein Glas bedächtig langsam auf den Tisch zurück. Er lächelte versonnen. »Der Ruhm muss dem Verdienst entsprechen. Isch net von mir, spricht mir aber voll aus der Seele.«

Der junge Mann war kurz verblüfft, ging aber sofort wieder auf Konfrontationskurs. »Klar. Ihr Pfaffen habt immer einen Bibelspruch parat, wenn die Argumente ausgehen.«

»Der Spruch isch von Molière ond hoißt übersetzt, dass mr erschd mol was schaffa muss, bevor mr sich auf d' Schulter klopft.«

»Und was hat das mit dem Blutritt zu tun?«, fragte die junge Frau und trat neben ihren Begleiter.

»Viel. Jedes Johr kommet 30.000 Leut, um durch ihren Glauba Stärke und Trost aufzumtanka. Deshalb isch der Blutfreitag au heut no so wichtig. Des isch ein erhebender Moment für viele und muss guad vorbereitet sei. Auf Tradition alloi kannsch di da net verlassa.«

Der junge Mann wollte etwas erwidern. Seine Begleiterin zupfte ihn am Ärmel seiner Jacke und gab ihm ein Zeichen, dass er ihr folgen sollte.

»Wart mol g'schwend«, rief ihm Polizeiobermeister Fritz hinterher. »Dich kenn i. Du bisch der Freund von Charlotte. Also zumindest warsch es im letschda Johr«, fügte er mit einem Blick auf seine Begleiterin an.

Der junge Mann runzelte die Stirn, dann erhellte sich seine Miene. »Richtig, ich bin Luis und Sie sind dieser Polizist aus Biberach, stimmt's? Ihr Schnurrbart kam mir gleich so bekannt vor.«

Fritz lachte und zwirbelte die Bartspitzen. Mit dem Kinn deutete er auf das Blatt, das vor ihm lag. »Und jetzt bisch du bei de Blutritt-Gegner. Des wird der Charlotte net g'falla.«

»Wieso? Charlotte ist eine von uns«, giftete die junge Frau. »Ihr gefällt nicht mehr, dass ihr Vater mit diesem

Spektakel sein Geld verdient und zum Leid der Tiere beiträgt.«

»Und der alte Riedle woiß, dass sei Tochter bei euch mitmacht?«, fragte Fritz.

Die junge Frau riss das Blatt ruckartig an sich und wollte weitereilen. Luis hielt sie zurück. »Irgendwann wird der Pferdehof Charlotte gehören und dann wird sie die richtige Entscheidung treffen«, sagte er. »Ach ja, und sollten Sie Charlotte zufällig sehen, können Sie ihr ausrichten, dass sie mich anrufen soll. Ich kann sie seit Tagen nicht erreichen.«

»I richt's ihr aus. Obwohl des komisch isch. Ihrer Mutter hat se geschdern g'sagt, dass sie dich treffa will.«

Andreas Goettle stöhnte und versetzte Fritz unter dem Tisch einen Tritt gegen das Schienbein. Der zuckte zusammen. Luis stand wie versteinert vor dem Polizisten.

»Vielleicht hab i des au falsch verstanda«, schob Fritz kleinlaut nach und hob beschwichtigend die Hände.

Der junge Mann gewann seine Fassung zurück, verabschiedete sich und setzte seine Verteilaktion an den restlichen Tischen des Cafés fort.

»Ha, des hen Se guad nokriegt. Mr muss au mol die Gosch halta kenna, wenn mr so ebbes woiß. Was isch, wenn sei Mädle an andere hot, wovon die Eltern ond der Freund nix wissa sollet. Herr Fritz, jetzt hen Se Scheiß am Schuah.«

Der Polizeiobermeister schüttelte den Kopf. »Des

kann älles net wohr sei. So isch die Charlotte net. Da muss was faul sei. Ond i sag Ihne, des krieg i raus.«

»Gehen wir ins ›Alibi‹ etwas trinken?«

Anong legte Luis eine Hand auf die Schulter. Seit der Begegnung mit dem Polizisten und dem Pfarrer war er sehr schweigsam und schien nicht mehr bei der Sache zu sein. Auch in diesem Moment tauchte er aus einer tiefen Gedankengrotte auf und sah sie an, als bemerkte er ihre Gegenwart erst jetzt. »Was hast du gefragt?«

»Ob wir was trinken gehen. Ich sehe, dass es dir nicht gut geht. Lass uns reden, ich will dir helfen.«

Sie strich ihm zärtlich über die Wange. Luis hielt ihre Hand fest. »Hat Charlotte einen anderen? Hat sie dir irgendetwas erzählt?«

Anong zog ihre Hand zurück. »Was weiß denn ich? Ich habe sie eine Weile nicht mehr gesehen. Und nur weil sie ihre Mutter angelogen hat, heißt das nicht, dass sie einen Lover hat.«

»Warum lügt sie?«, brüllte Luis. Mit wutverzerrtem Gesicht zerriss er die Flugblätter und schleuderte die Fetzen hinter sich. Anong sah die Schnipsel auf den Asphalt rieseln und schüttelte den Kopf.

»Sprich mit ihr, verdammt. Es gibt bestimmt einen plausiblen Grund, der ganz harmlos ist.«

»Wenn sie einen anderen Kerl hat, mache ich den fertig«, knurrte Luis. Seine Lippen waren schmale Linien, in seinen Augen erkannte Anong eine Mischung aus tiefer Verletzung und Hass. Er tat ihr leid. Charlotte war seine erste richtige Freundin, die erste große Liebe, was Anong mitunter eifersüchtig machte, da sie sich lange Zeit bei Luis Chancen ausgerechnet hatte. Er war auf ihre Flirtversuche nicht eingestiegen, hatte sich stattdessen bemüht, das Herz der Gestütsbesitzertochter zu erobern. Am Anfang war das nicht leicht gewesen, schließlich stand Charlotte auf der Seite ihres Vaters, für den der Blutritt existenziell war. Letztendlich verband die beiden die Sorge um das Wohl der Pferde.

Anong ärgerte, dass Charlotte ihre Meinung gegenüber ihrem Vater nicht deutlicher vertrat. Sie erledigte alle Aufgaben, die er ihr übertrug, auch wenn sie ganz eindeutig gegen die Prinzipien der Gruppe verstießen. Mehr als einmal hatte Anong den Verdacht gehabt, dass Charlotte womöglich die Ergebnisse der Meetings ihrem Vater zutrug.

Nun hatte sie verschwiegen, dass ein Polizist auf dem Pferdehof war. Und warum unterhielt sich dieser Polizist mit dem Pfarrer, der sich vor Kurzem mit Pfarrer Seegmüller getroffen und ihn völlig aus der Fassung gebracht hatte? Anong hatte den untersetzten Mittfünfziger sofort wiedererkannt, schließlich hatte er seinen Anteil zum misslungenen Interview mit Glanzer beigetragen. Was ging hier vor?

Luis' Räuspern holte sie in die Realität zurück. Er hatte sich offenbar wieder beruhigt. »Okay, lass uns was trinken gehen. Vielleicht treffen wir die anderen im ›Alibi‹«, sagte er. »Es gibt ja einiges zu besprechen.«

Im Gasthof Linde herrschte wenig Betrieb, als die Hauptkommissare Blaich und Säger die Lokalität betraten. Es roch nach Essen und Bier, was genügte, um Säger dazu zu bringen, sich ein Taschentuch vor die Nase zu halten.

»Ich bekomme von zu vielen Gerüchen Kopfschmerzen«, erwiderte er auf Yoselins verständnislosen Blick.

»Dann sollten Sie unbedingt Parfümerien, Blumenläden, Bierzelte und vor allem öffentliche Toiletten meiden«, bemerkte die Hauptkommissarin trocken und ging in Richtung Tresen.

Der KTU war es gelungen, die Bewegungsdaten aus Stubers Smartphone auszulesen. Am Tag seiner Ermordung war sein Radius sehr beschränkt gewesen, er hatte sich lediglich von seiner Wohnung zum Büro bewegt und dort war er geblieben. Die Tage zuvor hatte er die Taekwondo-Schule in Ravensburg besucht, um zu trainieren. Die Befragung seiner Mitkämpfer hatte ein relativ einheitliches Bild von Stuber ergeben: selbstverliebt, ein bisschen größenwahnsinnig, ehrgeizig, stur, aufbrausend, aber ein guter Kumpel, mit dem man gern ein Bier trank und auf den man in der Not bauen konnte. Alle hatte die Nachricht von seinem Ableben schockiert und niemand konnte einen Hinweis auf einen möglichen Täter geben. Ähnlich einheitlich waren die Meinungen über Raoul. Wichtigtuer, Großmaul, hinterhältig, undiszipliniert und zudem ein unfairer Kämpfer. Einen Mord hatte ihm jedoch keiner zugetraut, dafür sei er zu feige, hieß es.

Die Bewegungsdaten zeigten, dass Stuber des Öfteren in der Linde gewesen war, also lag es auf der Hand, hier nach weiteren Hinweisen zu suchen.

Hinter dem Tresen stand eine junge Frau, die ein Tablett mit Getränken bestückte. Sie trug ein trägerloses Top und eine abgeschnittene Jeans, die ihre langen Beine und den sehr ansehnlichen Po betonte. Die braunen Haare hatte sie zu einem Pferdeschwanz zusammengebunden. Yoselin sah sich nach Säger um, doch der hatte offenbar keinen Blick für weibliche Reize.

Die Hauptkommissarin zog ihren Ausweis und hielt ihn der jungen Frau vor die Nase. Die Tresenkraft ließ sich von ihrem Tun nicht abbringen und zapfte ein Glas Bier.

»Wir haben ein paar Fragen zu diesem Mann«, begann Yoselin und legte ein Bild von Stuber auf die Theke. Die junge Frau warf einen kurzen Blick darauf und zuckte die Schultern. »Zacharias. Hab davon gehört. Schreckliche Geschichte.«

Sie schloss den Zapfhahn zu spät, das Glas lief über, Bier ergoss sich über ihre Hand. Fahrig stellte sie das Behältnis in die Spüle, trocknete ihre Hände an einem Spültuch. Ihre Mundwinkel zuckten.

»War Herr Stuber denn oft hier?«, fragte Yoselin.

Die junge Frau nickte, sah die Polizistin jedoch nicht an.

»Der war hier Stammgast. Kam so zwei- bis dreimal die Woche. Vielleicht öfter, ich habe ja nicht immer Dienst. Netter Kerl eigentlich.«

Säger nahm kurz das Taschentuch von der Nase. »Eigentlich gibt es nicht, wertes Fräulein. Entweder war er nett oder er war es nicht. Das müssen Sie entschiedener formulieren. Wir sind hier ja nicht in einem Quiz.«

Yoselin verdrehte die Augen. »Kannten Sie Herrn Stuber näher? Hat er sich mit Ihnen unterhalten, Frau …?«

»Rosalie. Einfach Rosalie. Ich muss kurz die Getränke wegbringen, dann können wir die Unterhaltung im Biergarten weiterführen. Die Polizei im Laden, das ist nicht gut fürs Geschäft.« Sie lächelte nervös.

Yoselin nickte Säger zu und begab sich zum Ausgang. Rosalie nahm das übervolle Tablett auf und balancierte es zu einem Tisch mit jungen Männern, die ihre Ankunft lautstark bejohlten. Ob dieser Beifall den Getränken oder dem Outfit der Kellnerin galt, konnte Yoselin nicht erkennen.

Wenige Minuten später gesellte sich Rosalie zu den Polizisten, zündete eine Zigarette an, nahm einen tiefen Zug und blies den Rauch kräftig aus. »Was wollen Sie denn wissen?«, fragte sie leise.

»Wie gut kannten Sie Herrn Stuber?«

»So gut wie die anderen Gäste. Ich weiß, dass er ein Securityunternehmen hatte, dass er Taekwondo machte und dass er gern Bier trank. Ach so, und er mochte Acid House, Deep House und so.«

»Er mochte was?« Säger entfernte das Taschentuch von der Nase und verzog angesichts des Zigarettenrauchs angewidert das Gesicht.

»Das sind Musikrichtungen, davon verstehen Sie vermutlich nichts«, klärte Yoselin auf und wandte sich wieder an die Kellnerin. »Hat er sich denn mit jemandem getroffen, wenn er hier war, oder war er eher allein?«

Rosalie nahm einen raschen Zug, ließ die Zigarette fallen und trat sie aus. »Meistens war er allein. Er hat zwei Bier getrunken, Musik gehört und ist wieder gegangen. Mehr weiß ich nicht. Ich muss wieder rein.«

Sie öffnete die Tür. Säger hielt sie zurück.

»Eine Frage noch. An der Schule von ihrem Halbbruder Johannes hat man uns gesagt, dass Sie auf einen Jungen namens Raoul mit einem Messer losgegangen sind. Warum?«

Rosalie erstarrte, ihr Blick verfinsterte sich. »Seit Monaten macht er meinen Bruder fertig. Er brauchte eine Abreibung, damit er endlich damit aufhört. Keine Sorge, ich habe ihn lediglich ein bisschen gekratzt.«

»Wo ist das Messer jetzt?«

»Habe ich verloren. Warum wollen Sie das denn wissen?«

»Zacharias Stuber wurde erstochen. Komischer Zufall, nicht? Wo waren Sie gestern früh zwischen vier und sechs Uhr?«

Rosalie verschränkte die Arme vor der Brust. »Im Bett natürlich.«

»Allein?«

Rosalie verlor kurz die Fassung, sah den Hauptkommissar gekränkt an. »Ja, stellen Sie sich vor. Sogar jemand wie ich schläft ab und zu allein. Meine Schwester hat bei mir übernachtet. Im Wohnzimmer. Sie können sie ja fragen, wenn Sie mir nicht glauben.«

Sie riss die Tür auf und verschwand.

»Die Adresse Ihrer Schwester bräuchten wir noch!«, rief ihr Säger hinterher.

Yoselin trat neben ihn. »Da haben Sie eine wunde Stelle getroffen, Herr Kollege. Man soll ein Buch nicht nach dem Einband beurteilen.«

Norman Säger antwortete nicht. Er streifte sich Plastikhandschuhe über, förderte eine kleine Tüte aus den Tiefen seiner Jackentasche zutage und hob Rosalies Zigarettenstummel auf.

»Es ist ganz und gar nicht meine Art, ein Buch nach dem Einband zu beurteilen. Ich bin nur am Wahrheitsgehalt der Geschichte interessiert, die es mir erzählt.«

Er grinste und ließ die Tüte vor Yoselins Gesicht hin- und herpendeln.

»Gut«, sagte Yoselin, »wir sind gespannt, welche Geschichte die DNA-Analyse dieser Zigarette erzählt.«

»Glanzer, ich sage es Ihnen nicht noch einmal. Einen solchen Schrott will ich in meiner Zeitung nicht lesen!«

Chefredakteur Peter Koch schleuderte seinem Redakteur die Ausdrucke seiner Geschichte vor die Füße, die er als großen Wurf angekündigt hatte.

»Chef, Sie müssen erkennen, welches Potenzial die Geschichte hat. Wenn es tatsächlich eine Verbindung zwischen der ›Neuen Loge 2.0‹ und dem Mord an Zacharias Stuber gibt, ist das eine ganz große Nummer, die es in Oberschwaben so noch nie gegeben hat.« Glanzer deutete auf seinen Bericht. »Es ist seltsam, dass der Altar in der Basilika verhüllt ist. Fast als wollte Seegmüller die Reliquie vor fremden Blicken schützen. Und wie erklären Sie es sich denn, dass nachts dunkle Gestalten um die Basilika herumschleichen? Da ist etwas Großes im Gange, das können wir nicht ignorieren. Hier, sehen Sie, ich habe Fotos gemacht.«

Er hielt Koch das Display seines Smartphones vor die Nase.

»Ich seh nichts, alles schwarz.«

Hilmar Glanzer besah sich die Aufnahmen. »Gut, es war dunkel. Vielleicht könnte ich das Bild etwas aufhellen.«

»Nein, zum Donnerwetter!«, schrie Koch. »Was Sie in Ihrer Freizeit machen, ist mir wirklich gänzlich egal. Sie können sich meinetwegen mit Illuminaten treffen und gemeinsam Chemtrails analysieren, Sie können sich gern von Außerirdischen entführen lassen und die Mondlandung widerlegen, aber in unserer Zeitung wird über solide Fakten berichtet. Also nehmen Sie dieses Geschwurbel mit und gehen Sie mir aus den Augen.«

Glanzer erhob sich. »Ist das Ihr letztes Wort?«

»Mein allerletztes«, grummelte Koch.

An der Tür angekommen, drehte sich der Redakteur noch einmal um. »Sie machen einen gewaltigen Fehler. Die Wahrheit wird ans Licht kommen, das verspreche ich Ihnen. Und jeder wird sich die Frage stellen, warum Sie nichts darüber gebracht haben.«

DREI TAGE BIS ZUM BLUTRITT

Konfusionen.

Zu viele Eindrücke verschleiern die klare Sicht, fast als wische man mit einem ungereinigten Tuch über Glas. Je mehr gewischt wird, desto mehr Schlieren gibt es. Was bleibt, ist die Ahnung des Bildes hinter der Scheibe.

»Mama, ich bin bei der Arbeit, ich kann jetzt nicht nach Hause kommen.« Yoselin hasste es, wenn ihre Mutter im Büro anrief, zumal es meist Nebensächlichkeiten waren, die auch am Abend besprochen werden konnten. In der Regel handelte es sich um akute Streitfragen zwischen ihr und Großmutter Lourdes, die sich selbst nach mehreren Jahren in Deutschland nicht von ihren jamaikanischen Gebräuchen abhalten ließ und diese ohne Rücksicht auf ihre Umwelt anwandte. An diesem Morgen war ihrer Großmutter eingefallen, dass die weltpolitische Lage eine besondere Bedrohung sei, was dazu geführt hatte, dass sie Gris-Gris-Päckchen herstellte. Die kleinen Leinensäckchen befüllte sie, einem strengen Ritual gemäß, mit verschiedenen Bestandteilen. Die Grundregel lautete, dass ein pflanzliches, ein tierisches und ein mineralisches Element enthalten sein mussten. Nach Aussage ihrer Mutter hatte die alte Dame Balkonpflanzen ausgerissen und Hühnerknochen zermörsert, die sie nun in der Küche beräucherte. Yoselin konnte die Verzweiflung verstehen, es war schlichtweg unmöglich, Lourdes von ihrer schamanischen Tätigkeit abzubringen.

»Ich kann dir nicht helfen. Sorg bitte dafür, dass sie die Katze vom Nachbarn in Ruhe lässt, nicht, dass es da wieder Beschwerden gibt«, schloss Yoselin das Gespräch und legte auf. Sie ließ den Kopf auf die Tischplatte sinken. »Die zwoi brenget mi no ens Grab«, seufzte sie.

»Ist es Ihnen eigentlich bewusst, dass Sie immer schwäbisch sprechen, wenn Sie sich aufregen?«, kommentierte Kollege Säger das Gehörte und zog die Augenbrauen nach oben. Yoselin ignorierte ihn und versuchte, ihren Ärger einzudämmen, indem sie sich auf die Mail konzentrierte, die ein Kollege aus der Abteilung Cybercrime geschickt hatte.

»Hat vielleicht mit eurem Fall zu tun«, lautete der Hinweis.

Yoselin öffnete den Videoanhang und sah sich einer komplett vermummten Gestalt gegenüber, die in einem abgedunkelten Raum saß. Sie stellte den Ton lauter und winkte Säger zu sich heran. »Wer ist das?«

Yoselin deutete auf den Schriftzug im Hintergrund des Sprechers. »Der Lichtfreund«, war dort zu lesen. Sie stellte den Ton lauter.

»… unglaubliche Rituale, die nächtens vor und in der Basilika von Weingarten abgehalten werden. Es ist zu vermuten, dass es Mitglieder der ›Neuen Loge 2.0‹ sind, die hier ihr Unwesen treiben. Ihr Ziel ist es, ihre kruden Theorien am Tag des Blutritts zu verkünden, den Blutritt zu verhindern und ihn zu entweihen. Der Altar, unzureichend abgedeckt, zeugt davon, dass Pfarrer Seegmüller das Heilige Blut vor dem Zugriff der Ungläubigen schützen will. Er ist nicht zu einem Statement bereit, die offizielle Begründung lautet, dass der Altar beschädigt sei und repariert werden müsse.«

Ein unscharfes Foto erschien, das im Inneren der Basilika aufgenommen worden war und den mit einem Tuch verhängten Altar zeigte.

»Bei dem nächsten Fotowettbewerb ist für ihn maximal ein Trostpreis drin. Da ist kaum etwas zu erkennen«, murmelte Yoselin.

»Im Zuge meiner Nachforschungen bin ich nachts Logenmitgliedern begegnet, die sich auf dem Weg zur Kirche befanden. Sie haben mich angegriffen und schwer verletzt. Dennoch war es mir möglich, sie von ihrem Vorhaben abzubringen. Getarnt sind sie als linksliberale Klimafreunde und Tierretter. Reines Blendwerk, um von den wahren Zielen abzulenken. Wie skrupellos sie vorgehen, zeigt die Tatsache, dass es bereits ein Todesopfer in Weingarten zu beklagen gibt. Zacharias Stuber, der zufällig in der gleichen Taekwondo-Schule trainiert wie Viktor Zwercher, der als Webmaster des Internetauftritts der Loge eingesetzt ist. Und der, wie der Student Luis Angele, zu den eingeschworenen Blutritt-Gegnern gehört. Musste Stuber sterben, weil er ihr Spiel durchschaut hat? Oder gehörte er gar zu den Verschwörern, wollte jedoch aussteigen? Pfarrer Seegmüller scheint dem Kampf gegen diese Extremisten nicht mehr gewachsen zu sein. Daher hat er Verstärkung angefordert. Einen Kollegen, der sich vor einigen Jahren als Exorzist einen Namen gemacht hat und seit geraumer Zeit eine Nachbargemeinde leitet.«

Wieder erfolgte eine Einblendung einer Fotografie, die offenbar von einer Webseite stammte.

»Pfarrer Andreas Goettle aus Biberach«, las Yoselin. »Kommt mir irgendwie bekannt vor.«

»… das beweist, wie groß die Bedrohung ist. Ich rufe euch auf: Stemmt euch gegen das Unheil, leistet Widerstand gegen die Ungläubigen. Denn die Dämonen, die sie mit sich bringen, um euren Glauben zu meucheln, werden keine drachenartigen Wesen sein. Nein, in den Laboren der ›Neuen Loge 2.0‹ werden Killerviren gezüchtet, die nur durch neuartige Impfstoffe gestoppt werden können. Diese stammen aus den Forschungskammern von Multimilliardär Bill Gates, der bei seinem letzten Deutschland-Besuch in Ravensburg gesehen wurde. Insider vermuten, dass mit jeder Impfung ein Chip verpflanzt wird, der die Menschen manipulierbar macht.«

»Jetzt reicht es aber mit dem Verschwörungsgeschwafel.«

Yoselin schloss den Film per Mausklick und drehte sich zu Säger um, der mit dem Zeigefinger an seine Nase tippte. »Und? Was denken Sie? Prophet oder Spinner?«

»Das eine schließt das andere ja nicht aus«, antwortete der Hauptkommissar. »Zugegeben, seine Theorien sind abenteuerlich, aber er scheint sich intensiv mit den aktuellen Ereignissen befasst zu haben. Ich denke, ein Besuch bei ihm könnte interessant sein. Ich vermute jedoch, er hat weder Namen noch Anschrift hinterlassen.«

»Na ja, irgendwie schon. Unsere IT-Leute können ihn bestimmt über seine IP-Adresse orten. Und schauen Sie mal, ob Sie diesen Seegmüller oder den Goettle irgendwie erreichen. Mit den beiden würde ich mich gern unterhalten. Nicht, dass die einen Exorzismus durchführen und ich bin nicht dabei.«

Charlotte überquerte den Hof in Richtung Pferdestall, als Luis auf sie zuschoss und ihr den Weg verstellte.

»Spinnst du? Mich so zu erschrecken«, blaffte sie ihn an. Sie sah sich nervös um. Hastig drängte sie Luis in den Stall. »Was willst du hier? Wenn mein Vater dich sieht, bekomme ich mächtig Ärger.«

»Begrüßt man so seinen Freund, den man lange nicht mehr gesehen hat?«, brummte Luis und drängte sich gegen sie. Er versuchte, sie zu küssen. Charlotte drehte den Kopf zur Seite und stieß ihn von sich. Luis ließ sich nicht beirren, schnellte auf sie zu, umklammerte sie und drückte ihr einen Kuss auf die Lippen. Charlotte biss zu.

»Au, spinnst du?«, schrie Luis und drückte einen Zeigefinger auf seine blutende Lippe.

Charlotte beobachtete ihn angespannt, zum Sprung bereit wie ein Tier. »Warum bist du gekommen?«, fragte sie schwer atmend.

Luis spuckte blutigen Speichel auf den Boden und wischte mit dem Handrücken über den Mund. »Ich will wissen, was los ist. Warum du dich nicht meldest und nicht zurückrufst. Wieso du an den Versammlungen gefehlt hast. Und wieso du zu deiner Mutter sagst, dass du bei mir bist, obwohl das gar nicht stimmt.«

Charlotte ging einen Schritt auf ihn zu, nahm seine Hand. Er schüttelte sie ab.

»Es tut mir leid. Ich hatte keine Zeit, mich bei dir zu melden. Mir gehen im Moment so viele Dinge durch den Kopf, das ist schwer zu erklären. Es hat auf jeden Fall nichts mit uns zu tun, das musst du mir glauben.«

Ein spöttisches Lächeln huschte über sein Gesicht.

»Du hast einen anderen, stimmt's?«

»Das ist Quatsch.« Charlotte schmiegte sich an Luis, der ihre Umarmung nicht erwiderte.

»Es ist bestimmt einer dieser Blutreiter. Ich meine, das ist sehr praktisch für dich. Da musst du nicht den Hof verlassen, um gebumst zu werden.«

Charlotte löste sich von ihm und gab ihm eine Ohrfeige.

»Du bist so ein Arsch«, knurrte sie und lief davon.

»Was ist es denn dann? Sprich mit mir!«, brüllte ihr Luis hinterher. Charlotte hob eine Hand in die Höhe und zeigte ihm den ausgestreckten Mittelfinger.

»Okay, das war's«, flüsterte Luis. Fassungslos sah er ihr hinterher, bis sie im Haus verschwunden war. Sie hatte ihn eiskalt abserviert. Ohne Erklärung, ohne Entschuldigung, ohne Abschiedswort.

»Wir hätten diesem Schreiberling gleich das Licht auspusten sollen. Mit seinem Blogeintrag gefährdet er die Aktion.«

»Quatsch, was weiß er schon? Er hat nichts in der Hand, was uns gefährlich werden könnte.«

»Er lenkt die Spur auf uns, indem er uns verdächtigt. Was ist, wenn die Bullen bei uns auftauchen?«

»Das können sie gerne tun. Sie werden nichts Verdächtiges finden. Unsere Leute sind gewarnt.«

»Und was ist, wenn dieser Tintenpisser keine Ruhe gibt? Wenn er uns weiterhin an den Fersen klebt?«

»Dann bringen wir ihm bei, dass es keine gute Idee ist. Das haben schon ganz andere zu spüren bekommen, nicht wahr?«

»Guada Morga, Charlotte. Na, hasch guad g'schlofa?«

POM Fritz erhielt keine Antwort. Schluchzend drängte die junge Frau sich an ihm vorbei und hastete die Treppe hinauf. Einen Moment starrte er ihr regungslos hinterher. Ein ungutes Gefühl beschlich ihn. Er beschloss, ihr zu folgen, und klopfte an ihre Zimmertür. Hinter dem Holz konnte er Charlotte weinen hören und drückte vorsichtig die Klinke nach unten. Die Tür war unverschlossen. Die junge Frau lag auf ihrem Bett und drückte ihr Gesicht in ein Kissen. Fritz setzte sich neben sie und streichelte ihren Rücken.

»Was isch denn bloß los in diesem Johr? Älle sen am Heula.«

Charlotte richtete sich auf und setzte sich neben den

Polizisten auf die Bettkante. »Mein Freund hat mit mir Schluss gemacht. Er denkt, ich habe einen anderen, weil ich mich nicht bei ihm gemeldet habe«, erzählte sie stockend.

Fritz versuchte, den Brocken herunterzuschlucken, der seine Kehle blockierte. »Des isch ja … furchtbar«, krächzte er.

»Warum hosch dich denn net bei ihm g'meldet?«

Charlotte schluchzte. Der Polizist umarmte die junge Frau und drückte sie an sich. »I moin, wo warsch denn, als du deiner Mutter verzählt hosch, dass de bei dei'm Freund bisch.«

Charlotte verstummte. Sie hob den Kopf und sah den Polizisten aus verquollenen Augen an. »Woher wissen Sie das? Haben Sie das Luis gesagt?«

Die Gedanken im Kopf des Polizisten purzelten durcheinander, er suchte nach Worten und zwirbelte nervös an seinen Bartspitzen. »Es isch mir so rausg'rutscht. Geschdern im Café. Da war der Luis und hot Zettel verteilt. Gegen den Blutritt. Er hot mi erkannt ond hot mi g'frogt, was du so machsch …«

Charlotte rückte von dem Polizisten ab und starrte auf den Boden. »Bitte gehen Sie jetzt«, flüsterte sie.

Fritz stand langsam auf, bewegte sich zur Tür und drehte sich zu der Unglücklichen um. »Es war koi Absicht. Wirklich net. Und i mach des wieder guad. I schwätz mit dem Luis. Von Mann zu Mann.«

Charlotte hob den Kopf und sah ihn an. Fritz schluckte. Einen verzweifelteren und traurigeren Gesichtsausdruck hatte er bislang noch nicht gesehen.

»Es ist zu spät«, sagte sie, ließ sich auf den Rücken fallen und starrte zur Decke.

»Sieh an, sieh an, da ist er ja.« Yoselin hielt einen Ausdruck in die Höhe und schwenkte ihn hin und her. »Unser kleiner Verschwörungstheoretiker ist Journalist und offenbar mit der Verschlüsselungstechnik seines Kanals nicht sonderlich vertraut. Die IT hat gesagt, ihn zu finden, war so einfach, dass er genauso gut seine Anschrift hätte nennen können. Hilmar Glanzer heißt unser Unheilsprophet und er schreibt für die ›Oberschwäbische‹. Ist erkennungsdienstlich noch nicht in Erscheinung getreten. Also wahrscheinlich ein Spinner.«

Säger hob die Schultern. »Man kann nie wissen. Von diesen Verschwörungstheoretikern geht zuweilen eine große Gefahr aus. Aber das hier ist im Moment wesentlich interessanter.« Er wies auf eine Akte und schlug sie feierlich auf. »Das Labor hat die DNA an der Zigarette von Fräulein Rosalie ausgewertet und mit der DNA von den Lippenstiftspuren an einem der Gläser in Stubers Wohnung verglichen …«

Er machte ein Gesicht, als wolle er seinen Eltern verkünden, dass er das Studium mit Auszeichnung bestanden hatte.

Yoselin wollte ihrem Kollegen den Triumph der Verkündung nicht nehmen, auch wenn sie ahnte, was kam.

»Beide Spuren sind identisch. Das Fräulein Rosalie hat uns angelogen. Sie war in der Tatnacht bei Stuber und offenbar hatte sie mit ihm … na ja, Sie wissen schon.« Säger machte eine abwehrende Geste.

»Sprechen Sie es ruhig aus, das ist nicht ansteckend. Sie hatte Sex mit ihm. Wahrscheinlich ist er dabei eingepennt, weil sie ihm zuvor K.-o.-Tropfen verabreicht hat. Was das leere Kondom erklären würde.«

Säger verzog angewidert das Gesicht. »Müssen Sie denn Ihre Rekonstruktionen von Tathergängen immer bis ins letzte widerliche Detail durchexerzieren?«

Yoselin achtete nicht auf ihn. »Die Frage ist: Hat sie ihn umgebracht? Und angenommen, sie ist für das Chaos in Stubers Büro und der Wohnung verantwortlich: Was hat sie gesucht?«

»Das wird uns die Dame selbst beantworten müssen. Und zwar am besten sofort. Ich ziehe kurz eine Jacke über, es ist wieder empfindlich kalt geworden. In dieser Jahreszeit kann man gar nicht vorsichtig genug sein.«

Yoselin nickte und besah die Notiz mit den Adressdaten von Hilmar Glanzer.

»Erst kümmern wir uns um das Fräulein Rosalie und dann um dich, mein kleiner, durchgeknallter Freund.«

Seine Lungen brannten, seine Waden schmerzten, Schweiß lief ihm in Strömen über das Gesicht. Und dennoch trat Luis in die Pedale, als würde er verfolgt. Er nahm von der vorbeifliegenden Landschaft keine Notiz, sein Blick war streng nach vorn auf die Straße gerichtet, die er wie durch einen Schleier wahrnahm. In seinem Kopf wirbelten Bilder wild umher, Verwirrtheit und rasende Wut trieben ihn an. Er wusste nicht mehr, was er denken sollte. Charlotte hatte ein Geheimnis, das sie nicht mit ihm teilen wollte, sie hatte ihn abgewiesen und doch seine Nähe gesucht. Setzte der Vater sie unter Druck? Hatte er etwas von ihren Aktivitäten mitbekommen? Oder war das alles ein Vorwand, um ihn endgültig loszuwerden?

»Mann!«, brüllte er und verfluchte sich insgeheim, dass er ohne Antworten auf seine Fragen gegangen war. Umkehren kam für ihn nicht infrage. Jetzt war sie am Zug.

Je näher er dem Zentrum kam, desto ruhiger wurde er. Es war, als würde sich die Unaufgeregtheit des Städtchens auf ihn übertragen. Um sich zu sortieren, verlangsamte er seine Fahrt. Er musste mit jemandem reden. Sofort. Ihm fiel nur eine Person ein, an die er sich wenden konnte. Er zog sein Smartphone aus der Tasche und wählte Anongs Nummer. Es dauerte eine kleine Ewigkeit, bis sie ranging.

»Kann ich zu dir kommen? Jetzt gleich? Ich muss mit jemandem reden. Es ist dringend. Bitte!«

Er hörte Anong atmen. Es klang, als ob sie mit sich um eine Antwort rang. »Das geht nicht. Ich habe Besuch«, sagte sie.

»Bitte, Anong, ganz kurz. Ich drehe sonst durch«, flehte Luis.

Atmen. Schweigen. Erlösung.

»Okay. Wir treffen uns in einer halben Stunde bei mir.«

»Das ist jetzt nicht unbedingt die Villengegend Weingartens«, kommentierte Hauptkommissar Säger den Blick aus dem Seitenfenster des Einsatzwagens, als sie die Hummelstraße entlangfuhren.

Mehrfamilienhäuser bildeten eine graue Betonlandschaft, die von kargen Grünflächen durchbrochen wurde. Er zog seine schwarzen Seidenhandschuhe über und hielt den Mundschutz parat, als ihn der strafende Blick seiner Kollegin traf.

»Meine Güte, wenn man Sie so ansieht, könnte man meinen, wir fahren in ein Seuchengebiet. Das ist eine normale Wohngegend. Womöglich sind die Mieten günstig, mehr wird sich Rosalie nicht leisten können.«

Säger murmelte etwas Unverständliches und ließ die Schutzmaske in seiner Tasche verschwinden.

»Da drüben muss es sein«, sagte Yoselin und lenkte den Wagen rasant gegen den Bordstein. »Was immer Sie jetzt sagen wollen, sagen Sie es lieber nicht. Ich habe nie behauptet, eine gute Autofahrerin zu sein«, herrschte sie Säger an, der abwehrend die Hände hob.

Vor den Häusern lagen gelbe Müllsäcke, einige waren zerrissen und ihr Inhalt auf der Straße verteilt. Die Fassaden ließen den Rückschluss zu, dass sich lange niemand um die Gebäude gekümmert hatte.

Die beiden Hauptkommissare schritten auf einen Wohnblock zu, überprüften die Klingelschilder und läuteten bei Kern. Der Türsummer wurde betätigt, eine ziemlich derangierte Rosalie empfing sie in der halb geöffneten Wohnungstür im dritten Stock, mit einem

Schlafshirt und einem Slip bekleidet. »Sie schon wieder«, sagte sie und schlurfte in die Wohnung zurück.

Blaich und Säger folgten ihr.

»Sie haben offensichtlich ein ganz eigenes System, Ordnung zu halten«, kommentierte Yoselin das Chaos, das sich bereits im Flur andeutete. An einem schief angebrachten Garderobenhaken hingen unzählige Jacken übereinander, Schuhe lagen verstreut zwischen Umzugskisten, auf einem kleinen Schränkchen stapelten sich Zeitschriften, ungeöffnete Briefe und Reklamesendungen. »Ich sag es nicht gern, aber bei mir sieht es so ähnlich aus.« Yoselin betrat den einzigen Raum, der als Wohn- und Schlafstätte und zugleich als Lagerraum für diverse Gegenstände genutzt wurde.

»Schön, da haben wir ja was gemeinsam«, erwiderte Rosalie verschlafen und räumte einige Kleidungsstücke von zwei Stühlen, um den Polizisten Platz anzubieten. Sie wankte zurück zu ihrem Bett und setzte sich im Schneidersitz auf die Matratze.

Die Polizisten blieben stehen.

»Wir haben ein paar Fragen«, begann die Hauptkommissarin. »Uns interessiert vor allem, warum Sie uns angelogen haben. Sie waren bei Stuber in der Tatnacht, der Lippenstift an einem der Gläser war von Ihnen. Das brauchen Sie nicht leugnen, das haben wir bereits herausgefunden. Was haben Sie denn in seinem Büro gemacht?«

»Oh mein Gott, wir haben was getrunken und uns unterhalten. Das ist nicht verboten«, erwiderte die Kellnerin.

»Und warum haben Sie uns das nicht gleich gesagt?«

Rosalie zog einen Schmollmund und sah Säger an. »Weiß nicht. Vielleicht weil der Herr Kommissar immer so streng guckt. Da bekomm ich Angst.«

»Oh, oh. Ich befürchte, da ist jemand auf Droge«, raunte Yoselin ihrem Kollegen zu.

»Exakt. Hier riecht es wie auf einem orientalischen Basar. Ich tippe auf Haschisch«, antwortete Säger und verzog angewidert das Gesicht.

Rosalie rollte mit den Augen. »Was ist denn dabei? Ich brauchte was zum Einschlafen. Ich schlafe so schlecht, wissen Sie? Ein kleines Pfeifchen, mehr nicht.«

»Und in der Tatnacht hat Ihnen Herr Stuber geholfen einzuschlafen? Oder war es umgekehrt?« Säger blickte die Kellnerin scharf an.

Rosalie streckte die Beine aus und spreizte sie leicht, sodass ihr Slip zu sehen war. Sie lächelte ihr männliches Gegenüber provozierend an. »Wir wollten ficken, ein bisschen Spaß haben. Zur Entspannung. Aber der Einzige, der eingeschlafen ist, war er.«

»Wahrscheinlich, weil Sie ihm K.-o.-Tropfen in den Drink gekippt haben. Es waren Spuren davon in seinem Blut zu finden. Warum haben Sie das gemacht? Um seine Wohnung zu durchstöbern? Was haben Sie gesucht?«

Die Kellnerin winkte ab. »Ich war das nicht. Bin gleich gegangen, nachdem er eingepennt war.«

»Reden Sie keinen Stuss«, fauchte Yoselin. »Wir können Sie auch aufs Präsidium mitnehmen, wenn Ihnen das lieber ist. Sie stehen unter Mordverdacht, ist Ihnen das klar? Und setzen Sie sich bitte anders hin, wir sind hier nicht im Laufhaus.«

Rosalie erbleichte, ihre Lippen begannen zu zittern, als wäre sie den Tränen nahe. Sie schüttelte den Kopf. »Ich hab den nicht umgebracht. Er hat gelebt, als ich gegangen bin. Ganz sicher. Sie können meine Schwester fragen.« Sie schlug die Hand vor den Mund, ihre Augen weiteten sich vor Schreck.

»Ihre Schwester war dabei, als Sie mit Stuber geschlafen haben? Das ist ja hochgradig pervers. Ekelhaft!«, ereiferte sich Hauptkommissar Säger.

Rosalie ließ den Kopf auf die Brust sinken. Die Ausweglosigkeit ihrer Situation wurde ihr offenbar mehr und mehr bewusst. »Charlie hat draußen gewartet. Ich habe sie reingelassen, als Zacharias bewusstlos war.« Sie ließ sich zur Seite fallen und wickelte sich in eine Decke.

»Sie haben ihn ausgeschaltet und mit ihrer Schwester sein Büro und im Anschluss seine Wohnung durchsucht. Ich frage Sie jetzt noch einmal: Wonach?« Yoselin hasste es, wenn sie Befragten die Antworten bröckchenweise aus der Nase ziehen musste, und bei Rosalie Kern schien es sich um ein ganz besonders zähes Exemplar zu handeln.

»Stuber hat mir Geld geschuldet«, brachte die junge Frau zögerlich hervor. »Das wollte ich wiederhaben. Er hat es nicht rausgerückt. Da musste ich es mir holen.«

»Das ist Unsinn. Es hat kein Geld gefehlt und auch Wertgegenstände waren noch da. Im Büro sowie in der Wohnung. Was war es?«

»'tschuldigung, mir wird schlecht«, sagte Rosalie, strampelte sich umständlich frei und stürzte an der Hauptkommissarin vorbei zur Toilette.

Die Polizisten hörten, wie sie sich übergab.

Säger verzog angewidert das Gesicht, holte seinen Mundschutz aus der Tasche und legte ihn an. »Dagegen könn Sie nun nix mehr sagn«, nuschelte er. »Reiner Selbstschutz. Sonst fange ich auch an zu kotzn.«

Die Toilettenspülung wurde betätigt, kurz darauf kam Rosalie wieder in den Raum, setzte sich auf das Bett. Sie wischte sich mit dem Ärmel ihres Shirts über den Mund und stöhnte.

»Sorry, hab lang nichts mehr geraucht. Ich vertrag das nicht mehr. Was hatten Sie gefragt?«

»Ihre Schwester und Sie habn Stubers Büro und seine Wohnung aufn Kopf gestellt«, wiederholte Säger. »Kann es sein, dass Sie etwas gesucht habn, was damit zu tun hat?«

Er hielt Rosalie die Plastiktüte mit dem Saphir unter die Nase. Sie blinzelte, als müsse sie den Blick auf den Edelstein scharf stellen. Ihr Brustkorb hob und senkte sich in einem raschen Rhythmus, sie atmete schwer. »Wo haben Sie das her?«, keuchte sie.

»Gefunden. In Stubers Wohnung. Wozu gehört dieser Stein? Und wo ist dieser Gegenstand jetzt?«

Rosalie röchelte, verdrehte die Augen, sank zur Seite und verlor das Bewusstsein.

»Rufen Sie einen Rettungswagen. Schnell«, wies Yoselin ihren Kollegen an. Sie beugte sich über die Ohnmächtige, hob ihren Kopf an und tätschelte ihre Wange.

»Frau Kern, Rosalie, kommen Sie zu sich. Verdammt, womöglich hat sie übles Zeug erwischt.«

Sie hörte, wie ihr Kollege Namen und Adresse der Bewusstlosen durchgab. Rosalies Atem rasselte. Yoselin tupfte ihr den Schweiß von Stirn und Oberlippe und sprach beruhigend auf sie ein.

»Der Rettungswagen ist in ein paar Minuten da«, gab Säger bekannt. »Ich hole ein Glas Wasser.«

Auf dem Weg zur Küchenzeile betrachtete der Hauptkommissar den Edelstein von allen Seiten. »Wir wissen zwar nicht genau, was die Mädels gesucht haben, aber eines ist sicher: Du gehörst auf jeden Fall dazu.«

Luis saß in Anongs Leseecke und blätterte lustlos in den Büchern, die vor ihm auf einem kleinen Tisch lagen. Es waren überwiegend pädagogische Werke, die sie für ihr Studium benötigte, daneben ein Roman von Margaret Atwood. Er überflog den Rücktitel, las von religiösen Fundamentalisten, die einen diktatorischen Staat errichteten, in dem Frauen keine Rechte hatten. Luis war kein großer Leser, aber er fand, dass sich das interessant anhörte.

Anongs Wohnung war spärlich, jedoch mit Geschmack eingerichtet. Sie verstand es, dem Raum mit wenigen

Dingen Atmosphäre einzuhauchen. An den Wänden hingen Schwarz-Weiß-Fotos von ihr. Mit ihren Eltern, sie allein am Strand, sie inmitten einer Schar von jungen Mädchen. Dazwischen hatte sie durch Zeichnungen auf Jute-Leinwänden Akzente gesetzt. Überall fanden sich asiatische Elemente. Auf dem raumteilenden Regal thronte eine Buddhafigur, auf dem Esstisch stand eine Klangschale, auf dem Fensterbrett hatte sie eine kleine Schmuckschachtel mit Elefanten-Dekor platziert und Luis hatte noch keine Wohnung betreten, in der es so viele Kissen gab.

Anong kam aus der Küche zurück, ein Tablett mit einer Kanne Tee, Tassen und Keksen in den Händen. Sie verteilte die Utensilien auf dem Esstisch und gab Luis ein Zeichen, sich zu ihr zu setzen. Wortlos kam er ihrer Aufforderung nach und sah zu, wie sie mit grazilen Bewegungen die Tassen befüllte.

»Okay, erzähl. Was ist passiert?«

Luis griff nach einem Stück Gebäck, um Zeit zu gewinnen. Im Grunde war ihm die Situation unangenehm, mit Anong über seine Probleme mit Charlotte zu sprechen. Die beiden Frauen waren befreundet, er brachte seine Gastgeberin womöglich in einen Gewissenskonflikt.

»Wo ist denn dein Besuch?«, fragte er.

»Habe ich für eine Stunde weggeschickt, sie geht spazieren. Wir können also ungestört reden.« Anong lächelte und zog ein Bein unter ihren Körper. Ihr Kleid rutschte über ihre Knie und Luis ertappte sich dabei, dass er auf die weiße Haut ihrer Oberschenkel starrte.

»Dein Besuch, ist das diese Frau, die neulich auf dich gewartet hat?«, fragte er schnell.

»Ja. Sie hat Probleme mit ihrem Mann und wohnt ein paar Tage bei mir. Aber du wolltest mir etwas von dir erzählen. Also, was ist los?«

Anong hob ihre Tasse, führte sie an den Mund und sah ihn über den Rand an. Sie war dezent geschminkt, passend zu dem leichten Sommerkleid, das sie trug, und in ihren Augen lag ein Glanz, den Luis bislang nicht bei ihr bemerkt hatte. Er wich ihrem Blick aus und konzentrierte sich auf sein Getränk. »Charlotte geht mir seit Tagen aus dem Weg. Sie verheimlicht mir etwas und will nicht mit mir darüber sprechen.« Er nippte an seinem Tee, verbrühte sich die verletzte Lippe. Er unterdrückte den Drang aufzuschreien, sog stattdessen zischend Luft ein und wartete, bis der stechende Schmerz nachließ. »Da steckt bestimmt ihr Vater dahinter. Von Anfang an war der gegen mich. Keine Ahnung, warum. Oder sie hat sich in einen dieser Blutreiter verliebt, die auf dem Hof übernachten.«

Er stellte die Tasse mit einem betonten Knall auf den Tisch.

»Vorsicht, das sind meine besten Stücke«, ermahnte Anong. »Und die einzigen Tassen in diesem Haushalt, die einigermaßen heil geblieben sind.«

Ihr Lächeln beruhigte Luis. »Tut mir leid. Ich bin so durcheinander, weiß nicht, was ich denken soll. Habe ich etwas falsch gemacht? Andererseits bin ich wütend, dass sie mich und uns alle so im Stich lässt, ohne mit uns darüber zu reden. Das kann sie nicht machen, das grenzt an Verrat, oder?« Luis sah Anong flehend an, schluckte trocken und kämpfte gegen die aufsteigenden Tränen an. Er wollte vor Anong nicht anfangen zu heulen. Schweigend erhob sie sich, ging um den Tisch herum, blieb dicht vor ihm stehen. Sie streichelte ihm sanft über die Wange und kraulte seinen Nacken.

»Nein, das kann sie nicht machen. Aber ich befürchte, wir beide haben Charlotte bereits verloren.«

Luis starrte sie an. In Anongs Blick lagen so viel Mitgefühl, Zärtlichkeit und Trauer, dass er ihre Worte nicht hinterfragte. Er schloss die Augen und presste sein Gesicht gegen ihre Brust. Er konnte ihren Herzschlag spüren und sog den blumigen Duft ihres Parfüms tief in sich ein. Anong erstarrte in ihren Bewegungen, stieß ihn jedoch nicht weg, sondern hielt ihn fest, drückte ihn an sich. Luis ließ seine Hände unter den Stoff des Kleides gleiten, ließ sie an den Beinen entlang langsam zum Po wandern bis unter den Rand ihres Slips. Anong stöhnte leise. »Endlich, ich habe so lange auf diesen Moment gewartet«, flüsterte sie. Luis sah sie lange an, sodass Anong befürchtete, ihn mit ihrem Geständnis der Verliebtheit verstört zu haben. Schließlich lächelte er sanft und zog sie auf seinen Schoß. Er knöpfte sein Hemd auf, führte ihre Hände auf seine Brust, küsste ihren Hals, ihren Nacken. Er zog ihr das Kleid über den Kopf, streichelte ihre Brüste, küsste ihren Bauch. Ihr Atem ging schneller, er spürte ihre Hand in seinem Schritt, die durch seine Hose seine wachsende Erregung knetete.

»Wir haben eine halbe Stunde«, säuselte ihm Anong atemlos ins Ohr. Sie erhob sich, nahm Luis an der Hand und führte ihn in ihr Schlafzimmer.

Andreas Goettle war auf dem Weg zu Dieter Wollschläger, als sein Mobiltelefon klingelte. Er hoffte, den Vorsitzenden des Blutritt-Komitees nüchtern anzutreffen, um ihn nach Hinweisen zu den Erpressern und zur Tatnacht zu befragen. Irgendetwas musste ihm in Erinnerung geblieben sein. Brummelnd zog er das Handy aus der Jackentasche und erkannte die Nummer des Pfarrhauses in Biberach auf dem Display.

»Frau Münzenmaier«, meldete er sich fröhlich. »Des isch nett, dass Sie anrufet. I sag's net gern: Aber Ihr ständiges Gebruddle fehlt mir richtig.«

»Ihr domms G'schwätz fehlt mir überhaupt net«, konterte seine Haushälterin. »Und eigentlich komm i guad ohne den ständige Ärger aus, den mr mit Ihne hot.«

Goettle lächelte. Auch wenn er es ihr gegenüber nie zugeben würde, vermisste er Renate Münzenmaier. Sie war eine Macherin, die das Herz am rechten Fleck hatte und geradeheraus formulierte, was sie dachte. Die Wort-Scharmützel, die er sich mit ihr lieferte, hatten immer etwas Erheiterndes, auch wenn sie manchmal mit Strenge ausgefochten wurden. Mehr noch als die kleinen und großen Neckereien fehlte ihm Renate Münzenmaiers deftig-schwäbische Küche.

»Wo druckt dr Schuah? Hot sich der Erzbischof g'meldet, weil i net zur Anhörung komma ben?«, fragte er.

»Stinksauer isch der. Des hot Konsequenza, hot er g'sagt. Aber es hot sich no mol jemand g'meldet. Eine Hauptkommissarin Blaich. Was isch denn scho wieder los? Sie kann mr nirgends nalassa. Überall gibt's Ärger.«

»Noi, des isch falsch, Frau Münzenmaier. Der Ärger isch emmer scho vorher do. Aber wenn i gang, isch er nemme so groß. Hot se g'sagt, was se will?«

»Noi, Sie sollet sich halt bei ihr melda. Die Nummer han i uffg'schrieba. Jessas, ohne mei Brill kann i des net lesa. Wenn i no wisst, wo die isch.«

»Sie solltet sich obedengt a zwoite Brill anschaffa. Damit Sie nach der erschde sucha könnet«, erwiderte Goettle mit genervtem Unterton. Frau Münzenmaier und die Suche nach ihrer Brille war eine Geschichte, die niemals enden konnte.

»Ihre Rotschläg kennet Se für sich b'halta. Ah, do isch se jo. Hen Se was zom Schreiba?«

Andreas Goettle durchsuchte mit der freien Hand die Innentaschen seines Jacketts und bekam einen Stift zu fassen. In Ermangelung eines Zettels schrieb er sich die Nummer auf den Unterarm. »Wie früher in dr Schul«, kicherte er und beendete das Gespräch.

Yoselin Blaich warf einen unsicheren Blick auf das Navigationsgerät, das sie angewiesen hatte, von der Bachstraße in eine kleine Straße einzubiegen, die ganz offensichtlich ins Nirgendwo führte. Eigentlich konnte sie es nicht ausstehen, sich auf ein technisches Gerät zu verlassen, aber ihr Orientierungssinn glich dem eines Regenwurms. Also bog sie ab.

Norman Säger wollte den dubiosen Journalisten Hilmar Glanzer befragen, ein Kollege war bei Rosalie Kern im Krankenhaus geblieben, um Bescheid zu geben, wenn sie wieder vernehmungsfähig war. Einer ersten Diagnose zufolge hatte sie einen Kreislaufzusammenbruch erlitten, es war jedoch abzusehen, dass sich ihr Zustand zunehmend stabilisieren würde und sie schon bald entlassen werden konnte. Diese Zeit wollte die Hauptkommissarin nutzen, um Rosalies Schwester Charlotte auf dem Hof ihres Vaters einen Besuch abzustatten, bevor die beiden Halbschwestern Absprachen treffen konnten.

Ein Traktor kam ihr mit hoher Geschwindigkeit entgegen, der Fahrer machte keinerlei Anstalten anzuhalten oder auszuweichen. Yoselin betätigte die Hupe, doch das Fahrzeug schoss weiter auf sie zu. Die Hauptkommissarin erkannte, dass die Fahrbahn zu schmal war, um aneinander vorbeizukommen. Etwa 30 Meter vor ihr war auf der rechten Seite eine Einbuchtung auszumachen, sie gab Gas, zog das Steuer herum und konnte in letzter Sekunde den Zusammenprall vermeiden. Mit einer Vollbremsung stoppte sie den Wagen. Ihr Herz schlug bis zum Hals, die Hände zitterten. Im Rückspiegel sah sie, dass der Traktor seine Fahrt in unverminderter Geschwindigkeit fortführte.

»Baurazipfel, bleder«, zeterte sie und schlug mit den Händen auf ihr Lenkrad.

»Sie erreichen Ihr Ziel in 800 Metern. Das Ziel liegt rechts«, meldete das Navigationsgerät.

»Ond du hältsch g'fälligschd dei Gosch. Di hot koiner g'frogt«, grantelte Yoselin und startete den Wagen.

Dieter Wollschläger war vom Rausch der Vortage noch immer schwer gezeichnet. Seine Augen waren verquollen, die Stirn in Falten gelegt, vor ihm stand ein Glas Wasser, daneben eine Schachtel Aspirin. Andreas Goettle konnte sich vorstellen, was sein Gegenüber durchlitt. Immerhin hatte er Zeit gefunden, die Wohnung aufzuräumen, von der Unordnung, die ihn beim letzten Besuch umgeben hatte, war nichts mehr zu sehen. Wollschläger brach eine Tablette aus der Folie, warf sie sich in den Mund und schüttete Wasser nach. Er stöhnte. »Das war mit Sicherheit das letzte Mal, dass ich Alkohol getrunken habe«, sagte er. »Früher habe ich das besser weggesteckt. Aber heute brauche ich mehrere Tage, um mich zu erholen.«

»Vielleicht war es Ihr letschdes Mol in Freiheit, des könnt sei«, erwiderte Andreas Goettle.

Wollschläger sah ihn verdutzt an.

»Wenn Se sich net erinn'ret, was Sie zu dem Zeitpunkt g'macht hen, als der Stuber ermordet worda isch, sieht des net guad für Sie aus. Sie hen a Motiv, koi Alibi und Sie wisset von nix.«

»Herrgott, ich bringe niemanden um«, verteidigte sich Wollschläger. »Natürlich hatte ich einen Zorn auf Stuber und vielleicht habe ich tatsächlich daran gedacht, mich für alle Demütigungen der letzten Jahre zu rächen. Aber er war mir körperlich weit überlegen. Ein Kampfsportler! Den tötet man nicht so schnell. Außerdem könnte ich das gar nicht.« Er sah den Geistlichen ernst an. »Ich bin ein Mensch, der seinen Glauben ernst nimmt. Der nach den Regeln der Kirche lebt und damit immer gut gefahren ist. Ich halte mich an die Zehn Gebote und bin in der Lage zu vergeben. Das habe ich mehrfach bewiesen, was das Verhalten meiner Frau anbelangt.«

Andreas Goettle betrachtete sein Gegenüber genau. Das waren keine Ausflüchte, die er vorbrachte, um sich zu schützen. Wollschläger meinte es ernst, und doch gab es einen Punkt, der den Geistlichen zweifeln ließ.

»Aber Sie hen dafür g'sorgt, dass der Stuber den Auftrag verlora hot.«

Wollschläger lachte verächtlich. »Es war eine ganz normale Ausschreibung. Ein Konkurrent hat das bessere Angebot abgegeben, also hat der den Zuschlag bekommen. So ist das eben im Business.«

»Ond Sie hen do net a bissle nochg'holfa? Indem Se die Zahla vom Stuber an die Konkurrenta rausg'eba hen?«

Der Vorstand des Blutritt-Komitees erhob sich und blieb empört vor dem Geistlichen stehen. »Was erlauben Sie sich. Das ist eine böswillige Unterstellung! Das müssen Sie erst einmal beweisen.«

Andreas Goettle schüttelte den Kopf. »Wisset Se, i muas Ihne gar nix beweisa. Aber womöglich kommt die

Polizei bald scho auf die Idee, bei Ihne nochzumfroga. Ond dann solltet Se sich sicher sei, dass Se nix g'macht hen, was Sie belaschdet.«

Wollschläger starrte Goettle schweigend an.

»Ich kann mich nicht erinnern. Aber ich muss wohl die Wohnung verlassen haben. Ich bin in irgendetwas hineingetreten. Wahrscheinlich Hundescheiße. Ziemliche Sauerei. Aber ich kann nicht sagen, wo und wann.«

Er schlug die Hände vors Gesicht. Biberachs Gemeindeseelsorger suchte nach tröstenden Worten, nach einer Spur, die den Vorsitzenden des Blutritt-Komitees entlasten konnte. Er hatte keine Idee. Wollschlägers Smartphone kündigte mit einem pfeifenden Signalton die Ankunft einer SMS an. Er zog das Gerät hervor, las die Nachricht und verlor den letzten Rest Farbe aus dem Gesicht.

»Oh mein Gott, sehen Sie sich das an. Das ist das Ende.«

Er reichte Andreas Goettle das Telefon, der die Zeilen überflog. »I würd mol sage, Ihr Situatio war bisher mittelmäßig, Tendenz beschissen. Im Moment setzt sich die Tendenz durch.«

Yoselin Blaich fand Charlotte Riedle im Stall. Die junge Frau striegelte eines der Pferde in seiner Box. Ihr gegenüber saßen zwei Männer auf einem Heuballen, sahen ihr zu, tranken Bier und rissen zweideutige Witze. Die Hauptkommissarin nickte den beiden zu.

»Oh, was ist denn mit dir passiert? Bist du unter der

Sonnenbank eingeschlafen?«, rief einer der Herren und lachte. Der andere kicherte zustimmend und stieß mit ihm an.

»Könnte sein«, antwortete Yoselin. »Und wie ist es bei dir? Wollte dein Hirn nicht mitkommen zum Blutritt?«

Der Sprücheklopfer verstummte, sein Kompagnon kicherte erneut und erhielt dafür einen Hieb gegen den Arm.

Die Hauptkommissarin beachtete die beiden nicht weiter, blieb vor der Box stehen und sprach die junge Frau an, die ihre Tätigkeit unterbrochen hatte. Yoselin sah, dass sie geweint hatte, ihre Augen und ihre Nase waren rot.

Sie zückte ihren Dienstausweis. »Sind Sie Charlotte Riedle?«

Die junge Frau nickte.

»Ich würde Sie gern etwas fragen. Aber erst, wenn Herr Hirnschwund und seine Kichererbse verschwunden sind.«

Sie drehte sich zu den Männern um und machte eine vielsagende Geste in Richtung Tor. Missmutig erhoben sich die zwei und torkelten maulend davon. Yoselin wartete, bis sie den Stall verlassen hatten.

»Das ist ein schönes Pferd. Gehört das Ihnen?«

Charlotte nickte. »Das ist Fiona. Ich hab sie zu meiner Firmung von meinen Eltern geschenkt bekommen.«

»Ich wollte auch immer ein Pferd, aber das Einzige, was ich bekommen habe, ist ein Pferdehintern.«

Yoselin grinste, Charlotte verzog keine Miene. Sie stand stocksteif neben Fiona, schien sich an ihr festzuhalten.

»Ich komme gerade von Ihrer Schwester Rosalie. Sie wurde mit einem Kreislaufzusammenbruch in ein Krankenhaus gebracht. Nichts Schlimmes, ihr geht es bereits wieder besser. Sie kann bald entlassen werden.«

Die junge Frau sah die Hauptkommissarin nicht an, drehte sich zu ihrem Pferd und streichelte dessen Hals. »Was wollten Sie denn von ihr?«

»In Weingarten ist ein Mann ermordet worden. Ihre Schwester war in der Tatnacht bei ihm. Sie hat ihm etwas in den Wein gemixt und als er schlief, sein Büro und seine Wohnung durchsucht. Und sie hat uns gesagt, dass Sie dabei waren. Was wir nicht wissen, ist, was Sie gesucht haben und wer ihn umgebracht hat.«

Charlotte fuhr erschrocken herum. »Wir haben ihn nicht umgebracht. Ganz bestimmt nicht.«

»Das würde ich Ihnen ja gerne glauben, aber es gibt Unklarheiten …«

Yoselin wurde von Motorenlärm übertönt, ein Traktor fuhr mit großer Geschwindigkeit auf den Hof und wirbelte eine große Staubwolke auf.

»Das ist der Idiot, der mich fast gerammt hätte«, ereiferte sich die Polizistin. »Na warte, dem werde ich gehörig den Marsch blasen.«

»Oh Gott, mein Vater!« Charlottes Stimme begann zu zittern. »Bitte sagen Sie ihm nichts von der Sache. Er regt sich sehr schnell auf.«

Als wäre dies sein Stichwort, schoss Ortwin Riedle um die Ecke und stampfte mit feuerrotem Kopf direkt auf die Hauptkommissarin zu. Eine tiefe Furche spaltete seine Stirn, er schnaubte wie ein gereizter Stier.

»Was wollen Sie hier? Sie haben hier nichts verloren. Verschwinden Sie!«, brüllte er. Er griff eine Knute von einem Haken, baute sich feindselig vor Yoselin auf und deutete mit dem Riemen Schlagbewegungen an.

»Ganz ruhig«, beschwichtigte die Hauptkommissarin und tastete nach ihrer Dienstwaffe. Der Griff ging ins Leere. Sie lag, wie immer, im Handschuhfach ihres Wagens. Dennoch ließ sie sich nicht beirren. »Legen Sie das Ding weg, das erspart Ihnen viel Ärger.«

Der Mann machte einen weiteren Schritt auf sie zu. »Sie sollen abhauen! Sie haben auf meinem Hof nichts verloren. Hier ist kein Platz für Leute wie Sie.«

Er ließ den Riemen schnalzen. Yoselin drehte sich blitzschnell um die eigene Achse und brachte den Angreifer mit einem beherzten Tritt gegen die Brust zu Fall. Sie entriss ihm die Knute und beugte sich zu dem nach Luft japsenden Riedle herunter. »Sie haben jetzt die Wahl. Entweder Sie geben Ruhe oder ich lege Ihnen Handschellen an. Ist das klar?«, keuchte sie.

»Ich rufe die Polizei«, krächzte Riedle. »Faules Asylantenpack, ihr meint, ihr könnt euch alles erlauben. Ihr taucht hier auf, bringt Unruhe und Ärger ins Land.«

Mühsam stand er auf und rieb sich den Brustkorb.

»Papa, hör auf!«, rief Charlotte. »Du machst alles viel schlimmer.« Dicke Tränen liefen ihr über die Wangen.

»Sie sollten auf Ihre Tochter hören. Sonst gibt es eine Anzeige wegen Bedrohung einer Polizeibeamtin in Tateinheit mit einer rassistischen Äußerung.«

Yoselin zückte ihren Dienstausweis und hielt ihn Ortwin Riedle hin. Er ballte die Fäuste, wuchtete sich an der Hauptkommissarin vorbei, riss die Tür zur Box auf und zog Charlotte an den Haaren. Sie schrie.

»Die Polizei bei mir auf dem Hof? Das hat uns dieses Miststück eingebrockt. Hatte ich dir nicht verboten, sie zu treffen? Hat sie nicht genug Unheil angerichtet?«

Er schlug auf Charlotte ein, die ihre Arme nach oben riss, um sich gegen die Schläge zu schützen. Yoselin drängte sich zwischen Vater und Tochter, drehte Ortwin Riedle die Arme auf den Rücken, legte ihm Handschellen an und führte ihn aus der Box. »Wenn Sie sich nicht sofort beruhigen, sperre ich Sie ein«, raunte sie ihm ins Ohr.

»Das hat ein Nachspiel«, keifte Riedle. Er versuchte, sich aus der Umklammerung zu befreien, doch die Polizistin hatte ihn fest im Griff.

Ein Junge kam in den Stall. Seine Bewegungen erstarrten, als würde er bei lebendigem Leibe eingefroren. Mit offenem Mund starrte er Yoselin und seinen Vater an.

»Papa«, piepste er ängstlich. »Was ist mit dir? Bist du verhaftet? Wegen mir?«

»Geh ins Haus, Johannes«, keifte ihn sein Vater an. »Das hier geht dich nichts an.«

Der Junge löste sich aus seiner Starre und ging vorsichtigen Schrittes auf die Hauptkommissarin zu. Der

Anblick seines Vaters verstörte ihn. Ortwin Riedle, der Bestimmer, der Macher, der Problemlöser, der Unbesiegbare, war von einer dunkelhäutigen Frau überwältigt und in Handschellen gelegt worden.

»Sind Sie von der Polizei?«, fragte er.

»Ja, und wer bist du?«

Johannes antwortete nicht. Seine Lippen bewegten sich lautlos, es schien, als bitte er Ortwin Riedle für etwas Unausgesprochenes um Verzeihung.

»Ich habe gesagt, du sollst verschwinden«, zischte der alte Riedle. Sein Sohn rührte sich nicht von der Stelle.

»Bitte«, wisperte er, ohne den Blick von seinem Vater abzuwenden. »Sie dürfen meinen Papa nicht verhaften. Es ist alles meine Schuld.«

Charlotte lief zu ihrem Bruder und drückte ihn an sich. »Sei still, Johannes! Bitte sei still!«

Yoselin schüttelte den Kopf. »Was ist deine Schuld? Ich verstehe überhaupt nichts.«

Johannes riss sich von seiner Schwester los, ging einen weiteren Schritt auf seinen Vater zu. Stocksteif stand er vor ihm wie ein Angeklagter vor dem Richter kurz vor dem Geständnis. »Ich wollte zeigen, dass ich kein Feigling bin. Und ich hätte es wieder zurückgebracht, aber Raoul hat es mir weggenommen und plötzlich hatte er das Heilige Blut nicht mehr. Rosalie und Charlotte wollten mir helfen, aber sie haben es nicht gefunden. Und jetzt ist da die Polizei, wegen mir …«

Seine restlichen Worte wurden von einem heftigen Schluchzen verschluckt.

Die Hauptkommissarin sah verwirrt zu Charlotte, die sich mit dem Rücken gegen das Tor einer Pferdebox fallen ließ und langsam herunterrutschte, bis sie auf dem Boden saß. Sie zog die Beine an und versteckte ihr Gesicht zwischen den Armen. Yoselin ließ Ortwin Riedle los und schob ihn zur Seite. Sie trat auf Johannes zu.

»Okay, langsam. Bislang verstehe ich gar nichts. Was ist das für eine Geschichte?«

»Das würde mich auch interessieren«, grantelte Ortwin Riedle. »Wieso bist du nicht zu mir gekommen?«

Eine unheilvolle Stille durchzog den Stall. Nur das Schnauben und das Scharren der Pferde und Johannes' Wimmern waren zu hören.

»Ich kann Ihnen das erklären«, sagte Charlotte nach einer Weile. »Jetzt ist eh alles aus.«

»UFO über Bad Waldsee gesichtet.«

»Oberschwabenschau wird zur Bühne des Unrechtsstaats.«

»Chemtrails über Ravensburg fördern Bienensterben.«

Norman Säger ging an den Zeitungsausschnitten an der Wand entlang und staunte. Ihm war, als hätte er eine Galerie des Absurden betreten. Hin und wieder blieb er stehen, um einen Artikel anzulesen, doch er brach nach einigen Zeilen ab, weil die geschilderten Szenarien so hanebüchen waren, dass selbst die größten Verschwörungstheoretiker ungläubig den Kopf geschüttelt hätten. Hilmar Glanzer saß auf einem abgewetzten Sofa, beobachtete den Hauptkommissar und knetete nervös seine Finger. Säger hatte gesagt, dass er wegen seines Videos im Internet da sei, nicht jedoch, was er eigentlich wollte.

»Elvis lebt in Aulendorf«, las Norman Säger laut vor und wies auf den Ausriss an der Wand. »Ist das Ihr Ernst? Das kauft Ihnen doch kein Mensch ab.«

»Ich habe ihn gesehen. Also fast«, verteidigte sich Glanzer trotzig. »Und meine Recherche brachte einige Beweise hervor, dass er dort gelebt hat. Diese Gitarre in der Ecke, die ist von ihm. Ich habe sie einem Landwirt abgekauft, bei dem er gewohnt hat. Er hat sie auf der Platte ›Good Rocking tonight‹ gespielt. Das Cover steht zum Vergleich daneben. Allerdings ist er kurz vor Erscheinen des Berichts spurlos verschwunden.«

»Und nun haben Sie sich eine neue Geschichte ausgedacht: Verschwörungstheoretiker wollen den Blutritt verhindern.«

»Ich habe mir das nicht ausgedacht, sondern Ermittlungen angestellt«, antwortete der Journalist. »Es geschehen unglaubliche Dinge in Weingarten. Nachts schleichen Vermummte zur Basilika, diese Tierschützer halten geheime Veranstaltungen ab und jetzt gibt es einen Toten. Das sind alles Fakten.« Er durchsuchte das Fotoalbum seines Smartphones und präsentierte dem Polizisten einige völlig unterbelichtete und verschwommene Aufnahmen. »Hier, sehen Sie … Das ist mehr als verdächtig.«

»Das beweist lediglich, dass Sie die Gebrauchsanweisung Ihres Telefons nicht gelesen haben. Ich erkenne überhaupt nichts. Aber erzählen Sie, was Sie herausgefunden haben.«

Glanzer blätterte in seinen Notizen, zog ein Blatt Papier hervor und reichte es Säger. »Es gibt eine Schlüsselfigur bei diesem teuflischen Treiben. Sie ist Kellnerin im Gasthaus Linde. Sie gab mir den Hinweis, dass Zacharias Stuber irgendetwas geplant hat, um den Blutritt zu verhindern. Dieser Spur bin ich nachgegangen …«

»Und?«

Der Journalist beugte sich vor und fuhr in verschwörerischem Tonfall fort. »Ich habe vor der organisatorischen Zelle der Bewegung in der Karlstraße Stellung bezogen. Stuber hatte an diesem Tag sehr viel Besuch. Mit Sicherheit waren dies Mitglieder der ›Neuen Loge 2.0‹. Unter anderem diese Kellnerin …«

»Rosalie Kern. Das wissen wir.«

Glanzer wich überrascht zurück. »Dann haben Sie die Täterin. Sie hat ihn besucht und irgendetwas ist aus dem Ruder gelaufen. Ich denke, dass Stuber aussteigen wollte. Und Rosalie hatte den Auftrag, ihn zu töten.«

»Und warum hat sie das Büro und seine Wohnung durchwühlt?«

Glanzer sah Säger an, als könnte er nicht glauben, dass er diese Frage gestellt hatte. »Das ist doch ganz klar. Sie hat einen Überfall simuliert. Damit es keine Spur zur Verschwörung gibt.«

Der Polizist massierte sich die Schläfen und verfluchte sich, dass er seinen Posten bei Rosalie im Krankenhaus einem Kollegen überlassen hatte. Nun bekam er durch das abwegige Geschwurbel dieses Weltenaufklärers Kopfschmerzen.

»Eine letzte Frage. Wo waren Sie eigentlich zum Zeitpunkt der Tat? So zwischen vier und sechs Uhr morgens?«

»Ich habe geschlafen«, antwortete Glanzer beiläufig. Säger war erfahren genug, um zu merken, dass dies nur ein Teil der Wahrheit war. »Hier? In Ihrem Bett?«

Der Journalist nickte, ließ sich gegen die Stuhllehne fallen und schlug die Beine übereinander. Der Hauptkommissar betrachtete die Sohlen der Schuhe.

»Welche Schuhgröße haben Sie?«, fragte er.

Wieder zuckte der Journalist zusammen. »45. Wieso?«

Säger blieb ihm die Antwort schuldig. Sein Telefon klingelte, er nahm das Gespräch an. Einige Minuten lang lauschte er den aufgeregten Worten der Anruferin, dann beendete er das Gespräch.

»Sie halten sich zu unserer Verfügung«, ließ er den ratlos blickenden Glanzer wissen. »Und ziehen Sie sich andere Schuhe an. Das Paar, das Sie tragen, nehme ich mit.«

ZWEI TAGE BIS ZUM BLUTRITT

Dilemma.

Gedanken sind fiese Schlafräuber. Sie ernähren sich von Zweifeln, Skepsis und Ungeklärtem. Je mehr Futter sie bekommen, desto größer werden sie, ihre Energie hält selbst die Erschöpften wach. Sie kreiseln und trudeln, bilden Spiralen, perfekt, um sich darin zu verlieren.

Yoselin Blaich trank bereits die vierte Tasse Kaffee in dieser Nacht. Trotz ihrer bleiernen Müdigkeit war an Schlaf nicht zu denken. Zu viele Eindrücke und Gedanken bewegten die Hauptkommissarin, und so hatte sie beschlossen, nicht nach Hause zu fahren, sondern im Büro über die Ereignisse nachzudenken und sie zu sortieren.

Ihrem Kollegen Säger erging es ähnlich. Er saß schweigend an seinem Tisch und las zum wiederholten Male die Eintragungen in der Akte.

Charlotte Riedles Geschichte, die mit einer Mutprobe ihres Bruders begonnen und sich mehr und mehr zur Katastrophe entwickelt hatte, hielt das Gedankenkarussell der Hauptkommissarin in Bewegung. Sie sorgte sich um die Kinder. Während Charlottes Schilderung über die Tathergänge war Ortwin Riedle zusammengesackt wie ein aufblasbares Gummitier, dem man die

Luft abließ. Als die Sprache auf Rosalie und ihren Plan kam, Stuber zu betäuben, um die Reliquie zu suchen, war er ausgerastet. Er hatte getobt, geschrien und einen Stuhl zertrümmert. Yoselin musste ihm abermals Handschellen anlegen. Langsam hatte er sich beruhigt und sie hatte ihn genötigt zu schwören, dass er seine Kinder in Ruhe lassen werde. Zur Sicherheit hatte die Hauptkommissarin Charlotte eine Visitenkarte in die Hand gedrückt, mit der nachdrücklichen Bitte, sie anzurufen, sollte sich der Vater nicht an sein Versprechen halten.

Sie ging zum Whiteboard, auf das sie alle Namen der an dem Fall Beteiligten und ihre Beziehungen zueinander aufgezeichnet hatte, von denen sie wussten. Norman Säger hatte das Schaubild um seine Überlegungen ergänzt und nun ähnelte es eher einem Schnittmuster für ein Kleidungsstück als einem Ermittlungsversuch. Yoselin tippte mit einem Stift auf die einzelnen Personen und riss dadurch ihren Kollegen aus seiner Lektüre.

»Schauen wir das noch einmal an«, begann sie ihre Analyse. »Da ist Raoul, ein Handlanger Stubers, der ihm die Reliquie beschafft hat und von Rosalie in die Mangel genommen wird. Könnte es sein, dass er es mit der Angst zu tun bekommen und das Heilige Blut von Stuber zurückgefordert hat? Der denkt nicht daran, es herauszurücken. Raoul nützt seine Ohnmacht, sticht zu und nimmt das Heilige Blut an sich. So könnte es gewesen sein.«

»Das glaube ich nicht. Die Angst vor Rosalie ist ein zu schwaches Motiv.«

Yoselin ließ die Schultern sinken. »Das denke ich auch. Trotzdem sollten wir uns den noch einmal vorknöpfen. Warum hat er Stuber ein Prepaidhandy beschafft? Warum musste er es entsorgen? Was hat Stuber damit gemacht?«

Säger zuckte mit den Schultern. »Verschwörungstheoretiker, Geheimdienstler und Erpresser benutzen diese Art von Telefonen, damit sie nicht nachverfolgt werden können. Angenommen, Stuber hat jemanden erpresst. An wen hat er seine Forderung gerichtet? Und wieso ist damit niemand zu uns gekommen?«

»Wahrscheinlich will der Erpresste vermeiden, dass der Diebstahl der Reliquie öffentlich wird. Das wäre ein Skandal und zudem stünden in Weingarten alle Räder still, die sich mit dem Blutritt drehen.«

»Wir müssen unbedingt mit dem Stadtpfarrer sprechen. Er muss uns erklären, warum er uns den Diebstahl und wahrscheinlich die Erpressung verheimlicht hat.«

Säger vertiefte sich wieder in die Akten, um zwischen den Zeilen etwas zu entdecken, das er bislang übersehen hatte.

»Was ist eigentlich mit diesem Journalisten? Hat er ein Motiv?«

Der Hauptkommissar sah von seiner Lektüre nicht auf. »Eher nicht. Er hat sich ziemlich verrannt in den Gedanken, dass Stuber mit Verschwörern der ›Neuen Loge 2.0‹ unter einer Decke steckt. Fräulein Rosalie hat ihn auf diese Spur gesetzt und Glanzer stand tatsächlich einen Tag lang vor Stubers Büro und hat beobachtet, wer rein- und rausging. Muss ein ziemlich starker Publikumsverkehr geherrscht haben. Bin gespannt, ob die KTU etwas zu seinen Schuhen sagen kann.«

»Kann es Rosalie gewesen sein? Charlotte hat gesagt, sie ist kurz bevor sie zur Wohnung aufgebrochen sind, ins Büro zurückgegangen, weil sie angeblich einen Ohrring vermisst hat. Sie hätte also die Gelegenheit zur Tat gehabt.«

»Ein gewisses Aggressionspotenzial scheint sie ja in sich zu tragen, wie die Sache mit Raoul beweist. Aber hatte sie einen Grund? Ihr ging es in erster Linie darum, ihrem Bruder zu helfen. Nein, wir haben irgendetwas übersehen, ich weiß nur nicht, was.«

»Tja, und an einen haben wir bislang nicht gedacht. Was ist mit diesem Goettle? Vielleicht ist Stuber bei einer Teufelsaustreibung draufgegangen. Ich habe versucht, ihn zu erreichen, aber er hat nicht zurückgerufen.«

Norman Säger runzelte die Stirn und sah von der Akte auf.

»Exorzismus? Glauben Sie daran?«

»Ich nicht. Meine Großmutter wiederum schon. Sie hat in Jamaika an solchen Zeremonien teilgenommen. Ehrlich gesagt, es gibt keine Hokuspokus-Veranstaltung, bei der sie nicht dabei war.«

Das Telefon klingelte, Yoselin nahm ab und lauschte einer aufgeregten Stimme. »Okay, ich bin gleich da«, sagte sie und legte auf. »Das war Charlotte Riedle. Ihr Vater hat Johannes gezwungen, die Adresse von Rosalie zu verraten, und nun ist er auf dem Weg zu ihr. Sie wurde heute Nachmittag aus dem Krankenhaus entlassen. Wenn er vor uns bei ihr ist, haben wir einen zweiten Mord in Weingarten.«

Auch Andreas Goettle fand in dieser Nacht keinen Schlaf. In zwei Tagen sollte Europas größte Reiterprozession abgehalten werden und es gab keine Gewissheit, ob die Reliquie zu diesem Zeitpunkt beschafft werden konnte. Und das hing ganz und gar von der Entscheidung Dieter Wollschlägers ab. Die Nachricht, die der Vorsitzende des Blutritt-Komitees bekommen hatte, war eindeutig. Wenn Wollschläger sich bei der Polizei stellte und den Mord an Zacharias Stuber gestand, bekam Pfarrer Seegmüller das Heilige Blut zurück. Sollte er sich weigern, würde das Schmuckstück zerstört werden und für immer verschwinden.

Wollschläger wollte sofort zum Telefonhörer greifen und die Polizei anrufen, doch Goettle hatte ihn davon abgehalten und ihn auf seine Lage hingewiesen. Alle Indizien sprachen gegen ihn, durch seinen Blackout in der besagten Nacht konnte er sich nicht entlasten und niemand konnte ihm ein Alibi verschaffen.

»Ich würde alles dafür tun, damit der Blutfreitag gefeiert werden kann. Und wenn ich ins Gefängnis gehen muss!«, hatte Wollschläger gebrüllt. Seine Verzweiflung war ihm ins Gesicht geschrieben gewesen. Andreas Goettle hatte in seinem Priesterleben Hunderte Beichten abgenommen und ein Gespür entwickelt, wenn es jemand mit der Wahrheit nicht so genau nahm. Bei Wollschläger war er sich ziemlich sicher: Er meinte es ernst.

Dennoch musste es einen anderen Weg geben, der zum Erpresser und zur Reliquie führte. Der Geistliche wusste, dass es möglich war, den Absender einer elektronischen Nachricht zu ermitteln, gleichzeitig war er sich darüber im Klaren, dass es einige zuverlässige Verschlüsselungstechniken gab, die sich nicht so einfach knacken ließen. Dafür fehlte schlichtweg die Zeit.

Eine leise Vermutung beschlich Andreas Goettle. Er drehte und wendete den Gedanken, die Ahnung nahm Gestalt an. Ja, es konnte sein, dass ...

Ein helles Läuten riss ihn aus seinen Gedanken. Im Display seines Smartphones leuchtete die Mobilnummer des Polizeiobermeisters Fritz auf.

»Schnell, Sie müsset sofort in die Hummelstroß fahra«, begann der Polizist grußlos. »Der alte Riedle isch aufm Weg zu seiner Stieftochter, und wenn er se verwischt, isch se he.«

Pfarrer Goettle verstand kein Wort, aber der aufgebrachte Ton seines Gesprächspartners verriet, dass Gefahr im Verzug war. Er ließ sich die vollständige Adresse nennen und raste los.

Dieter Wollschläger sah sein Telefon an, als sei es ein gefährliches Tier. Seit Stunden quälte er sich mit der Frage, ob es nicht besser war, der Geschichte ein vermeintlich gutes Ende zu setzen und sich zu stellen. Es lag in seiner Hand, ob der Blutritt stattfand oder nicht.

Und er hätte es getan, auch wenn der Preis ein hoher war. Das Leben, das er bisher geführt hatte, wäre mit dem Geständnis zu Ende, er wusste nicht, ob er die Zeit in einem Gefängnis überstehen konnte, ohne körperlich und seelisch zu zerbrechen.

Goettle hatte ihm geraten zu warten. Er wusste nicht, worauf. Durch Warten lösten sich keine Probleme, Handeln war angebracht. Es blieben die Zweifel. War er tatsächlich bei Stuber gewesen? Hätte er nicht Blut an seinen Kleidern haben müssen, wenn er ihn wirklich getötet hatte? Da war aber nichts, er hatte den Korb mit der Schmutzwäsche durchsucht. Wobei er nicht einmal sicher war, was er in der fraglichen Nacht getragen hatte.

Er hatte Gott befragt, welche Entscheidung die richtige sei, eine Antwort hatte er jedoch nicht erhalten. Selbst die erste Flasche Wein brachte keine Klarheit. In vino veritas? Von wegen.

Das Zimmer schien stetig kleiner zu werden, er bekam keine Luft, kalter Schweiß troff ihm von der Stirn. Raus hier, raus, um nicht zu ersticken.

Er torkelte durch die Innenstadt, die im kargen Licht der Sterne aussah, als sei sie in Samt gehüllt. Wollschläger genoss die Stille, die angenehme Kühle, die ihn umgab. Der Klang seiner Schritte beruhigte ihn, ziellos streifte er durch die Gassen, ließ sich treiben.

Stimmen und Gelächter holten ihn in die Realität zurück. Vor einer Bar standen einige Menschen, die sich voneinander verabschiedeten. Umarmungen, Küsschen links, Küsschen rechts, Winken.

Eine Dreiergruppe löste sich aus der Ansammlung, driftete davon. Wollschläger fuhr sich über die Augen, folgte dem Trio instinktiv. Je näher er den dreien kam, desto klarer wurde es: Sie war dabei. Eingehakt bei einem jungen Mann, aufreizend neben ihm her schreitend. Wollschläger wurde schwarz vor Augen, einen Moment hatte er das Gefühl, ohnmächtig zu werden. Der Boden unter seinen Füßen schlingerte, seine Knie gaben nach, er lehnte sich an eine Hausmauer, atmete tief ein und aus. Doch dieses nagende Gefühl, das sich in seine Eingeweide fraß, ließ sich nicht vertreiben. Es bohrte sich tiefer, bis er dachte, dass er es nicht mehr aushalten konnte. Von der einen auf die andere Sekunde hörte es auf. Wollschläger war davon so überrascht, dass er sich umsah, als könne er den Grund für die Linderung seiner Schmerzen entdecken. Da war nichts. Nichts außer der Erkenntnis, was zu tun war.

Das Poltern an der Wohnungstür riss Rosalie aus dem Schlaf. Sie blinzelte, um sich zu orientieren. Sie erkannte, dass sie sich in ihrer Wohnung befand, erinnerte sich, dass sie aus dem Krankenhaus entlassen worden war, als der Drogennebel sich gelichtet und sie sich besser gefühlt hatte. Beruhigt schloss sie die Augen, um sie im nächsten Moment wieder aufzureißen. Wieder dieses hämmernde Klopfen, dazu eine heisere Stimme, die ihren Namen brüllte. Sie konnte ihren Herzschlag in den Schläfen spüren, eine eisige Hand strich ihr über den Rücken. Rosalie betätigte den Lichtschalter und sah sich panisch nach einem Gegenstand um, mit dem sie sich verteidigen konnte. Sie fand ihr Messer, schlich in Richtung Wohnungstür und blickte durch den Spion in den Hausflur. Sie erschrak. Er hatte sie gefunden.

»Mach auf, du kleine Nutte!«, brüllte ihr Stiefvater und warf sich gegen das Türblatt. Er war schweißgebadet, Haare hingen ihm strähnig in die Stirn, er hatte sich offensichtlich mehrere Tage nicht rasiert und war offenbar betrunken.

Sie hörte die Stimmen der Nachbarn im Hintergrund, die zur Ruhe mahnten. Sie wurden mit üblen Flüchen überschüttet.

Rosalie legte die Sicherungskette an und öffnete die Tür einen Spalt.

»Was willst du?«, herrschte sie ihren Stiefvater an.

Er drückte das Gesicht an die Öffnung und blies ihr seinen Obstbrandatem ins Gesicht. »Lass mich rein«, knurrte er. »Wir müssen etwas klären. Ein für alle Mal.«

Rosalie zitterte. Das war nicht die Stimme ihres Stiefvaters, sondern die eines Verrückten. Sie stemmte sich gegen die Tür, um sie wieder zu schließen, doch sie bewegte sich nicht.

»Papa, geh bitte«, wimmerte sie.

Er kräftiger Schlag riss die Kette aus der Verankerung, die Tür flog auf und stieß Rosalie um. Mit einem bestialischen Grunzen taumelte ihr Vater über die Schwelle. Er packte Rosalie an einem Bein und zerrte sie hinter sich her in den Wohnraum. Die junge Frau schrie und strampelte, versuchte, nach dem Messer zu greifen, das ihr aus der Hand gefallen war. Ortwin Riedle verpasste ihr einen Fausthieb, ihr wurde schwarz vor Augen. Er schlang seine Arme um ihre Brust, zerrte sie nach oben, setzte sie auf einen Stuhl und legte ihr einen Lederriemen um den Hals. Rosalie wollte sich bewegen, ihr Körper gehorchte ihr nicht. Ihre Arme und Beine schienen aus Gelee zu bestehen.

»Bitte nicht«, flehte Rosalie.

»Bitte nicht«, äffte Ortwin Riedle sie nach. Er packte ihr Kinn und zwang sie, ihm in die Augen zu blicken, in denen nichts als Abscheu zu erkennen war. »Wie oft habe ich dir gesagt, du sollst aus meinem Leben verschwinden und meine Familie in Ruhe lassen?«, brummte er. »Wie oft habe ich dich gewarnt? Du hast das Leben deiner Mutter zerstört, nun die von Johannes und Charlotte. Damit ist jetzt Schluss.«

Er zog an dem Riemen, die Schlinge um den Hals wurde enger. Rosalie rang nach Luft. Sie versuchte, ihre Finger zwischen Riemen und Hals zu bekommen, erfolglos. Sie hörte die ächzenden Laute ihres Vaters, der immer fester zuzog. Sie versuchte zu schreien, es kam kein Laut aus ihrer Kehle. Sie warf sich panisch herum, aber die Schlinge hielt sie in Position. Sie spürte, wie ihre Augen aus den Höhlen traten, das Licht verschwamm, Gegenstände lösten sich auf. Aus weiter Ferne hörte sie Schreie, ein Krachen, dann verlor sie die Besinnung.

»Herrschaftszeita. Des war knapp.«

Andreas Goettle klopfte Polizeiobermeister Fritz auf die Schulter, der mit betroffener Miene zusah, wie die

Sanitäter Rosalie auf einer Trage zum Rettungswagen trugen.

Das Blaulicht der Einsatzwagen flackerte über die Hausfassaden, in den Fenstern standen Bewohner und begafften die Szenerie, als befänden sie sich in einer Theaterloge.

»Oglaublich. Dass der alte Riedle zu so ebbes fähig isch, hätt i net denkt«, murmelte Fritz und schüttelte den Kopf.

Ein Polizist führte den Pferdehofbesitzer an ihnen vorbei und verfrachtete ihn auf den Rücksitz eines Fahrzeugs. Seine Verletzung an der Augenbraue war mit einem Pflaster versorgt worden, Riedle starrte stumm vor sich hin, zeigte keinerlei Regung.

Hauptkommisssarin Blaich gesellte sich zum Pfarrer und dem Polizisten und stellte sich vor.

»Bevor Sie jetzt einen Witz über meinen Namen in Bezug auf meine Hautfarbe machen, sage ich Ihnen lieber, dass ich alle kenne«, sagte sie schmunzelnd.

»Wem saget Se des. Als Pfarrer, der Goettle hoißt, han i mir au scho an Haufa Glomb anhöra müssa.«

»Ach, Sie sind der Exorzist, der Weingarten von den satanischen Kräften befreien soll? Bislang scheint das nicht so zu klappen. Sie sind wohl ein bisschen aus der Übung, was? Obwohl, ein Unglück haben Sie ja verhindert.«

Der Geistliche sah sie verständnislos an. Yoselin lachte und klärte Andreas Goettle über die Theorie des Journalisten Glanzer auf.

»Exorzist? Oh je, des isch scho lang her, dass i an so einer Zeremonie teilg'nomma hab. Des war in Brasilien, da hab i in einer Favela in Rio g'schafft. Und von satanischen Kräften in Weingarta woiß i nix. I dät saga, es langt, was die Menscha anstellet. Da brauchet mir koin Deifel dafür.«

Die Hauptkommissarin seufzte. »Da haben Sie leider recht. Auf jeden Fall haben Sie ein sehr gutes Timing und einen ordentlichen Schlag. Einen Moment später und unser Fräulein Rosalie wäre hopsgegangen. Wie kam es eigentlich, dass Sie vor uns hier waren?«

»Der Herr Fritz von der Kripo Biberach hot mi ag'rufa. Der war ganz uffg'regt, i ben sofort los.«

POM Fritz legte zwei Finger an eine nicht vorhandene Mütze.

Yoselin runzelte die Stirn. »Kripo Biberach? Seit wann sind Sie denn für Weingarten zuständig? Gab es wieder eine Gebietsreform, von der ich nichts weiß?«

Fritz lachte. »Noi, koi Sorg. I ben privat hier und reit am Blutfreitag mit. Mei Pferd stoht bei de Riedles. Da hab i mit'kriagt, was in de letschde Tag passiert isch. I kann's net glauba. So a nette Familie.«

»Ja, sehr nett«, erwiderte Yoselin spöttisch. »Der Junge klaut die Reliquie, die Mädchen betäuben einen Menschen, verwüsten Büro und Wohnung, und der Vater will die eigene Tochter strangulieren. Fehlt nur noch, dass die Mutter Drogen vertickt.«

Fritz räusperte sich und sah betreten drein. Goettle bemerkte, dass den Polizisten die Sache mehr mitnahm, als er sich eingestehen konnte. »Gibt's denn a Spur zu dem Mörder von Stuber? Oder zum Heiliga Blut?«, fragte der Geistliche.

Die Hauptkommissarin sah ihn an, als hätte er nach ihrer Unterhosengröße gefragt. »Na, Sie sind ja drollig. Ich kann Ihnen keine Auskünfte zu laufenden Ermittlungen geben. Außerdem ist die Sache sehr komplex. Da laufen mehrere Stränge parallel zueinander, die einzeln verfolgt werden wollen.«

»Mit andere Worte, Sie hen koi Spur«, konstatierte Goettle.

»Oh Gott, hoffentlich war des net der alte Riedle«, sagte Fritz. »Der hot neulich nach der Rosalie g'suacht, weil der Johannes bei ihr übernachtet hot. Vielleicht hot er Charlotte verfolgt, die hot ihn zum Stuber g'führt. I darf gar net dro denka.«

»Offensichtlich sind Sie sehr gut informiert«, bemerkte Yoselin zerknirscht und ärgerte sich, dass sie die Befragung von Charlotte auf dem Hof und nicht im Büro durchgeführt hatte. Schlechte Nachrichten sind schnelle Nachrichten. Nicht verwunderlich, dass sich die Geschichte unter den Gästen des Gestüts schnell verbreitetet hatte.

»Was des Heilige Blut angoht, da hättet mir vielleicht a Spur.« Andreas Goettle sandte Fritz einen verschwörerischen Blick. Der Polizeiobermeister gab ihm mit einer Geste zu verstehen, dass er schweigen sollte. Der Pfarrer verstand sofort, der Polizist wollte seine Mitwisserschaft geheim halten, um keine Schwierigkeiten zu bekommen.

»Also, eigentlich bin des bloß i, der a Spur hot«, schob er nach. »I bräucht allerdings Ihr Hilfe. Sen Se dabei?«

Yoselin musterte den in Schwarz Gewandeten. Einen Pfarrer, der sich in die Ermittlungen der Polizei einmischte, gab es maximal in mittelmäßigen Fernsehserien. Aber sie konnte es nicht leugnen: Dieser Goettle mit seiner forschen Art, dem für seinen Berufsstand untypischen Auftreten und dem verschmitzten Lächeln gefiel ihr. Und wenn seine Mithilfe einen Schritt in Richtung Aufklärung bringen konnte, warum sollte sie diese Chance nicht ergreifen?

»Do ben i so was von dabei«, sagte sie.

Andreas Goettle und POM Fritz sahen sich erstaunt an, dann brachen sie in Gelächter aus.

»Des han i glei g'merkt, dass des oine von ons isch«, kicherte der Geistliche und wischte sich eine Lachträne aus dem Auge.

Norman Säger erwartete Yoselin bereits, als sie mit ihren Begleitern das gemeinsame Büro betrat. Mit zugekniffenen Augen musterte er die Männer. Yoselin stellte Goettle und Fritz vor und klärte ihren Kollegen über das auf, was sie von dem Pfarrer im Auto erfahren hatte.

»Ein gewisser Dieter Wollschläger hat eine Mail bekommen, in der er aufgefordert wird, sich zu stellen und den Mord an Zacharias Stuber zu gestehen. Offensichtlich ist der Erpresser im Besitz der Reliquie und droht damit, sie zu zerstören, falls seine Forderung nicht erfüllt wird.«

Norman Säger stutzte. »Wie passt das alles zusammen?«, murmelte er. »Das hier kam vor einer Stunde aus der KTU.«

Er reichte Yoselin ein Blatt Papier, das sie rasch überflog.

»Oh mein Gott, der schreibende Verschwörungstheoretiker. Er war am Tatort. Der Schuhabdruck stammt von ihm.«

Die Hauptkommissarin besah sich das Organigramm auf dem Whiteboard, versuchte, eine Verbindung zwischen den bereits bekannten und neu gewonnenen Erkenntnissen zu schaffen. Sie ging die Verbindungslinien gedanklich durch, gab schließlich auf, wankte zu ihrem Schreibtisch und sank erschöpft auf ihren Stuhl.

»Darf i mir des mol angucka?«, erkundigte sich Andreas Goettle und begab sich, ohne eine Antwort abzuwarten, zu der Tafel. Er ergänzte die Namensliste um Riedle, Wollschläger sowie dessen Frau Kim und zeichnete weitere Verbindungslinien ein. Die drei Polizisten sahen ihm schweigend dabei zu, wie er mit dem Zeigefinger auf Namen deutete, etwas murmelte, den Gedanken kopfschüttelnd verwarf und diese Prozedur so lange wiederholte, bis er sich zufrieden lächelnd zu seinen Zuschauern umdrehte. »I hab a Theorie. Wellet ihr die höra?«

»Nein, wir warten, bis wir in der Zeitung darüber lesen«, erwiderte Säger und nickte seiner Kollegin Beifall heischend zu.

»He, das ist mein Spruch. Beim nächsten Mal bekomme ich Tantiemen«, konterte sie und gab Goettle ein Zeichen fortzufahren.

»Es isch so. Es gab ja scho mol a Erpressermail. Und mir könnet davon ausgeha, dass die vom Stuber war.«

»Weil er sich an den Blutreitern für den verlorenen Auftrag rächen wollte. Das Lösegeld sah er als Ausgleich für den entgangenen Umsatz an. Und dass er die Reliquie hatte, wissen wir ja jetzt«, stimmte ihm Yoselin zu.

»Richtig. Die zwoite Mail kam zu ma Zeitpunkt, an dem er scho he war.«

»Und diese Person will Wollschläger den Mord in die Schuhe schieben. Warum?«, hakte Säger nach.

»Da gibt's verschiedene Gründe«, führte Andreas Goettle aus. »Die Person woiß, dass es begründete Verdachtsmomente gega Wollschläger gibt ond dass er koi Alibi hot.« Der Geistliche wies mit dem Finger auf die Tafel. »Von denne Leut, die do stehet, gibt's eigentlich bloß oi Person, die Dieter Wollschläger persönlich schada will.«

»Kim!«, riefen die drei Polizisten gleichzeitig.

»Jawoll, ihr Cleverle. Sei Weib, die Kim. Die a Affäre mit Stuber hatte und ihren Mann im Streit verlassa hot. Jetzt sodd mr bloß no wissa, wo se isch.«

Norman Säger kratzte sich am Kinn. »Das beweist nicht, dass sie Stuber ermordet hat. Dafür hat sie kein Motiv. Und im Grunde konnte sie auch nicht wissen, dass er die Reliquie hat …«

»Sie gehet davon aus, dass sie, wie die andere au, die Reliquie beim Stuber g'suacht hot. Was isch, wenn der Stuber ihr des Heilige Bluat geba hot, um es zu verstecka?« Andreas Goettle sah triumphierend in die staunenden Gesichter.

»Boah, ein besseres Versteck als bei der Frau eines Blutreiters kann es ja gar nicht geben«, pflichtete Yoselin bei. »Gehen wir weiter davon aus, dass sie zu Stuber gegangen ist, nachdem sie ihren Mann verlassen hatte. Sie findet ihn nackt im Wohnzimmer, eine Lümmeltüte neben ihm, die er nicht mit ihr benutzt hat …«

»Frau Blaich, bitte ersparen Sie uns die Schweinereien«, rief Norman Säger empört.

»Ha, bei dem Anblick kann mr scho a Wuat kriega«, warf Andreas Goettle ein.

»Und womöglich zustechen.« Yoselin sah in die betretenen Gesichter der Männer. »Wir müssen Kim finden und mit Wollschläger sprechen. Am besten sofort.«

»Gute Idee, Frau Kollegin. Jetzt sollten wir nur noch wissen, wo wir nach ihr suchen sollen«, entgegnete Säger.

»Darüber hab i au scho nochdenkt. Der Wollschläger hot an'deutet, dass sei Frau nix anbrenna lässt. Vielleicht isch se bei ma andera Mo. Oder bei jemand onderg'schlupft, der ihr Sproch spricht. Da wüsst i ebber.«

Dieter Wollschläger hatte keine Zeit mehr zu verlieren. Er war sich sicher, dass Kim die Verfasserin der Nachricht war, auch wenn die Formulierung ihre Deutschkenntnisse bei Weitem überstieg. Sie hatte also einen

Komplizen oder eine Komplizin, und allzu viele Menschen kamen hierfür in Weingarten nicht infrage. Kim hatte wenige Bekanntschaften. Außer zu gemeinsamen Freunden hielt sie zu ihrer Deutschlehrerin regelmäßig Kontakt. Ansonsten saß sie zu Hause, chattete mit der Familie oder mit Freunden in der Heimat, bestellte im Internet teure Accessoires, Kleider, Schuhe und Taschen und studierte Rezepte, die sie dann köstlich zubereitete.

Und sie ließ sich von Stuber vögeln, schob sich der quälendste seiner Gedanken ins Bewusstsein. Wie hatte er sich so in dieser Frau täuschen können? Warum war jeder andere Mann in Weingarten interessanter als er? Oder wie sollte er es sich sonst erklären, dass sie nur wenige Tage nach ihrem Auszug mit einem anderen unterwegs gewesen war? Oder war alles ein Missverständnis? Die Fragen ketteten sich aneinander, bis sie einen perfekten Kreis schlossen, um in Endlosschleife seine Hirnwindungen zu blockieren.

Am meisten schmerzte ihn die Idee, dass sie Stubers Komplizin in der Erpressungssache sein konnte. Woher kam diese Wut auf ihn? Warum wollte sie ihn zerstören?

Sie musste ihm diese Fragen beantworten, das war sie ihm schuldig. Er wusste, wo er sie finden konnte, die Adresse der Deutschlehrerin Anong Praves war auf den Rechnungsbelegen abgedruckt. Und nun stand er vor dem Gebäude in der Malerstraße und wartete darauf, dass Kim sich zeigte.

Er sah auf seine Armbanduhr. Halb acht. Er fröstelte, zog den Mantel enger um sich und seine Mütze über die Ohren. Sein Magen begann, sich zu regen, er hatte nicht gefrühstückt. Doch er konnte seinen Beobachtungsposten nicht verlassen. Zu groß war die Gefahr, dass er den richtigen Moment verpasste.

Eine halbe Stunde später öffnete sich die Haustür. Es war nicht Kim, die heraustrat, sondern Anong. Sie schlug den Kragen ihrer Jacke hoch und eilte Richtung Innenstadt.

Wollschläger überquerte die Straße, drückte den Klingelknopf bei Praves.

»Ja?«, meldete sich Kims Stimme in der Gegensprechanlage.

Wollschlägers Herz hüpfte vor Freude. Seine Vermutung hatte sich als richtig erwiesen. Er murmelte: »Paket für Praves«, wartete, bis der Türöffner summte, und trat ein.

»Zweiter Stock«, lotste Kim ihn nach oben. Er schob sich die Mütze tiefer ins Gesicht und begann den Aufstieg.

Kim stand gelangweilt vor der Wohnungstür, erkannte den Heraufstürmenden zu spät, um sich in die Wohnung zu retten und die Tür hinter sich zu schließen. Wollschläger presste ihr eine Hand auf den Mund, umklammerte sie und bugsierte sie ins Innere.

Kim zappelte und schlug um sich, doch sie hatte nicht die Kraft, sich zu befreien.

»Pscht, bleib ganz ruhig«, raunte ihr Wollschläger ins Ohr. »Ich will nur reden. Es wird dir nichts geschehen.«

Kims Widerstand wurde schwächer, erlosch schließlich ganz.

»Sehr brav, meine kleine Sonne. Ich lasse dich jetzt los. Wenn du schreist, gnade dir Gott.«

Sie nickte.

Wollschläger führte sie zu einem Schreibtisch, drückte sie auf den Stuhl und löste seine Umklammerung.

Kim funkelte ihn böse an. »Was willst du von mir?«, blaffte sie.

»Antworten auf meine Fragen. Vor allem will ich wissen, warum du mir das hier geschrieben hast?« Er zog sein Smartphone hervor, öffnete die Erpressermail und hielt sie Kim hin.

Sie schüttelte den Kopf, ohne einen Blick darauf geworfen zu haben. »Ich habe das nicht geschrieben!«

»Sicher nicht, zumindest nicht allein. Vielleicht hat dir dein neuer Freund geholfen, mit dem du gestern Nacht durch die Stadt spaziert bist, oder deine Deutschlehrerin Anong.«

Kim schüttelte abermals den Kopf.

Wollschläger schlug mit der Faust auf den Tisch. »Verarsch mich nicht! Warum machst du das?«

»Du bist ein böser Mann«, keifte sie und spuckte ihn an. »Ich habe dich gesehen, bei Zacharias.«

Der Vorwurf überraschte ihren Gatten. Kim nutzte seine Konfusion, stürmte nach vorn, drängte sich an ihm vorbei. Wollschläger erwischte sie am Bein und brachte sie zu Fall. Er setzte sich auf ihren Rücken und bog ihren Kopf an den Haaren nach hinten. Kim schrie vor Schmerz.

»Was heißt das? Du hast mich gesehen?«

»Ich habe dich gesehen. Bei Zacharias«, ächzte Kim.

»Du lügst!«, schrie er und presste ihren Kopf gegen den Boden. Kim jaulte, sagte ein paar Worte auf Thailändisch. Es hörte sich an wie ein Gebet.

Wollschläger ließ sie los und stand auf. Seine Frau drehte sich langsam auf den Rücken, den Blick starr zur Decke gewandt. Er sah sie an, fuhr sich mit der Hand über das Gesicht und kämpfte gegen die aufsteigende Übelkeit. Die verrauchende Wut gab den Sinn ihrer Worte frei. Wenn Kim die Wahrheit sagte, war dies der Anfang vom Ende. Niemand würde an seine Unschuld glauben, solange er sich nicht erinnern konnte. Er schloss die Augen, suchte nach Bildern aus der Tatnacht. Und tatsächlich stellten sich Schemen ein. Das Haus. Eine Tür, die sich öffnet. Eine Person, die heraustritt, auf ihn zugeht. Sie hat keinen Körper, kein Gesicht und doch ist da ein Gefühl, nur ein Gefühl, dass er diese Person kennt. Wollschläger beugte sich über Kim, sie drehte sich von ihm weg.

»Du hast ihn getötet, nicht wahr? Du hast Stuber auf dem Gewissen«, sagte er. »Warum?«

Sie setzte sich auf, wies mit dem Finger auf ihn. Ihre Schönheit war dem blanken Hass gewichen, sie erinnerte ihn an eine Greisin, die einen Fluch aussprach. »Er hat alles kaputtgemacht. So wie du. Und jetzt mache ich dich kaputt.«

Polizeiobermeister Fritz hatte in seiner fast 40-jährigen Dienstzeit einige Wohnungen gesehen, die eine gewisse Überfrachtung aufwiesen. Aber das Appartement von Hilmar Glanzer stellte alles bisher Dagewesene in den Schatten. Sein Schreibtisch war der einzige Bereich, den er nicht mit Kisten, Tüten, Verpackungen, Büchern, CDs und DVDs vollgestellt hatte. Hauptkommissar Säger beobachtete die Abscheu des Biberacher Kollegen mit einem spöttischen Zug um die Augen, das Einzige, was von seinem Gesicht hinter der Maske sichtbar war.

Fritz hatte ihm angeboten, ihn zur Befragung des Journalisten zu begleiten, während Yoselin Blaich und Pfarrer Goettle aufgebrochen waren, um Dieter Wollschläger einen Besuch abzustatten und ihn nach dem Verbleib von Kim zu befragen.

»Wir können es kurz machen«, nuschelte Säger hinter seinem Tuch. »Wir haben an Ihren Schuhen Blut von Stuber gefunden. Sie waren also in der Tatnacht nicht im Bett, wie Sie mir gegenüber behauptet haben, sondern in seinem Büro. Haben Sie ihn umgebracht?«

»Natürlich nicht«, widersprach der Journalist energisch. »Ja, ich war in seinem Büro, weil … Sagen wir so: Ich bin einer inneren Stimme gefolgt. Da war so ein Gefühl, dass etwas nicht in Ordnung ist. Es brannte Licht und die Tür war nicht verschlossen. Und dann habe ich ihn gesehen. Er lag da, inmitten seines Bluts.«

»Ond warom sind Se net glei zur Polizei g'anga? Da liegt an Toter ond Sie meldet des net.« POM Fritz war sichtlich aufgebracht, stieß mit dem Fuß eine Einkaufstasche beiseite. Glanzer rutschte unbehaglich auf seinem Schreibtischstuhl herum. »Ich hatte Panik«, gab er kleinlaut zu. »Ich wollte weg. Es hätte doch sein können, dass die anderen Mitglieder seiner Sekte auftauchen und seinen Tod an mir rächen. Die hätten mich sicher für den Mörder gehalten. Und ich wollte diese Kellnerin fragen, was passiert war. Damit ich meine Geschichte schreiben konnte, bevor mir jemand zuvorkommt …«

»Was für andere Mitglieder? Welche G'schicht? Was schwätzt denn der für einen Bäpp raus?« Fritz sah Säger irritiert an, der winkte ab.

»Das erkläre ich Ihnen später. Was ich jedoch nicht verstehe: Wieso wollten Sie Rosalie befragen, was passiert war? Sie standen doch den ganzen Tag vor dem Haus.«

Glanzer errötete. »Ich habe Ihnen bereits gesagt, dass ich eingeschlafen bin. Aber nicht zu Hause im Bett, sondern im Auto. Nachdem Rosalie ins Haus gegangen ist und mit Stuber intim war, passierte ja erst mal nichts. Und dann kamen diese Schmerzen von meiner Gesichtsverletzung zurück, da habe ich Tabletten eingeworfen. Gegen halb fünf wurde ich wieder wach und bin rein.«

Säger wanderte stumm einen Pfad entlang, der ihn zum Schreibtisch führte, und tippte sich mit dem Zeigefinger gegen das Kinn. »Sagt Ihnen der Name Wollschläger etwas?«

Glanzer runzelte die Stirn, rief auf seinem Laptop eine Suchmaschine auf, hackte den Namen hinein und ließ sich die Bildauswahl zeigen. »Ah, so sieht der also aus. Den habe ich gesehen. Der war bei Stuber, allerdings ist er nicht reingegangen.«

»Wann war das?«

»Am frühen Nachmittag. Und diese Frau an seiner Seite, diese Asiatin, die war auch bei Stuber.«

Er drehte den Laptop so, dass die Polizisten das Bild sehen konnten. Wollschläger stand Arm in Arm mit seiner Frau Kim vor der Basilika. Beide lächelten in die Kamera.

»Und wann war sie bei Stuber?«

»Bevor er kam. Er hat das Klingelschild studiert und ist gegangen.«

»Ond kann es sei, dass sie oder er no mol beim Stuber waret? Nachdem Rosalie weg war?«, fragte Fritz.

»Na, als es interessant wurde, hat unser Superdetektiv doch geschlafen. Wollen wir hoffen, dass Frau Blaich und Ihr Pfarrer Goettle mehr Glück bei der Befragung von Wollschläger haben.«

Glanzer riss die Augen weit auf. »Der Exorzist ist bei Wollschläger? Steckt er mit den Logenmitgliedern unter einer Decke? Und die Asiatin womöglich auch? Oh mein Gott, das ist ja eine fantastische Geschichte.« Glanzer bearbeitete wie ein Besessener die Tastatur seines Laptops.

Einen Wimpernschlag später stand Säger hinter ihm, klappte den Rechner zu und nahm ihn an sich.

»Sie bekommen Ihren Computer wieder, wenn der Fall aufgeklärt ist. Bis dahin halten Sie sich zu unserer Verfügung.«

»… ond vor allem haltet Se Ihr Gosch!«, ergänzte Fritz.

»Das dürfen Sie nicht! Das ist Einschränkung der Pressefreiheit! Polizeiliche Willkür!«, protestierte Glanzer. »Kümmern Sie sich lieber um diese Verschwörer, die heimlich um die Basilika schleichen. Gestern Nacht wieder.«

»Wir kümmern uns drum«, antwortete Norman Säger und gab seinem verdutzten Kollegen das Zeichen, ihm zu folgen.

»Du bist so schön, meine kleine Sonne.«

Dieter Wollschläger strich Kim zärtlich über die Wange, schmiegte sein Gesicht in ihren Nacken und sog ihren Duft ein. Sie lag neben ihm, die Augen zur Decke gewandt, und rührte sich nicht.

»Wir hätten glücklich sein können«, flüsterte er und knabberte zärtlich an ihrem Ohrläppchen. Früher hatte sie das sehr erregt. Wollschläger rückte näher an sie heran, streichelte ihre Arme, ihre Hände, spielte mit ihren Fingern. Er spürte ihren Ehering, Bilder ihrer Hochzeit drängten sich ins Bewusstsein. Die pompöse Feier am Strand von Ko Samet mit all ihren Verwandten und Freunden. Sie in einem schlichten Kleid aus weißem Satin mit Blumen im Haar, er in einem weißen Anzug, mit Panamahut auf dem Kopf. Das üppige Büfett, Tanz und Gelächter, zwei Tage im Rausch. Im Gegensatz dazu die eher nüchterne Trauung auf dem Standesamt in Weingarten, das Zusammensein mit einer

Handvoll seiner Freunde, die Kim misstrauisch beäugten.

»Vielleicht hätte uns ein Kind gutgetan«, sagte Wollschläger und schob eine Hand unter ihren Kapuzenpulli. Einmal noch ihre Haut spüren, dieses seidige Gefühl in sich aufnehmen, es abspeichern.

Es lag an ihm, dass sie kinderlos geblieben waren. Sterilisierung. Es war eine einsame Entscheidung gewesen, die er in einer Beziehung vor Kim getroffen hatte. Der Gedanke an Kinder hatte ihn überfordert. Die Karriere hatte immer an erster Stelle gestanden, dann das Engagement für die Kirche, insbesondere für den Blutfreitag. Kim hatte sich Kinder gewünscht und so markierte sein Geständnis die erste Bruchstelle ihrer Ehe.

Seine Hand blieb auf ihrer Brust liegen. Er mochte die Form und die Größe ihres Busens, er schien für seine Hände geschaffen. Fest und straff war er, alles an Kim war fest und straff, ihr Bauch, ihre Schenkel, ihr perfekter Hintern. Sie kleidete sich gern körperbetont, elegant, nicht aufreizend, genoss die Blicke der Männer, ereiferte sich über die neidischen Kommentare von Frauen. Und Wollschläger sonnte sich in dem Licht seiner Frau, das so strahlend war, dass er geblendet übersah, dass Kim für erotische Zuwendungen anderer empfänglich war.

»Es tut mir alles so leid. Es ist meine Schuld«, wimmerte er.

Sie gab keinen Laut von sich, ertrug still seine Berührungen. Wollschläger zog seine Hand zurück und rollte sich auf den Rücken. Alle nicht gemeinsam erlebten

Momente, alle nicht ausgesprochenen Wahrheiten, alle schweigsamen Abende und nicht erwiderten Zärtlichkeiten formten sich zu einem Orkan der Melancholie, der Wollschläger erfasste und mit sich riss. »Ich wollte das alles nicht«, schluchzte er. »Das musst du mir glauben.«

»Dohinta. Des müsst se sei.« Pfarrer Goettle wies auf eine junge Frau mit langen schwarzen Haaren, die offensichtlich ein modisches Faible für große florale Muster hatte. Sie trug eine schwarze Jeans mit aufgestickter Rose und ein über dem Bauchnabel geknotetes Hemd, über dessen Vorderseite eine große Orchidee rankte.

Hauptkommissarin Blaich bahnte sich einen Weg durch die Menschen, die im »Alibi« den Tag ausklingen ließen, zu dem Tisch, an dem sich mehrere junge Leute angeregt unterhielten. Sie hatten Dieter Wollschläger nicht zu Hause angetroffen und waren der Idee von Andreas Goettle gefolgt, die Studentenkneipen Weingartens abzuklappern, um einen Hinweis auf Kims Aufenthalt zu bekommen. Wenn sie die Verfasserin der zweiten Erpressermail war, dann hatte sie Komplizen oder eben eine Komplizin, die ihre Heimatsprache beherrschte, mutmaßte Goettle. Und da war ihm nur eine eingefallen. Die junge Frau mit thailändischem Migrationshintergrund, die Kim Deutschunterricht gab und von der Wollschläger erzählt hatte, dass sie gegen den Blutritt Flugblätter verteilte. Und da saß die Frau, auf die das zutraf und die ihm auf der Terrasse des Museumscafés begegnet war.

Anong Praves war in ein Gespräch mit einem Mann vertieft, sodass sie die Polizistin erst wahrnahm, als sie hinter ihr stand. Sie erschrak sichtlich, als Yoselin ihr den Ausweis vor die Nase hielt.

»Können wir kurz reden? Es geht um Kim Wollschläger.«

Anong sah den jungen Mann neben ihr Hilfe suchend an, der sich aufrichtete und eine angriffslustige Haltung einnahm. »Was wollen Sie denn wissen?«, mischte er sich ungefragt ein.

»Das bespreche ich mit Frau Praves. Und zwar vor der Tür. Hier drin gibt es zu viele neugierige Ohren«, antwortete Yoselin. Sie überhörte das Protestgeschrei und ging zum Ausgang. Anong folgte ihr in Begleitung des jungen Mannes.

»Ah, do guck na. Der Freund von der Charlotte Riedle isch au dabei«, begrüßte Andreas Goettle die Ankömmlinge und kassierte von Yoselin Blaich einen irritierten Blick. »So sieht mr sich wieder.«

»Luis ist nicht mehr mit Charlotte zusammen«, klärte Anong auf und griff nach der Hand ihres Freundes. Luis war dieses Bekenntnis sichtlich unangenehm, er errötete.

»Ihr Liebesleben interessiert mich nicht. Ich würde von Ihnen gerne wissen, wo Kim Wollschläger ist. Es besteht der Verdacht, dass sie Zacharias Stuber ermordet hat und nun ihren Mann erpresst, den Mord zu gestehen, den sie begangen hat.«

»Das ist blanker Unsinn«, schrie Luis. »Das denken Sie sich aus, um ihr etwas anzuhängen. Damit sie abgeschoben werden kann.«

»Sag mol, wer hot denn die g'frogt? Wenn der Kucha schwätzt, hen die Krümel Pause«, herrschte Andreas Goettle Luis an.

Der holte Luft, um etwas zu erwidern, doch Anong kam ihm zuvor. »Kim ist bei mir. Aber sie hat Stuber nicht ermordet, auch wenn sie allen Grund dazu gehabt hätte. Sie hat mir alles erzählt.«

»Was hat sie Ihnen erzählt?«

Anong senkte den Blick zu ihrer Schuhspitze, die einen Kreis auf den Asphalt beschrieb. »Alles eben. Dass sie eine unglückliche Ehe führt. Dass Stuber ihr versprochen hat, sie zu heiraten, und ihr als Liebesbeweis die Reliquie übergeben hat. Sie sollte sie verstecken, bis Stuber sie gegen das Lösegeld eintauschen konnte. Damit wollten sie sich in Thailand eine neue Existenz aufbauen. Aber dann gab es Streit mit ihrem Mann. Er ist völlig ausgerastet, weil er herausbekommen hat, dass Kim sich nach wie vor mit Stuber traf. Er hat eine Vase nach ihr geworfen und sie in die Scherben geschubst. Die Hände, ihre Arme, alles voller Schnitte. Als sie bei mir ankam, waren ihre Klamotten voller Blut. Schrecklich sah das aus.«

»Sie hat das Heilige Blut?«, krächzte Luis und ließ ihre Hand los. »Warum hast du mir davon nichts gesagt? Wir könnten uns die gesamten Überlegungen da drinnen sparen und hätten ein Druckmittel …«

Er verstummte und verzog das Gesicht.

»Darauf kommen wir gleich zu sprechen«, schaltete sich Yoselin ein. »Zunächst will ich hören, wie es mit Kim weiterging.«

»Sie hat einen Koffer gepackt und ist zu Zacharias gegangen. Sie dachte, sie könnte bei ihm unterkommen. Er war nicht zu Hause, also hat sie ihn im Büro gesucht. Und da lag er, hat geschlafen. Nackt. Offensichtlich hatte er Sex mit einer anderen gehabt. Kim war wütend, hat versucht, ihn zu wecken. Es ging nicht. Da ist sie weggelaufen.«

»Wohin ist sie gegangen? Zu Ihnen?«

Anong schüttelte den Kopf.

»Zu mir kam sie später. Sie ist in der Stadt umhergestreunt, wusste nicht, wohin sie gehen sollte. Und irgendwann ist sie nochmals zu Stuber gegangen, um zu sehen, ob er wach war. Sie wollte unbedingt mit ihm reden, ihn an sein Versprechen erinnern. Als sie vor seinem Haus stand, kam ihr jemand entgegen. Eine schwankende Gestalt. Ein Mann, offensichtlich sehr betrunken.«

»Um Gottes willa«, zischte Goettle und schlug seine Hand vor den Mund. »Doch net etwa …«

Anong blickte verunsichert in die Runde, als wartete sie darauf, dass ihr jemand den Schluss der Geschichte ersparte. Weder die Polizistin noch der Pfarrer taten ihr den Gefallen.

»Kim hat gesagt, dass es ihr Mann war, der ihr entgegengekommen ist. Er hat sie nicht erkannt, ist weggerannt.«

»Und was hat Kim gemacht? Hat sie nach Stuber gesehen?«

Die junge Frau nickte. »Sie hat ihn liegen sehen. Alles war voller Blut. Ihr Mann hat ihn erstochen. Seitlich in den Hals. Sie ist abgehauen.«

Yoselin Blaich hob die Augenbrauen. »Moment mal. Wenn sie nur einen raschen Blick auf ihn geworfen hat, kann sie nicht wissen, wo er die Einstichwunde hatte. Sie muss ihm ziemlich nahe gekommen sein.«

»Oder es handelt sich um Täterwissa«, ergänzte Goettle.

Anong sah den Pfarrer mit weit aufgerissenen Augen an. »Sie meinen, sie hat mich angelogen?«

»Das werden wir herausfinden. Sie ist also zu Ihnen gekommen, weil sie nicht wusste, wohin sie gehen sollte. Wer hatte die Idee, Wollschläger zu erpressen?«

Anong konzentrierte sich wieder auf ihre Schuhspitze. »Wir haben lange überlegt, was wir mit der Reliquie machen sollen. Kim wollte sie zurückgeben. Es war ja klar, dass Sie herausfinden, dass sie eine Affäre mit Stuber hatte, und wir wollten es nicht riskieren, dass sie verdächtigt wird, den Mord begangen zu haben. Sie klang so überzeugend. Ich habe vorgeschlagen, dass wir auf Nummer sicher gehen. Wenn sich ihr Mann der Polizei stellt und seine Schuld zugibt, geben wir das Heilige Blut zurück.«

»Ich kann es nicht glauben«, sagte Luis zerknirscht. »Ihr seid so bescheuert.«

Yoselin Blaichs Blick ließ ihn verstummen.

»Hot der Wollschläger Kontakt zu euch aufg'nomma? Hot er irgendwie reagiert?«, fragte Andreas Goettle.

»Nein, bisher nicht. Wir sind davon ausgegangen, dass er sich bei der Polizei meldet und die Tat zugibt. Der Blutritt ist sein Ein und Alles, den würde er niemals gefährden.«

Yoselin sah Pfarrer Goettle an und wusste, dass er dasselbe dachte wie sie.

»Wenn ich Sie richtig verstanden habe, ist Kim bei Ihnen. Kennt Dieter Wollschläger Ihre Adresse?«

»Sie steht auf meinen Rechnungen, die ich an ihn adressiert habe. Sie meinen, dass er ...«

Anong wurde blass und sah die Kommissarin mit versteinertem Blick an.

»Wir sollten keine Zeit verlieren. Los einsteigen!«, befahl Yoselin und zog Anong mit sich zu ihrem Wagen.

»Muss ich mitkommen? Meine Freunde und ich haben etwas zu besprechen«, versuchte sich Luis herauszureden und machte einen Schritt auf den Eingang der Gaststätte zu. Andreas Goettle stellte sich ihm in den Weg und wies mit einer stummen Geste zum Einsatzwagen.

»Noi, du sprichsch erschd amol mit ons ond no sehet mir weiter.«

Fluchend schlich Luis zum Auto und ließ sich neben Anong auf die Rückbank fallen.

Vertrauen.

Es entsteht, wenn das Herz über die Einordnung eines Menschen entscheidet. Es blendet das Mögliche im Unmöglichen aus, wird als Vorschuss gegeben für alles, was da kommen kann. Und doch ist Vertrauen eine instabile Währung, deren Wert man erst erkennt, wenn sie nicht mehr vorhanden ist.

Andreas Goettle saß auf der Treppe vor Anongs Wohnung und kämpfte mit seinem Gewissen. Der Anblick der toten Kim, Wollschlägers schriftliches Geständnis, sie erwürgt zu haben, weil er mit ihren Lügen und ihrem Verbrechen an Stuber nicht mehr leben konnte. Die Enttäuschung darüber, dass Kim ihn nicht liebte, ihn am Ende sogar hasste, hatte ihn zum Mörder werden lassen. Wollschläger schrieb von Reue, dass er sich zu der Tat hatte hinreißen lassen und dass er dafür die Konsequenz trage, in der Hölle zu schmoren.

Goettle fühlte eine gewisse Art von Schuld auf seinen Schultern lasten, die sich nicht abschütteln ließ. Er hätte die Verzweiflung Wollschlägers spüren müssen, hätte mehr an seine Gottesfürchtigkeit appellieren müssen. Das Mögliche im Unmöglichen war geschehen. Stuber war tot, erstochen von Kim. Aus Eifersucht. Und sie selbst war aus demselben Grund erwürgt worden.

Von Wollschläger und dem Heiligen Blut fehlte jede Spur und die wenigen Zeilen, die er hinterlassen hatte, gaben keinen Aufschluss, wohin er gegangen war. Immerhin hatten sie die Tatwaffe, ein Tranchiermesser, in Kims Tasche gefunden.

Hauptkommissarin Blaich trat aus der Wohnung und setzte sich neben den Geistlichem. Sie sah erschöpft aus.

»Ich hasse es, zu spät zu kommen«, seufzte sie. »Wir waren so nah dran.«

Andreas Goettle hörte die Resignation, die in ihren Worten mitschwang. Sie erinnerte ihn an Situationen, in denen er einsehen musste, dass selbst das größte Engagement nicht ausreichte. Wenn ein Gemeindemitglied nicht mehr aus seiner Sucht herausfand, wenn Beziehungen zerbrachen oder Kinder einer schweren Krankheit erlagen, hatte er das Gefühl, gescheitert zu sein. So wie jetzt.

»I mach mir schwere Vorwürf«, sagte er tonlos. »I hab dem Wollschläger vertraut. Wenn i länger mit ihm g'schwätzt hätt, wenn i g'scheid nochdenkt hätt, wär i früher druff komma, dass Kim die Erpresserin war. Dann wär sie vielleicht no am Leba.«

Yoselin legte ihm eine Hand auf den Arm.

»Wir müssen von einer Tötung im Affekt ausgehen. Wahrscheinlich hat Kim ihn mit ihrer Tat und ihrem Hass auf ihn konfrontiert. Da sind bei ihm die Sicherungen durchgebrannt. Leider kein Einzelfall. Glauben Sie mir, das hätten Sie nicht mit Gesprächen oder mehr Zuwendung verhindern können. Er war zu sehr verletzt. Haben Sie eine Idee, wo er sein könnte?«

Goettle schüttelte den Kopf. »I hab net die geringschde Ahnung.«

EIN TAG BIS ZUM BLUTRITT

Wie schön dieser Morgen war. Die Sonne beleuchtete das vor ihm liegende Waldstück, sein Grün schien vor Frische platzen zu wollen. Vögel begrüßten den Tag mit ihrem Gesang, legten die Tonspur unter das idyllische Bild der Frühlingslandschaft. Dieter Wollschläger atmete tief ein und genoss die frische, würzige Luft, die in seine Lungen strömte. Alles war perfekt für sein Vorhaben. Er tätschelte seiner Stute Mona den Hals, die dies mit einem Kopfnicken begrüßte. Sie trug den Festschmuck für den Blutritt und Wollschläger hatte den Frack angelegt und den Zylinder aufgesetzt, beides Erbstücke seines Vaters.

Es war sein persönlicher Blutritt, fernab der Basilika, ein paar Kilometer von Weingarten entfernt, ohne Mitreiter, ohne Blaskapellen, ohne Trachten und ohne Zuschauer, zudem einen Tag zu früh. Dennoch war es ein erhabener Moment für ihn, der etwas Versöhnliches, etwas Befreiendes in sich trug. Er schwenkte die Reliquie mit der rechten Hand, wie es die Träger des Heiligen Blutes üblicherweise taten, und segnete die Landschaft, die Menschen, die Tiere und die Pflanzen.

Er spürte die Kraft, die von dem Schmuckstück ausging. Der von Jesu Blut getränkte Boden von Golgatha strahlte sein Licht aus, das ihn durchdrang und seine

Gedanken reinigte. Er fühlte die zentnerschwere Last der Schuld von seinen Schultern weichen, weil er tief in seiner Seele spürte, dass Jesus ihm vergab.

Er lenkte Mona zur Pferdepension in Berg zurück, in der die Stute seit Jahren untergebracht war. Er drückte die Reliquie an sich, betete ein Ave-Maria, küsste sie und ließ sie in seiner Umhängetasche verschwinden. Das Ritual war vollzogen, nun war er bereit. Mit einem Lächeln auf dem Gesicht trabte er auf seiner Stute über den Hof zu ihrer Box. Er grüßte die anderen Reiter, die sich in diesen frühen Morgenstunden auf den Blutfreitag vorbereiteten, tauschte ein paar kurze Worte mit ihnen. Die Vorfreude war in den Gesichtern zu lesen und bei aller Geschäftigkeit herrschte eine weihevolle Stille. Wollschläger liebte diese Stimmung und wurde ein wenig wehmütig, als er den Sattel von dem Rücken des Pferdes hob. Er nahm Mona das Geschirr ab, rieb ihren Körper mit einem Tuch trocken und striegelte ihr Fell. Die Stute stand ganz still, als ahnte sie, dass dies sein letzter Ausritt war.

Wollschläger strich ihr noch einmal über den Kopf. »Mach es gut, altes Mädchen«, raunte er ihr ins Ohr. Dann zückte er sein Mobiltelefon und wählte Pfarrer Seegmüllers Nummer.

»Es ist wieder da! Unsere Gebete wurden erhört. Alles wird gut«, frohlockte Pfarrer Seegmüller und umarmte Andreas Goettle überschwänglich.

»Wer isch wieder do?«, fragte sein Amtskollege und

versuchte, den anhänglichen Weingartener Geistlichen von sich wegzudrücken.

Er war sofort in die Basilika geeilt, als Seegmüller angerufen hatte, aber sicher nicht, um sich von ihm herzen zu lassen.

»Das Heilige Blut. Wollschläger hat es. Er hat mich angerufen. Wir können es auf dem Pferdehof in Berg abholen. Es liegt in einer Tasche in der Box seiner Mona.«

»Saget Se mol, hen Sie heut scho a bissle was vom Messwein ghet? I verstand koi Wort. Wieso ruft der Wollschläger Sie an? Der wird von der Polizei g'suacht. Und wer isch Mona?«

Pfarrer Seegmüller lachte und schickte sich an, Andreas Goettle nochmals zu umarmen. Dieser wich einen Schritt zurück und hielt die Arme abwehrend vor die Brust. Weingartens Pfarrer hielt inne, lächelte nervös und gewann seine Haltung zurück.

»Entschuldigung, ich bin so aufgeregt. Ich erkläre es Ihnen: Mona ist Dieter Wollschlägers Pferd. Und er ist bestimmt unterwegs nach Ravensburg, um sich der Polizei zu stellen. Bedeutend ist, dass die Reliquie zurück ist. Keinen Moment zu früh. Kommen Sie, wir müssen schnell dorthin. Ich kann es kaum erwarten, unser Herzstück wieder in den Händen zu halten.« Seegmüller zog seinen Amtskollegen am Ärmel der Jacke mit sich, doch der machte sich los und rührte sich nicht von der Stelle.

»Wieso brengt der Wollschläger des Herzstück net selber z'rück, sondern lässt des im Stall? Do stemmt was net.« Goettle runzelte die Stirn und Pfarrer Seegmüllers Miene verfinsterte sich.

»Lieber Kollege, bitte zerstören Sie nicht diesen beglückenden Moment mit Ihren Zweifeln. Nach allem, was ich in den letzten Tagen durchgemacht habe, will ich mich freuen. Auf die Lichterprozession heute Abend, auf den Blutritt morgen früh, auf die Begegnungen mit den vielen lieben Menschen, auf die Musik, den Gesang.«

Seine Worte verhallten unerwidert. Dabei hätte sich Andreas Goettle gern mitgefreut, doch es gab zu viele Ungereimtheiten. Allem voran stand Wollschlägers eigenwillige Vorgehensweise. Sein Verhalten war eine weitere Schicht des trüben Schmierfilms, der auf den Feierlichkeiten lag. Und es ließ lediglich einen Rückschluss zu, was Wollschläger vorhatte.

»I befürcht, Sie hen recht«, sagte Goettle schließlich. »Mir müsset sofort zu diesem Reiterhof. Net bloß wega dem Heiliga Blut.«

»Spürt ihr die Kraft, die von den Bäumen ausgeht? Nehmt sie in euch auf, lasst sie durch euch strömen. Umarmt unsere grünen Freunde, spürt sie ganz nah.« Paul »Pavanaputra« Hägele presste seinen schmalen Körper gegen eine Eiche, schlang die Arme um den Stamm und beobachtete aus den Augenwinkeln, ob es ihm die beiden Teilnehmerinnen seines Seminars »Durch den Baum zu deinen Wurzeln« gleichtaten. Die beiden Mittfünfzigerinnen, die beide in pinkfarbenen

Jogginganzügen steckten, waren etwas scheu. Zögernd näherten sie sich jeweils einem Baum, berührten seine Rinde mit den Händen und blickten sich besorgt um.

»Habt keine Angst«, rief ihnen Paul zu. »Seid standhaft wie unsere Freunde, lernt von ihnen und findet zu euren Wurzeln.« Er schmiegte sich an seine Eiche, atmete den markanten Duft der Borke ein und fühlte, wie ihn ein Glücksgefühl durchströmte.

Die Bäume waren immer seine Freunde gewesen, doch in den letzten Jahren hatte er eine wahrhaftige Leidenschaft für sie entwickelt. Je mehr er sich mit ihnen beschäftigte, desto klarer wurde ihm, dass sich Bäume und Menschen ähnelten. Sie atmeten, kommunizierten miteinander, zogen ihre Kraft aus der Erde, waren ebenso der Vergänglichkeit unterworfen. Sie machten keinen Unterschied zwischen den Lebewesen. Vögel durften in ihnen nisten, Wildschweine sich an ihnen reiben, Pilze auf ihnen wachsen. Und Menschen durften sie umarmen.

Er öffnete die Augen, um nach seinen Schützlingen zu sehen. Die eine, die sich als Simone vorgestellt hatte, stand unweit von ihm, drückte sich an eine Erle. Die andere, Karin, konnte er nicht entdecken. Vielleicht suchte sie einen ganz besonderen Baum, von dem sie sich berühren lassen wollte. Ein schriller Schrei riss ihn aus seinen Gedanken. Er löste sich von seinem hölzernen Freund, warf einen besorgten Blick auf Simone, die in die Richtung lief, aus der Karins Stimme gekommen war. Paul folgte ihr. Nach wenigen Schritten blieb

Simone stehen, starrte geradeaus und schlug die Hände vor den Mund.

»Oh mein Gott«, presste sie erstickt hervor.

Pavanaputra-Paul schloss zu ihr auf und sah den Grund für das Entsetzen der Frauen. In etwa 20 Metern Entfernung hing ein Mann leblos an dem dicken Ast eines Ahorns. Den Kopf in der Schlinge nach rechts geneigt, leicht hin- und herbaumelnd, zu den Füßen ein Gegenstand, der sich beim zweiten Hinsehen als umgestürzte Holzkiste erwies. Der Seminarleiter machte ein paar Schritte auf den Erhängten zu, bis ihn eine heranrauschende Übelkeit zum Stehenbleiben zwang. Hustend und würgend übergab er sich auf den Waldboden. Er hörte die Rufe der Frauen, ihre Forderung, er möge etwas unternehmen, die Polizei verständigen, Hilfe holen. Doch Paul hatte weder ein Mobiltelefon bei sich noch die Kraft, Ordnung in seine Gedanken zu bringen.

»Dahinten ist ein Bauernhof«, hörte er Simones Stimme. Ihre Schritte entfernten sich rasch.

Paul presste die Augen zu und versuchte, die gesehenen Bilder zu löschen.

Yoselin Blaich sah den Männern des Bestattungsinstituts zu, wie sie den Körper von Dieter Wollschläger in eine Blechwanne legten und abtransportierten. Die Kollegen der Schutzpolizei waren dabei, die Zeugen zu befragen, die den Toten entdeckt hatten. Während die beiden Frauen Rede und Antwort standen, umarmte der Mann unter ihnen innig eine Buche und bewegte die Lippen.

»Was macht der denn da?«, fragte Yoselin ihren Kollegen Säger, der neben sie getreten war.

»So wie es aussieht, spricht er mit einem Baum.«

»Okay, kann man machen. Aber wenn der Baum antwortet, ist das ein Zeichen dafür, dass der Typ Hilfe braucht.«

Yoselin grinste, Säger zuckte mit den Schultern. »Jedem das Seine. Wenn er heute kein Seminar in diesem Waldstück gegeben hätte, würden wir Dieter Wollschläger immer noch suchen. So können wir den Fall bald abschließen.«

Das Schnauben eines Pferdes ließ sie herumfahren. Pfarrer Seegmüller saß auf einer weißen Stute, während Pfarrer Goettle auf einem Pony hinter ihm her trabte. Seine Beine reichten fast bis zum Boden und aufgrund seines Gewichts konnte einem das Tier fast ein wenig leidtun.

»Ah, da kommen Don Quijote und Sancho Goettle«, witzelte die Hauptkommissarin.

Selbst Säger schmunzelte bei dem Anblick des ungleichen Paars.

Andreas Goettle stieg keuchend ab, tätschelte seinem Pony freundschaftlich den Hals und führte es am Zaumzeug zu den Polizisten. »Und wieder sen mir zu spät dran«, sagte er ernst. »I hab grad den Leichawaga vorbeifahra g'seha. Eine schlimme G'schicht isch des. Wie soll mr denn so den Blutritt feira?«

Yoselin strich dem Pony zärtlich über die Nüstern. Das Tier revanchierte sich für diese Geste, indem es der Polizistin die Hand ableckte.

»Diese Feier wird sicher in die Geschichte eingehen. Ist denn wenigstens die Reliquie wieder aufgetaucht?«

Pfarrer Seegmüller hielt eine Tasche in die Höhe und Andreas Goettle erläuterte den Polizisten, wie sie zum Fundort des Heiligen Blutes gelangt waren. Dabei blickte der Geistliche immer wieder zum Himmel, als könne er nicht fassen, dass sein Gott eine solche Inszenierung zugelassen hatte.

»Ond jetzt müsset mir ons a bissle beeila«, schloss er seine Schilderung. »Es isch scho ziemlich viel los im Städtle. Viele Reiter sen heut erschd komma. Heut Obend gibt's an Gottesdienschd und die Lichterprozession zum Kreuzberg. Des dürfet Se sich net entganga lassa. Des isch richtig schee.«

Yoselin Blaich winkte ab. »Ich kann es nicht versprechen. Ich habe viel von der Lichterprozession gehört und interessieren würde es mich auch. Aber ganz ehrlich: Ich habe von dem Thema Blutritt eigentlich die Nase voll. Dabei habe ich nicht einmal meine Protokolle geschrieben. Und den Freunden von Luis muss ich auch noch mal auf den Zahn fühlen. Ich habe keine Lust, eine weitere Überraschung zu erleben.«

»Meldet Se sich, wenn Se teilnehma wellet. I dät mi freia.« Andreas Goettle gab ihr und Säger die Hand, schwang sich auf den Rücken seines Ponys und ritt Pfarrer Seegmüller hinterher.

Yoselin Blaich sah ihm lange nach. »Wenn alle Pfarrer so wären, würde sogar ich in die Kirche gehen.«

Sie gab Säger ein Zeichen, dass es Zeit für den Aufbruch war, und ging zum Wagen.

Tausende Kerzen bildeten einen Lichterstrom, der sich durch Weingartens Innenstadt bis hin zum Kreuzberg schlängelte. Vereinzelte Gebete und Gesänge waren zu hören, Mantras der inneren Einkehr wurden gemurmelt, ansonsten hallten durch die Gassen nur die Schritte der Gläubigen, die zuvor der Festpredigt von Pfarrer Seegmüller in der Basilika gelauscht hatten.

Weingartens Stadtpfarrer hatte bewegende Worte gefunden: Von der Suche nach etwas Höherem hatte er gesprochen, von der Suche nach sich selbst, vom Abstieg in die Dunkelheit eigener Gefühle, dem Gewahrwerden der eigenen Grenzen. »Wer absteigt, kann aufsteigen«, hatte Seegmüller verkündet, was Goettles Sitznachbarn zu der launigen Bemerkung verführt hatte: »Des gilt vor allem für den VfB Stuttgart.«

Seegmüller waren die Strapazen der letzten Tage nicht anzumerken. Mit gewohnter Professionalität und mit großer Hingabe predigte er, seine ausgewählten Lieder gaben der Messe ihren feierlichen Rahmen. Und gelegentlich flocht er sogar humorige Anmerkungen ein, was normalerweise eher selten vorkam.

Sein Amtskollege aus Biberach spürte die Erleichterung, die das Wiederauftauchen der Reliquie bei ihm ausgelöst hatte.

Natürlich war auch von Andreas Goettle eine gewisse Last abgefallen, dennoch konnte er nicht in die Erhabenheit der Lichterprozession hineinfinden. Er sah die ernsten, bewegten Gesichter der Teilnehmer, die im Flackern der Kerzen gespenstisch wirkten, versuchte, die Kraft der Andacht zu spüren. Immer wieder holten ihn die Gedanken an die Ereignisse ein, die er seit seiner Ankunft in Weingarten erlebt hatte. Der Diebstahl der Reliquie durch einen Halbwüchsigen, eigentlich ein Jungenstreich, hatte eine dramatische Kettenreaktion ausgelöst, die am Ende drei Menschen das Leben gekostet hatte.

Goettle schwirrte der Kopf, wenn er an die Abfolge der Geschehnisse dachte. Ja, er hatte Menschen in die Dunkelheit ihrer Gefühle absteigen sehen: aus Angst, aus Gier, aus Eifersucht, aus Rache und schließlich aus Schuld. Keiner dieser Abstiege wurde mit einem Aufstieg belohnt, sondern mit dem Stigma der Gewissensqual für die Ewigkeit konserviert. Für Johannes, Charlotte, Rosalie, für ihre Eltern, für Raoul, für Anong sowie für Luis ging das Leben weiter, aber es würde ein anderes sein als zuvor.

Er entdeckte Georg Trautwein in der Menge vor der Kreuzigung Jesu am Ende des Kreuzwegs. Der Juwelier stand neben seinem Ehemann, jeder von ihnen hielt eine Kerze in der Hand und beide machten einen zufriedenen Eindruck.

In einer Blitzaktion hatte Trautwein am Nachmittag den fehlenden Saphir an der Reliquie ersetzt, in dem

Wissen, dass ihm Seegmüller einen weiteren Gefallen schuldete. Das von ihm gefertigte Duplikat, das nicht zum Einsatz gekommen war, sollte einen Ehrenplatz in der Basilika bekommen und ab und zu als Double für das Original eingesetzt werden. Noch einmal wollte Weingartens Stadtpfarrer das Heilige Blut nicht der Gefahr des Diebstahls aussetzen.

Trautwein drehte sich um, erblickte Pfarrer Goettle und winkte ihn zu sich heran. Der Geistliche zögerte nicht lange und folgte der Aufforderung.

»Herr Pfarrer, was halten Sie davon, wenn wir nachher ein Glas oder zwei zusammen trinken?«, fragte der Juwelier. »In der Stadt ist heute Freinacht, da geht niemand schlafen.«

»Da hör i mi net noi saga«, antwortete Goettle.

Nach drei Vierteln eines exzellenten Roten waren Goettles trübe Gedanken verflogen. Georg Trautwein und sein Ehemann hatten ein Lokal am Löwenplatz angesteuert, das im Außenbereich Biergarnituren aufgestellt hatte. Sie hatten sich an einen Tisch gesetzt und genossen die gelöste Stimmung, ein zünftiges Vesper und heimischen Rebensaft.

Die ganze Stadt war auf den Beinen: Gesang, aufgeregtes Geschnatter und Gelächter füllten die Gassen.

»Biberach kann sich glücklich schätzen, einen Pfarrer wie Sie zu haben«, sagte Trautwein und erhob sein Glas. »Trinken wir auf den Goettle von Biberach, ohne den es den Blutritt in diesem Jahr nicht geben würde.«

Goettle wehrte bescheiden ab. Er hob sein Glas und nahm einen tiefen Schluck.

»Ja, ohne den Spürsinn des Herrn Goettle wäre Oberschwaben wahrscheinlich der reinste Sündenpfuhl«, tönte eine sonore Stimme neben ihm. Der Geistliche drehte sich nach ihr um und erkannte Erzbischof Timmermann, der an den Tisch herangetreten war.

»Ja, do guck na: der Erdbeerschorsch … 'tschuldigung Erzbischof. Setzet Se sich zu ons ond trinket Se a Gläsle.«

Timmermann blieb einen Moment unschlüssig stehen. Als Andreas Goettle ihn am Ärmel zupfte und ihm ein Glas Wein entgegenhielt, nahm er die Einladung an.

»Eigentlich habe ich ja ein Hühnchen mit Ihnen zu rupfen. Nein, einen ganzen Hühnerstall. Ich frage mich, wie oft Sie mich noch versetzen wollen, weil Ihnen Ihre Lust am Detektivspielen wichtiger ist als Ihre Zukunft«, grantelte der Erzbischof, konnte jedoch ein Grinsen nicht unterdrücken. »Aber Pfarrer Seegmüller hat mir berichtet, dass er Ihre Hilfe angefordert hat. Und im Endeffekt hat sich das ja als sehr richtig erwiesen.« Er hob sein Glas und benetzte die Lippen.

»Ohne den Herrn … also den Polizeiobermeischder Fritz hätt i des net g'schafft. Und natürlich au net ohne den Herrn … im Himmel.« Goettle starrte ratlos in sein leeres Glas. »Sag amol, isch do a Loch dren? Des war grad no voll.«

Timmermann verdrehte die Augen. Ein Goettle im Normalzustand war für ihn schon schwer zu ertragen, einen betrunkenen Goettle jedoch hielt er nicht aus.

»Lieber Pfarrer Goettle, ich gönne Ihnen den berauschenden Zustand Ihres Erfolges sehr, aber wir sollten dringend darüber sprechen, ob Sie sich wieder mehr um Ihr Amt in Biberach kümmern wollen oder nicht. Angesichts der Großtat hier in Weingarten wäre ich verhandlungsbereit, was Ihre Weiterbeschäftigung angeht.«

»Des schwätzet mir a anders Mol. Wenn Sie mir wirklich an G'falla doa wellet, hab i a ganz andere Idee.«

Er beugte sich zu Timmermann hinüber und flüsterte ihm etwas ins Ohr. Der Erzbischof zuckte zusammen, sah zu Trautwein und seinem Ehegatten und schüttelte fassungslos den Kopf. »Auf eine solche Idee können auch nur Sie kommen«, schnaubte er.

»I werte des mol als a Ja«, sagte Goettle. »Ond jetzt gang i ins Neschd.«

NULL

Tohuwabohu beim Blutritt

Europas größte Reiterprozession wird von fanatischen Gegnern gestört.

Von Hilmar Glanzer

Da staunten die Ehrengäste des Rathauses nicht schlecht: Inmitten des Trosses aus Reitern, Musikkapellen und Trachtengruppen, die bei strahlendem Sonnenschein durch die Straßen Weingartens zogen, um dem Heiligen Blut Geleit zu bieten, hatte sich eine Formation von sechs Personen gebildet, die sich vor dem Balkon ihrer Frackschöße und Zylinder entledigten und Ministerpräsident Kretschmann, Erzbischof Timmermann sowie Bürgermeister Fischer den blanken Busen entgegenreckten. Erstmals in der Geschichte des Blutritts hatten es Frauen geschafft, sich unter die Reiter zu mischen, um dagegen zu protestieren, dass es lediglich Männern gestattet ist, am Blutritt teilzunehmen. Ersten Informationen gemäß handelt es sich bei den sechs streitbaren Damen, die mit ihrer geschickten Tarnung alle Sicherheitskräfte narrten, um die »Grünen Minnen«, Oberschwabens Antwort auf die Frauenorganisation Femen. Die Störerinnen wurden festgenommen, ihnen droht wegen des Verstoßes gegen das Demonstrationsrecht eine Geldstrafe.

Ähnliches dürfte auch den 20 vermummten Störern blühen, die Reiter und Zuschauer mit Schweineblut bespritzten. »Das ist das wahre Blut Jesu!«, riefen die Männer und Frauen, die sich als Vertreter der »Neuen Loge 2.0« zu erkennen gaben. »Jesus ist nicht am Kreuz gestorben, also kann es auch nicht sein Blut sein, das diese Antichristen hier anbeten«, erklärte Viktor Zwercher, der Sprecher der Gruppe. Kurz schien es, als müsse die Prozession abgebrochen werden: Ein Tumult entstand, der die Blutreiter stoppte. Das schnelle und beherzte Eingreifen der Polizei verhinderte Schlimmeres. Die 20 Logenmitglieder wurden verhaftet und werden sich vor Gericht für ihre Tat verantworten müssen.

Beide Aktionen konnten die weihevolle Stimmung entlang der Strecke nicht trüben. Mehr als 35.000 Zuschauer wohnten der Prozession bei, 2.500 Reiter und circa 100 Musikkapellen waren angereist, einige von ihnen aus dem benachbarten Ausland. Viele Teilnehmer sind seit Jahrzehnten dabei, andere wiederum, wie der Ministrant Johannes Riedle, das erste Mal.

Der 13-jährige Sohn des Pferdehofbesitzers Ortwin Riedle kam in Vertretung seines Vaters, der aus gesundheitlichen Gründen nicht teilnehmen konnte. »Das ist für mich der schönste Moment in meinem Leben«, sagte der sichtlich ergriffene Junge. »Den werde ich ganz bestimmt nie vergessen.«
So wie Johannes ging es vielen Gläubigen, die an der Wegstrecke standen und den Segen von Pfarrer Seegmüller entgegennahmen. Einige ließen ihren Gefühlen freien Lauf und weinten vor Rührung, andere wiederum winkten Weingartens Erstem Blutreiter zu, der würdevoll die Heilig-Blut-Reliquie über den Köpfen der Anwesenden schwenkte.
Seegmüller ließ sich nichts von den Strapazen der letzten Tage anmerken. Die Zuschauer ahnten nichts von den schrecklichen Ereignissen, die fast zu einer Absage des Blutritts geführt hätten. Aus gut unterrichteten Kreisen wurde unserer Zeitung die Information zugespielt, dass die Verschwörergemeinschaft »Neue Loge 2.0« versucht hatte, die Basilika durch dunkle Zeremonien zu entweihen und die Reliquie an sich zu bringen. Pfarrer Seegmüllers unerschrockenes Handeln und seine Entscheidung, den berühmten Exorzisten Andreas Goettle aus Biberach einzuschalten, ist es letztlich zu verdanken, dass der Blutfreitag zu dem Fest werden konnte, das für die

Menschen Glauben, Tradition und tief verwurzeltes Heimatgefühl vereint. Zu einer persönlichen Stellungnahme waren weder Pfarrer Seeg-müller noch Pfarrer Goettle bereit.

EIN TAG NACH DEM BLUTRITT

Fazit.

Die Weichen der Zukunft werden in der Vergangenheit geschmiedet. Bedauerlich, dass man ihren Einsatzort zum Zeitpunkt der Herstellung nicht kennt, Ziele ließen sich schneller erreichen. Vielleicht ginge jedoch mit der vorschnellen Richtungsänderung die Orientierung verloren.

»Jessas, brommt mir dr Meggl«, stöhnte Andreas Goettle. »I glaub, i vertrag koin Wein meh.«

»Nüchtern betrachtet isch b'soffa besser.« Polizeiobermeister Fritz hob seinen Bierkrug und prostete seinem Gegenüber zu. Einer alten Tradition gemäß saßen die beiden im Garten des Pflugkellers in Biberach und ließen die gemeinsam erlebte Zeit in Weingarten Revue passieren. Dies geschah natürlich unter Zuführung von rezenten Speisen und erfrischenden Getränken, die dabei halfen, die Ereignisse besser zu verdauen.

»Was wird mit de Kender vom Riedle passiera?«, sinnierte Biberachs Gemeindepfarrer und ließ den Blick über die Innenstadt schweifen.

»Dem Johannes passiert gar nix. Der isch no net strafmündig. Ond i denk, der hot sei Lektion g'lernt«, antwortete der Polizist und schnitt einen großen Streifen von seinem panierten Schnitzel. »Charlotte wird a paar Arbeitsstonda in einer soziala Einrichtung macha müssa, Rosalie kriegt wahrscheinlich a saftige Geldstrof wega gefährlicher Körperverletzung. Des mit denne K.-o.-Tropfa war net so guad.« Er beförderte das Fleisch in seinen Mund und kaute genussvoll. »Und der alte Riedle wird au tief in die Tasche greifa müssa, womöglich kriegt er au a Bewährungsstrof uffbrommt«, führte er weiter aus. »Bei Männer sen die Richter net so zimperlich, wenn's um Körperverletzung gegen Fraua goht. Aber es trifft ja koin Hungerleider.«

Goettle nickte und sah seinem Gegenüber zu, wie er sich mit zunehmendem Appetit über seine Speise hermachte. Er selbst verspürte keinen großen Hunger, seinen Wurstsalat hatte er nicht angerührt.

»Was isch mit Ihne? Hot Ihne die G'schicht uff dr Maga g'schlaga?«, erkundigte sich Fritz.

Goettle sah an sich herunter und strich über seinen Bauch.

»Schada könnt des nix. Mei Ranza wird emmer größer. Des liegt an de versteckte Fette. Die verstecket sich derartig guad, die kannsch gar net fenda, aber die fendet mi.«

Polizeiobermeister Fritz gluckste.

»Noi, mi beschäftigt ebbes anders«, fuhr der Geistliche fort. »Der Erzbischof will, dass i mei Amt als Stadtpfarrer wieder aufnemm. I woiß gar net, ob i des no will.«

Polizeiobermeister Fritz legte sein Besteck an den Tellerrand und betrachtete Goettle mit sorgenvoller Miene.

»Aber was wellet Se denn sonschd macha?«

Goettle begann, lustlos in seinem Wurstsalat herumzustochern. »Irgendebbes Aufregendes. Im Ausland. Die Leitung einer Mission in Afrika vielleicht. Oder Gemeindearbeit für deutsche Katholika in Asien. Oder i gang nach Jamaika, da gibt's au a paar Diezösa. Ond schöne Menscha.«

»Gottes schönste Gabe isch der Schwabe, Herr Pfarrer. Und wie kommet Se jetzt auf Jamaika? Hen Se sich in die Frau Blaich verguckt?«

Goettle sah den Polizisten mit gespielter Entrüstung an.

»Jetzt höret Se aber auf. Die isch doch viel zu jung für mi.«

Fritz lachte. »Ach so, i dacht scho, dass es wega dem Zölibat net goht.«

»I hab den Timmermann davo überzeugt, dass der Trautwein in der Basilika kirchlich heirata darf, dann könnt i den au davo überzeuga, des Zölibat für mi aufzumheba.« Goettle grinste. »Aber was soll i mit ra Frau? Mei Frau Münzenmaier langt mir an Haufa g'nuag.«

»I dät saga, Se bleibet do, Herr Pfarrer. Wer soll denn sonschd die Kriminalfäll lösa?«

»Wie wär's, wenn des zur Abwechslung mol die Polizei übernehma dät?«, konterte Goettle.

»I denk drüber noch. Aber mir kommet ja zu nix. Der ganze Papierkram. Apropos, da fällt mir an guader Witz ei. Zwoi Polizischda fendet a Leiche vorm Gymnasium. Frogt der oine: ›Wie schreibt mr denn Gymnasium?‹ Sagt der andere: ›Koi Ahnung. Komm, mir leget ihn vor die Post.‹«

Fritz brach in schallendes Gelächter aus. Goettle verdrehte die Augen. »Vielleicht überleg i mir des mit Jamaika no mol. Blödere Witz hen die gwies au net.«

ENDE

NACHWORT

Als ich die Arbeit an diesem Buch angefangen habe, war die Welt noch in Ordnung. Menschen konnten sich gefahrlos begegnen, miteinander feiern, sich treffen. Gaststätten bewirteten ihre Gäste, Veranstaltungen lockten Besucher an und selbstverständlich waren Reisen möglich. Doch dann kam ein kleines, fieses Virus über das Land und plötzlich war alles anders. Ein Lockdown legte die Gesellschaft und die Wirtschaft lahm und zum ersten Mal seit Ende des Zweiten Weltkriegs fiel die jahrhundertealte Tradition des Blutritts in Weingarten aus. Für viele Menschen in der Region war das nicht nur ein materieller Verlust, sondern zugleich ein spiritueller. Europas größte Reiterprozession ist für viele Gläubige ein wichtiges Ereignis, um im gemeinsamen Gebet Kraft zu schöpfen sowie Sorgen und Wünsche loszuwerden.

Auch meine Arbeit als Autor wurde dadurch erheblich eingeschränkt. Die Ausgangsbeschränkung und vor allem das Reiseverbot haben es zeitweise unmöglich gemacht, Recherchen vor Ort zu betreiben. Lange schwebten die Fragen im Raum, ob ich reale Lokalitäten benennen kann, die es womöglich nach der Aufhebung des Shutdown gar nicht mehr gibt. Und selbst jetzt, nach Fertigstellung des Werkes, gibt es keine

Gewissheit, wie lange die Bedrohung durch Corona andauern wird.

Aber: Bange machen gilt nicht. Sie als Leserinnen und Leser dieser Geschichte sind in Ihrem fantastischen Vorstellungsvermögen gefordert. Wir gehen gemeinsam davon aus, dass der Blutritt stattgefunden hat. Und obwohl die Geschichte und alle beteiligten Personen frei erfunden sind, haben die im Buch vorkommenden streitbaren Frauen Biberachs, die »Grünen Minnen«, durch ihre Protestaktion bei diesem Blutritt eines bewirkt: In Zukunft dürfen auch Frauen bei der Prozession mitreiten. Das wurde im November 2020, also nach Fertigstellung des Buches, beschlossen und es kann kein Zufall sein, dass hier Fiktion und Realität miteinander verschmelzen (an dieser Stelle müsste ein Zwinker-Smiley stehen).

Bedanken möchte ich mich bei Bernhard Bitterwolf für die vielen Informationen rund um den Blutritt, Anette Heiter sei gedankt, dass sie mich in juristischen Belangen unterstützt hat. Meine zwei Testleserinnen Silke und Lucinde haben mit ihren Ideen und Anmerkungen aus einem guten Skript ein sehr gutes gemacht. Und Lektor Daniel Abt vom Gmeiner-Verlag hat es auf einfühlsame und profunde Art veredelt. Zudem danke ich dem gesamten Team des Gmeiner-Verlags für die freundliche Aufnahme in die Autorenriege und die Unterstützung. Nicht zuletzt gilt mein Dank meiner Familie und meiner Lebensgefährtin Regina, die mit viel Verständnis und Fürsorge reagiert hat, wenn die Romanfiguren den Autor zur Weißglut getrieben haben.

Dezember 2020

Weitere Titel finden Sie auf den folgenden Seiten und im Internet:

WWW.GMEINER-VERLAG.DE